鲁迅文学奖获奖作家经典文集

孩子快跑

衣向东 著

追寻鲁迅的足迹 蔓延思想根系于黄土纵深

跟随大家的引领 倾听叩击灵魂弹出的震颤

台海出版社

图书在版编目（CIP）数据

孩子快跑 / 衣向东著. —北京：台海出版社，2015. 1
ISBN 978-7-5168-0538-1
Ⅰ. ①孩… Ⅱ. ①衣… Ⅲ. ①长篇小说–中国–当代
Ⅳ. ①I247.5
中国版本图书馆CIP数据核字（2015）第010356号

孩子快跑

著　　者：衣向东

责任编辑：王　艳　　　　装帧设计：李　莹
版式设计：于鹏波　　　　责任印刷：蔡　旭

出版发行：台海出版社
地　　址：北京市朝阳区劲松南路1号，邮政编码：100021
电　　话：010–64041652（发行）（邮购）
传　　真：010–84045799（总编室）
网　　址：www.taimeng. org. cn / thcbs / default. htm
E – mail：thchs@126. com

经　　销：全国各地新华书店
印　　刷：北京龙跃印务有限公司
本书如有破损、缺页、装订错误，诸与本社联系调换

开　　本：710毫米 × 1000毫米　1/16
字　　数：223千字　　　　印　张：15.5
版　　次：2015年4月第1版　　　　印　次：2017年12月第2次印刷
书　　号：ISBN 978-7-5168-0538-1

定　　价：30.80元

作者简介

衣向东 小说家、编剧。1964年出生于山东栖霞，1991年毕业于解放军艺术学院文学系，2002年就读于鲁迅文学院首届全国中青年作家高级研讨班。曾在部队服役24年，2006年退出现役。现为北京联合大学艺术总监。小说曾获第二届“鲁迅文学奖”；第二届“老舍文学奖”；第二届“北京市政府奖”；第十届、第十一届、第十二届、第十三届、第十四届《小说月报》百花奖；第九届“中国人民解放军文艺奖”；第四届、第六届“全军文艺新作品”一等奖；第八届、第十届“金盾文学”一等奖；首届全国公安文学一等奖；全国“五个一”工程奖等。主要代表作有长篇小说《牟氏庄园》《站起来说话》《向日葵》等6部；中短篇小说集《就告诉你一个人》《过滤的阳光》《爱情西街》等10部；长篇报告文学《震区警察的记忆》《首都卫士》等4部；影视作品《牟氏庄园》《我们的连队》等8部。

目　录

散文卷

小说卷

散文卷

生的滋味

——山中杂记之一

一只鸟

搬进北京郊区的山里居住，生活的色彩和节奏都有了改变。纷乱的喧嚣已经留给了城市，躁动的心渐趋平静，就像匆忙流淌的溪水，进入了平缓的河床，变得从容而含蓄了。

闲来无事，坐在阳台上看山，看山坡上那些寂寞的野菊花，也看屋顶飘过的白云。

山脚下，生长着一蓬蓬茂盛的杂草，粗壮的狗尾巴草形同稻谷的穗子。偶然瞥见一只鸟，滑翔着飞来，想栖落在一株狗尾巴草上，然而狗尾巴草的躯干，支撑不起鸟儿的身子，它一头栽到了地上。

之后，它又飞到天空，再次滑翔着俯冲下来，一次又一次。

我突然笑了，笑这鸟儿的愚蠢。

就在这时候，我发现滑翔的鸟儿又一次俯冲下来，两只爪子快速抓住了狗尾巴草，摁在地上，然后啄食穗子上的草籽，足足吃了三分多钟。

我恍悟，原来鸟儿是用爪子扑捉狗尾巴草的穗子。

其实愚蠢的是我。

世间万物，一草一木一蝼蚁……都有各自的生存技能，所有生长的姿态和色彩，都是为了适应自然，顺势而生。

一条狗

北京昌平流村镇环岛西南边，有一家兰州牛肉面馆，紧挨着一条马路。天气闷热，面馆就在门口摆了五六张桌子，撑了几把太阳伞。顾客坐在太阳伞下，喝啤酒，吃羊肉串，啃羊蹄子，就有成群的流浪狗围上来，目不转睛地看着客人的大嘴巴，等待客人随手丢弃的骨头。它们经常遭到顾客的轰赶，甚至脚踢棒打。

我因为装修山里的房子，偶尔在这里吃碗牛肉面，身边也就有几条流浪狗，眼巴巴盯住我。我挺愧疚的。我不啃骨头，它们在我身边白白浪费时间。

正想着，我发现一条黄狗掉头而去，跑得极快。我原以为它很聪明，要赶去别的顾客身边，然而它却奔向对面的马路，站在路边张望着，一辆车驶过之后，它迅速穿过马路，跑到对面的草坪上，原地转了五六圈，身子趔趄了一下，差点把自己转倒了。终于站稳，后屁股蹲下去，浑身用力。之后，它又慌慌张张穿回马路，跑到我身边。我明白了，这狗东西是去大便的，一定是憋了很久，实在憋不住了，才火烧火燎地跑去。

我心里一揪。尽管几条流浪狗为守候一口吃的，眼睛都不眨一下，但黄狗依旧费这番周折，跑到马路对面的草地上，却没有在面馆门前便溺。它很懂规矩。我叹息一声，从碗里捞出一块牛肉片，抛给了黄狗。

两个多月后，我开车经过牛肉面馆前的马路，看到有一条狗，一瘸一拐地穿过马路，从饭店门前跑到对面的草地便溺。如果我没看错，它就是两个多月前吃了我一片牛肉的那条黄狗。它的一条腿如何瘸了？被车撞的还是被顾客踢的？

我想不出个结果，其实也不需要知道。无论是哪一种情况，黄狗都不会离开牛肉面馆的。

它要活下去。

一个民工

家装的民工，都是走到哪里住到哪里，业主的新房子，他们是第一个入住者。他们总是灰头灰脸的，却从不缺少快乐。

为我装修山里房子的民工，有一个是贵州人，姓侯，别人都叫他老侯。老侯个子不高，瘦瘦的，瓜子脸的下巴，长着杂乱的胡子。很少说话，也很少笑，从他的表情上，几乎看不出他内心的情绪波动。

老侯是装修队里的小工，干最脏最累的活，拿最少的工资。瓦工、木工、水电工都不停地喊他，他简单应答着，在他们当中来回穿梭。一天三顿饭，也是老侯来做。

四五个工人中，只有老侯没有电动摩托车，所以自从住到了山上，他再也没有回城。遇上过节，其他人骑着电动摩托车纷纷离去，山上只留老侯看门。

老侯睡觉很简单，一块木板或是半片纸箱，都可以成为他的床铺。我让老侯睡在我的躺椅上，老侯摇头。“一个打工仔，睡木板就挺自在。”他倒下身子，很快就能发出鼾声。

有一天，老侯突然刮了胡子，换了一身干净衣服，上衣是一件花格衬衫，有些肥大，显得他更矮小了。我问什么事情，打扮的像新郎？他的贵州口音很重，说了半天，我大概听明白一些，好像说他要进城，妻子生病，住到北京一家医院，他要去看看。说完，老侯露出难得的笑。

老侯在城里待了两天，第三天回来了，一头汗水。他说从公交车站走进山里，走了快一个小时。回到工地，他就脱下那件花格衬衫，水洗后，在院子里晾晒。接下来，就有一声声吆喝，催促老侯筛沙子、搅拌水泥。老侯应答着，小碎步跑动起来。我很想问老侯，他妻子在医院如何了？但看他忙碌的样子，也就罢了。

老侯和装修队的工人撤走后，大约过了一个月，我遇到装修队的老板，聊天中，我突然想起了老侯，就问他妻子的情况。老板吃惊，说老侯根本没有妻子，至今还是单身一人。

轮到我吃惊了。老侯应该有四十好几了吧？想起他像小学生一样被喝来喝去的身影，我心里一阵酸楚。

"一个打工仔，睡木板就挺自在。"老侯的这句话，就是他生活状态的写照。

我

我是一个靠文字维持生活的人，大部分时间，我待在自己虚拟的世界里，不停地折磨自己。我越来越害怕真实的生活，因为害怕，我不停地写作，恨不得一直停留在虚拟的空间里。

我喜欢安静，也喜欢孤独。孤独是一个写作者必须保持的状态。只有孤独的时候，我的眼泪才能欢畅地流出来。有时候因为想念女儿，有时候因为想念家乡那些山水，有时候因为笔下的人物，有时候为了自己消瘦的影子。更多的时候，我并不知道这些眼泪为谁、为什么事情而流。

我最早生活在天通苑，在那里度过了将近十年的时光，写了不少作品。这些年，天通苑变成了大闹市，我已经无处躲藏了，只好继续向北迁移，躲进了山里。

心，终于又静下来。

写累了，站起来看窗外的山。有一天发现，屋后山上的两棵树，一直在注视着我。我默默地看着两棵树，突然想到，我生命中剩余的时光，有这两棵树陪伴了，它们是我生活的见证者，是我生活中无法剥离的一部分。

有一天我走了，化为泥土，这两棵树依旧会站立在这里，看窗户里面的新主人。

树，比我站立得更久。

终于明白了，我之所以认真而勤奋地写作，其实只是希望自己离开这个世界后，散落在人间的一些文字，还能活着。

秋

——山中杂记之二

翠绿的色泽从山脊上一层层褪去，阵风掠过处，枯叶卷起，如蝴蝶般满天飞舞。枫叶红了，银杏黄了，光秃秃的柿子树，只有金灿灿的果子挂在枝头。沟壑处，一蓬一丛的野菊花开始凋谢。

深秋了。

秋天的山里，更加安静。知了声远去了，蛙声留在梦里。由夏到秋，就是从动到静。

山里的秋天，比城里来得早，也来的强势，容不得你思索，就将一幅凄凉的秋景铺展开。密密匝匝的树林，忽然间疏朗开阔起来，看得清山涧的怪石和沟壑的轮廓了。林中有鸟儿飞起，留下一串串揪心的鸣叫。秋天总是仓促而短暂。

我还在山里。我想在这里迎接冬天。

屋里没有通暖，夜晚坐在电脑前写作，身上披了厚重的棉衣，手脚依旧是冰凉的。手脚虽凉，头脑并没有冻僵，思绪也很清晰。还有这颗心，热着。孤独倒是有一些，整座山只有我一个人坚守。不过还好，我有作品中的人物相伴，他们不停地在我房间走动，跟我一起体味人间的喜怒哀乐，经受季节的交替。

季节的交替，难免带来几分伤感。

这样的季节，思念很容易疯长，尤其在寂静的夜晚。想念女儿，想念父母，想念那些温暖的人。窗外一些枯叶的响动，都能够在心底搅起波澜。

今夜，我想母亲。

母亲75岁了，身体不好也不坏，有糖尿病，腿脚也不是很硬朗。母亲年轻时候吃了很多苦，但这些年生活安逸，不问家事，操心的事情丢给了我父亲。父亲说母亲没心没肺，家里来了客人，父亲恨不得把她的嘴封住，总担心她把不该说的话说出来。母亲确实说话缺少掂量，她会吃惊地问别人，你咋这么显老？她会连连摇头，说俺儿子忙，肯定不会管你这种事，趁早别打搅他。父亲经常给母亲使眼色，甚至偷偷拽她一把。

母亲在家里就没有话语权。家里有事找我，都是父亲给我打电话，哪怕是简单的问候，也是父亲包办的。记忆中，母亲只给我打过一次电话，大约是三年前，她跟父亲吵架，委屈地向我告状，让我当法官。母亲知道只有我可以为她说话，可以"镇压"父亲的霸气。自然，我把父亲狠狠批评一顿，给她出了口气。

今天中午，我突然接到母亲的电话，心里有些紧张，第一反应就是家里发生什么事情了。母亲开口问我，山里冷了吧？我说还行吧。母亲说，冷了，一个人别待在那里，回老家吧，就住在家里，我呀，还不很老，还能伺候你，能包饺子、擀面条，你回来写东西，家里也很安静，我不会打搅你。

我明白母亲为什么给我打电话了，她担心我一个人在山里受苦。我问父亲在做什么，母亲压低了声音，说他在里屋睡午觉。不用问，母亲是偷偷给我打电话的，而且一定思想了好半天，用了很大的勇气才拿起父亲手机的。

我的泪水奔涌而出。我极力控制自己，不让母亲听出半点异样。我装出满不在乎的样子，说你瞎操心什么？没你想得那么冷，我又不是小孩子，冷了不知道多穿衣服？没别的事吧？没事我挂了，忙着呢。

挂了电话，我忍不住啜泣起来。"我还不很老，还能伺候你……"母亲的这句话，像刀子扎进我心里。活到这个岁数，还让老母亲操心，真是该死！

起身，走到二楼阳台，让身子沐浴在稀薄的秋阳里。我知道，自己的人生如同季节，也正悄然变换着，已经感觉到丝丝秋意。心里的阳光依旧灿烂，却少了温度。眼前的日子紧巴起来，怎么盘点都不够使用的了，必须活得仔细。

活得仔细，为了母亲。

2013年10月29日夜

人是秋后一棵草

——山中杂记之三

台历上的节气提醒我，再有两天就是小雪了，天气骤然冷起来。

山里的气温，比较山外要低三四度，房子前面的水渠，结了厚厚的冰，能支撑我半条腿了。偶尔抬头看到挂在树上的柿子，就禁不住打个冷战。在寒风中裸着的柿子，像一团团凝固的色块，时间就被挂在了枝头，干瘪了。

小区的多半人家，还没有装修好房子，装修好的，也空闲在那里，据说明年才能通暖。前几天的夜晚，山谷里还有一点两点的灯光，从不同的沟壑闪着，透过薄薄的寒雾，散着一些暖意。灯光的房子里，居住的是装修民工。从昨天开始，物业下达了通知，停止一切装修，民工们都被清理出了山谷，不见一个人影。

也不见一条狗。

我还在这里写作，孤寂的灵魂四处游荡。我奇怪夏天的那些虫虫、那些自以为会叫的鸟儿，都躲哪里去了？怎么一点儿声响都没有？还有兔子和野鸡，闷热的晚上，常常看到它们的影子。

好吧，你们都躲起来吧，有月亮陪我。我知道已经过了阴历十五了，月亮要晚一些出来。也没太大关系，我喜欢后半夜敲打文字。

书房像冰窖。

我穿上保暖服和厚厚的棉衣，仍觉寒气刺骨。突然想起楼下有一堆蜂窝煤，还有一个炉子，原准备冬天放上一个铁锅，炖一锅羊肉，等到羊肉飘香的时候，把土豆和萝卜胡乱剁了，丢进锅里，寻找一些粗犷和豪迈的生活气息。然而只一个人，这豪迈实在无趣，炉子丢弃在风里。

蜂窝煤炉子是可以给书房驱寒的。于是下楼把一堆东西找齐了，新炉子就燃烧起来。炉火很好，放在身边暖暖的。身子暖和了，也就有了一些雅兴和浪漫，用铁丝环绕炉身，把煮好的南瓜、红薯、鸡蛋、花生堆积在铁丝网上，不大的工夫就有香味飘出来。炉子顶上，是一把铁壶，里面的水吱吱叫着。

挺好，一切都挺好。等月亮升起来，就品味这份浪漫吧。

炉子也不是一切都好，它散发出刺鼻的煤气味，立即就让我想到煤气中毒的一个个教训，甚至想到了好友闻树国，搞评论的，从天津调到北京，接到调令的当晚很开心，跟几个朋友饮酒庆贺，之后回到临时租赁的小平房里睡觉，再也没有醒来。煤气带走了他的生命。

不过我想，书房的大玻璃门下面，透着气儿，上下两层楼的房子也很空旷，足够消化这点儿煤气了。

继续写狗屁电视剧的故事梗概，等月亮升起来。山谷里的月亮来得晚，需要一些耐心。

书桌上的监视屏上，一团白色的东西飘过，像是女鬼。我知道不是女鬼，一定是塑料纸或别的东西被风吹起来。如果真是女鬼，倒也不错，我愿意她走进我的书房，跟我一起啃食这堆甜美的南瓜。

突然觉得头晕，有些迷糊，像是做梦。心智还很清醒，使劲儿摇摇头，心里说，真的中了邪？有女鬼么？很快，开始恶心，似乎要呕吐。我想到了煤气，忙站起来，头重脚轻，一屁股坐在地上，心里还明白，你他妈煤气中毒了。好在，书桌另一边，就是阳台的门，我急忙扑过去，打开门的瞬间，整个身子倒了下去。

混沌中，我听到兜里的手机响了一声。醒来了，我打开手机看了一眼，是老家栖霞的市委书记李宁发来的短信。这短信来得正是时候，把我从沉睡中唤醒了。我回短信说，谢谢你老妹子，你是我从鬼门关回来后接到的第一个短信。此时是8点零6分，月亮还没有爬到山这边。

还好，我醒悟的快，知道煤气想带走我的生命；还好，阳台门就在身边，我的生命并没有停止在2013年11月20日晚8点零6分上。

醒来第一件事，给女儿打个电话。女儿住校，恰好开着手机。打通手机后，并没有准备好要说什么，胡乱问了几句女儿的住校生活，女儿有些不耐烦了，说她的作文还没写完，我只能快速中断通话。女儿不知道她的爸爸，刚刚经历了一次劫难。

女儿在写作文。

女儿的作文很好。

不知不觉，泪水已经在脸颊上流淌了。

我仰卧在床上，嘴和鼻子上搭了一条湿毛巾，这样头脑清醒多了。我就想，人其实就像秋后的一棵草，脆弱，一阵风就可以折断。人怎么能跟一棵草比呢？草折断了，明年还能发芽，人折了，就永远飘散在风里。

就算死过一回了，一切重新开始吧。坐到书桌前，写一篇山中杂记，将这一劫备案，然后继续敲打文字，等待月亮升起来。

不觉抬头一看，月亮早已挂在窗前，静静地看我。

2013年11月20日22点21分

窗外落雨了

窗外落雨了。潮湿的空气从窗户漫溢进书房，夹杂着敲打玻璃的声音。灰蒙蒙的天空中，可以看到一拨又一拨的雾气，从前方楼顶缓缓滑过。

是小雨，那种沁人心脾的小雨。

这种天气，我总是什么都不做，撑一把雨伞出门散步。雨点在伞顶上欢快地拍打着，让我想起了从前家乡雨天里的一些声音，想起一些很久远的事情。这些事情都与落雨有关。

我的家乡在胶东丘陵地带，雨水适中。落雨的季节，雨来得很快，也去得很快。来时，几块云彩凭借一阵疾风，从山的那边赶过来，汇集一处后，就有雨点落下来。去的时候，太阳突然拱破云层，快得连雨水都来不及收起来，因此常常是雨水伴着阳光，一同落了下来。

落雨的时候，四周山谷挤满了云雾，青翠的山岚在雨雾中影影绰绰。山村的街道中，不断响起邻家父母唤儿呼女、寻鸡问狗的声音。各家的院落里，都有几双手忙碌着，收起晾晒的衣物，或是镰刀镢头。再看村头远处的路上，就更是人欢马叫了。那些下地劳作的男人女人们，头顶一件上衣，或是一个脸盆、一枚荷叶，实在找不到遮掩的器物，就把一只手举在头顶，使用了很不规范的姿势奔跑着。虽然跑得慌张，却并不妨碍他们嘴里发出欢快的叫喊。到最后，总会有几个人跑不赢天空的云彩，被雨水浇个透心。

留给我记忆最深的，是我家的那两只水桶，平日里水桶总是倒扣在屋檐下，屋檐下的雨滴锤打在铁皮桶底上，发出清脆的声音。倘若是晚上，我从声音的疏急中，就可以判断外面的雨水，又猖狂成什么样子了。

雨停天晴，被父母暂时圈在家中的孩子们，一窝蜂涌出去，去山坡上逮水牛，捡拾一些水菜。如果是一场大雨，那一定会有河边的菜地被突涨的河水淹没，一些葫芦瓜、茄子或是别的菜果，就会被河水驮着流向下游。自然，这些瓜果就成为孩子们的战利品。于是就有一河的欢笑，被混浊的河水载向远处。

雨天也不是全都充满了快乐，雨天里也有忧伤和叹息。雨水大了，田地遭遇洪涝，粮食就会减产，在那些靠天吃饭的岁月里，是常有的事。还有麦收季节，大人们看着成熟的麦子站立在雨水中，他们紧握镰刀的手攥出水来，那种焦灼是可以想象的。

在我们家乡，最害怕落雨的时节，应当是秋后。过去我们冬季的口粮，主要是地瓜干。因为地瓜容易生长，产量又高，每到秋后地瓜丰收的时候，男女老少齐上阵，把挖出来的地瓜切割成薄片，晾晒在河滩、屋顶和山坡上，村里村外放眼看去，白花花的一片。赶上好天气，男人们没白没黑地在山里挖地瓜，女人们没白没黑地切割着，眼睛熬得红肿，手腕累得肿胀。他们紧张地劳作，不时地仰头看天空的云彩。他们是在跟云彩比速度。这时候，倘若起一阵风，落几个雨点，整个山村就像炸了锅一样，从白发苍苍的老奶奶到七八岁的孩子，一齐朝白花花的地方奔去，一双双捡拾地瓜干的手，像弹钢琴一样有节奏地起伏着，那场面真是惊心动魄。眨眼间，整片的地瓜干就堆成一个个山包，覆盖上了塑料布。待到雨过天晴，这些堆成山包的地瓜干，又变成白花花的一片了。

记得有一年秋天，我们家的地瓜干赶上了雨水，没来得及收起来。雨水落了两天，待到雨过天晴，被雨水浸泡的地瓜干已经生霉了。母亲在阳光下晾晒生霉的地瓜干时，她的眼睛里含着泪水。那个冬季，母亲的叹息一直没有间断过。

她似乎为了惩罚自己，一个冬季几乎没吃别的，一直吃那些生霉了的地瓜干。

现在想来，一些雨天留给母亲的，是永远的遗憾和痛心。但我们孩子们，却感觉不到大人们的伤痛，我们在所有的雨天里，都能感受到在雨地里奔跑的快乐。

我喜欢雨天，因为这些时光给我留下太多值得回忆的岁月。那些岁月尽管贫乏，却充满了欢笑和梦想。

如今我生活在少雨的北京，依旧保持着对雨天的偏爱。每逢落雨，我就喜欢在雨地里行走，喜欢坐在阳台上看外面漫天的雨雾，在寂静的雨声中，听自己心跳的声音。甚至喜欢一个人开车，让无际的雨水笼罩一切，只剩下一个孤独的我。

雨天里，我会突然有一种强烈的与人倾诉的欲望，想诉说我的童年，诉说和童年雨天有关的所有声音……

我那些在雨水中生长的童年，已经很遥远了，现在我只能借助雨雾的缥缈，去寻得零星的碎片。

却总是拼凑不完整！

月色下的遇龙河

你如果去桂林阳朔，别忘了去遇龙河。去遇龙河最好是晚上，有一些淡淡的月色，你可以划着竹排，把身子浸泡在月色中，随水漂流。

今年十一月我在阳朔体验生活，中旬的一天傍晚，桂林师专的宣传部长和中文系主任等老师，专程去阳朔看我，问我晚上想吃什么，我脱口就说啤酒鱼。这是阳朔的一道名菜，我百吃不厌。身边有位当地的朋友说，你们要吃啤酒鱼，我带你们去一个地方，那才叫啤酒鱼。于是七八个人上了车，带着一肚子食欲奔城外去，阳朔西街的喧嚣和霓虹灯渐渐甩在身后，路边的景物已经被夜色遮掩了，车灯下的道路坑洼不平，还有一汪汪的积水。车内说笑的人都沉默了，在颠簸中把目光投向了领路的朋友，疑心眼前的路有了误差。

大约走了四十分钟，车子驶进一个村头，不及下车，早有狗叫声从对面深巷传来。天空没有月亮，四周黑乎乎的，一排排窗户也不见多少灯光，碎石铺就的街路上散落了零星的稻草。带路的朋友说，这个村子叫遇龙村，对面就是遇龙河。但大家看不到河边的影子，有人就忍不住问了，说，哪有遇龙河？哪儿有饭店？怎么觉得破破烂烂不像吃饭的地方？带路的朋友不作答，率先走进一条小巷，几个人只好跟在他后面，深一脚浅一脚闷头走。走完了一条小巷，又拐过了几排房子，视野豁然开阔，就见三四个棚子，里面吊着灯盏，有潮湿的风迎面吹来，再仔细看，借着灯光可以辨认出周边的一丛丛凤尾竹了，影影绰绰的遇龙河就展现在我们眼前。

走近灯火才看出了奇妙，原来棚子是搭建在遇龙河上的，下面漂浮着竹排。棚子四周敞亮，只有上边搭了树皮和木板。踩着竹排进入棚内，竹排摇摇晃晃，便有女性长一声短一声的惊叫。这惊叫一半是因为兴奋，一半是制造气氛，全无恐惧成分。带路的朋友认识饭店老板，不费多少口舌，就点好了要吃的几种鱼，店老板忙去网兜里捕捞。网兜就沉在棚子边的河水里，虽是圈养，但也算是地道的遇龙河水滋养大的。

等菜上桌的间隙，我瞅见棚子边横着一个竹排，就邀那位带路的朋友去划船。没有船桨，只一根七八米长的竹竿，平衡端在手中，左右点水，竹排便缓缓地朝不远处的遇龙桥划去。据说当年有位秀才赶考，途经遇龙河，适逢河水上涨，不得过河，心急火焚之时，河水中一条蛟龙腾空而起，驮载秀才顺利到达河对岸，秀才赶考中榜，返回来建造此桥，定名遇龙桥。当然遇龙河并非因为美丽的传说而闻名的，而是这里的青山与秀水让游人们感到亲近。

遇龙桥距离我们去的饭店不过几百米，竹排刚刚接近遇龙桥，就听得远处呼喊，原来啤酒鱼已经端上桌了，我们只好掉转竹排返回去入席。果然，这里的啤酒鱼鲜美无比，筷起筷落间很快就风卷残云了，于是又添加了一大盘子，大家吃得很尽兴。

隔了四天，我又邀请几个朋友去了遇龙村，不仅仅为了鲜美的啤酒鱼，更重要的是那个竹排。吃罢晚饭，朋友们坐在棚子里闲聊，我就独自上了竹排，手持长长的竹竿用力一撑，竹排向河心划去。这是阴历十月初十的夜晚，月亮开始圆润了，恰好天空只有淡淡的云，便有一河的月色流动着。四周很静，静的有些让人心虚。我奇怪几天前还听得见河两岸杂草中蛐蛐的合唱，而今夜却听不见一声蛐蛐的叫。此时前方的遇龙桥洞，像一个硕大的圆月，一半镶嵌在夜空，一半浸在河水中。竹排逆流而上，河边出现一盏灯火，有洗衣声传来，于是我把竹排渐渐靠岸，借着微弱的灯光，便看清两位妇女的身影。那灯光原来是一个电筒发出来的。

“老乡，怎么摸黑洗衣服？”竹排慢慢停靠在岸边，我跟妇女搭话。

“白天种菜养猪，没得时间。”岸上的答。听不出声音从哪位妇女嘴里发出的。

又问：“家住哪里？”

一位妇女回转了身子，指着岸边一排房子说：“那儿，不远。”

我把目光放到岸边，对岸几十米有几个窗户亮着灯光，不知道哪一窗光亮属于她的。不过这些房屋看起来破败不堪，有的像临时搭建的防震棚子，与对岸青山秀水极不协调。

我就说了：“老乡，你家真是个好地方，可以盖一栋楼房。”

岸上的答：“没得钱。”

回答简洁干脆。我笑着说：“咱们合伙盖吧，我出资你出地，盖三层楼怎么样？”

“住楼房？那我们怎么喂猪种菜？比不得你们潇洒，可以到处走动。”

我一时语塞。我不能说你们不用喂猪种菜了，因为这是她们的生活。青山秀水在她们眼里，只是生活的一种色彩，是自然生长在身边的景物，并没有多少稀奇。我却是一个游客，一个专门欣赏山水的闲人，而且也只是欣赏而已，不能在这里生儿育女立营扎寨。我只是一个过客。

妇女洗完衣服，熄灭了电筒，在黑暗中消失了。我怅然地撑一把竹竿，竹排抖动了一下身子离开岸边继续前行，不时地可以听到岸边有洗衣服的声音，还有浅笑窃语。竹排渐渐接近遇龙桥了，这时候岸边出现一栋三层小楼，窗户敞开着，里面亮着橘黄色的灯光，灯光下晃动着一个女人的倩影。楼房倒映在河水里，也把橘黄色的一窗灯光和女子的倩影倒映在水里了。借着月色，竟然看到了那女子的倩影在河水中飘忽着，如同置身仙境，妙不可言。

对着河水痴呆良久，慢慢地举起竹竿，挑碎河水中橘黄色的光，竹排便从女子的倩影上划过，进入遇龙桥洞。突然间，我被一种声音震惊了，这声音来自头顶的遇龙桥上，宛如自远处传来的沉闷的爆竹声。愣神的片刻，竹排已经穿过了桥洞，那声音也便消失了。我断定这奇怪的声音跟遇龙桥洞有关，于是掉转竹排，再次穿过桥洞。这次我听清了，是竹竿点击河水的声音，这声音被桥洞共鸣后，回响在桥顶上。我觉得有趣，便像个孩子似地往返四五次穿越桥洞，挥动竹竿用力敲击河水，畅快地听那些响在桥顶的声音。

竹排离开遇龙桥洞逆水行走不远，便进入一排阴影中，光线暗淡下来。时间似乎凝固在这些阴影里了。这些阴影，是左岸不远处的一座座山的倒影。这些山静静地矗立在天幕上，一半着了月色，另一半隐在暗影里，看起来像一个个神秘莫测的罗汉。我于是收起竹竿，抱在怀中，半躺在竹排的坐椅上，任凭竹排慢慢地漂流。竹排左边是阴影，而右边的河面上，就铺满了月色。

我仰起脸看天空的月亮和星星。我要感谢那些消失了的蛐蛐们，此时哪怕是一声蛐蛐的叫声都是多余的。这样的夜晚，我只需要听自己心跳的声音。记忆中，这样的夜晚有过两次，一次在童年的夏天，我躺在自家门前的草席子上，看着天空的星星，呆呆地幻想了一个晚上。那时候我渴望看到山外的世界是什么样子，渴望神话故事里的美丽传说变成现实。还有一次是在青岛海边的礁石上，我独自在黑暗里，看着茫茫的大海痴呆了一个晚上。那年我2 4岁，在部队面临复员回乡，前途一片渺茫。而今夜的遇龙河上，我已是不惑之年的人了，所想的是自己离开家乡25年走过的路，还有明天将要走的路。走过的路上是两排歪歪扭扭的脚印，将要走的路上却是一团寂寞的时光……

不知什么时候，我已经眯上了双眼，似乎还做了一个梦。竹排横在河心，竹排周边不时地有鱼儿跃出水面，发出“扑哧”的一声响。一切似乎都睡着了，静默的山，岸边的凤尾竹，皎洁的月，满天的星……只有河水里的鱼儿醒着，快乐着。

迷迷糊糊中，我听到了远处朋友们的呼喊，起身看手机上的时间，我已经在月色里浸泡两个多小时了。

我站起身来，看着铺满月色的河面，竟然有了冲动，挥动竹竿，在河水上写道：2007年11月19日晚11点15分，小说家衣向东在此一梦。我清晰地看到自己写的两行字，牢牢地镶嵌在水面上。而且我知道多年以后，还会有像我一样多情的人，在这里痴呆。

我端起竹竿，左右轻轻地点动水面，竹排随流而下，身后留下一河的月色。

2007年12月7日凌晨

亲爱的阿拉善

我走过很多个地方，也眷恋过无数美景，但从来没有产生对阿拉善这般思念，一种对故乡般的思念。从阿拉善回北京快一个月了，在人流车流的喧嚣中，耳边一直萦绕着阿拉善蒙古长调民歌的旋律，时而高亢辽阔、浑厚激越，时而逶迤婉转、舒缓悠扬。随着如痴如醉的歌声，一幅幅五彩斑斓的画面铺天盖地划过眼前，把我撞击得魂不守舍。身在北京，思绪却在胡杨红柳和沙漠驼铃之间缠绕着。

阿拉善，亲爱的阿拉善……

沉默的石头

在去阿拉善之前，我上网查阅了阿拉善的资料，知道阿拉善是一个美丽地方。然而当我真正开始了阿拉善之旅的时候，才明白阿拉善的美丽和奇特，远远超出我的想象。

她其实是我梦中的天国。

从银川机场出来，直接乘车赶往阿盟所在地巴彦浩特左旗。阿拉善在内蒙古自治区最西部，巴彦浩特距离银川不到两个小时的车程。同车有叶辛、陈世旭、肖克凡、武歆、燕燕和杜丽几位作家朋友，都是第一次亲近阿拉善，都是一脸的向往和兴奋。

路很好，路两边的风景也好。蜿蜒起伏的贺兰山脉，或诡异，或沧桑，总能使人产生一些不太安分的遐想。远处若隐若现的佛塔寺影，还有比往年格外茂盛的广阔牧场，呈现出一派异域风情。

大约在下午五点多钟，车子驶入巴彦浩特街道。刚才还是一望无际的大漠草原，突然间却坠入海市蜃楼。时空转换的瞬间，有一种梦幻般的感觉，让我猝不及防。

城市不大，却非常洁净。街面的楼房很养眼，不仅建筑风格独具特色，房屋的华丽和气势也令人惊叹。城内的居民或行走或静坐，都一脸的淡定，一脸的悠闲。街面上一惊一乍的游人，似乎跟他们并不相干，他们依旧按照自己的生活节奏，打发平静时光。总有穿着艳丽民族服装的女孩，从身边款款走过，走得富有韵致，走得那么吉祥。微微仰头，把眼光放远，是清澈的蓝天，辽阔而高远；蓝天上漂浮着一朵朵白云，白的有些夸张，而且很有凹凸感，仿佛刺绣在蓝天上一般。

仅从建筑和居民的生活状态，足可断定这里的人民幸福指数很高。一问，果然。在阿拉善27万平方公里的辽阔土地上，仅有23万人口，每年的财政收入却高达五六十个亿。当时我就想到故乡栖霞，那个胶东半岛上的一个县级市，人口66万，每年财政收入也就十几个亿。然而，数字远不能彰显阿拉善的富有。阿拉善的沙漠、戈壁和湖泊绿洲，到处掩埋着沉淀了千万年的人类文明财富，掩埋着数不清的神秘宝藏。

就说石头吧。在戈壁滩随意弯腰捡起一块端详，就能看出远古岁月的变迁，或是我们某个祖先、某种动物的一张脸，因而石头也就成了阿拉善的一张名片。在巴彦浩特的石头集散地，聚集了从阿拉善各处淘来的石头，有沙漠漆、葡萄玛瑙、腊肉石等等，石质透亮，色彩润泽，形意兼备。

如果你不是石头收藏爱好者，最好不要在阿拉善买石头。自己从戈壁滩上

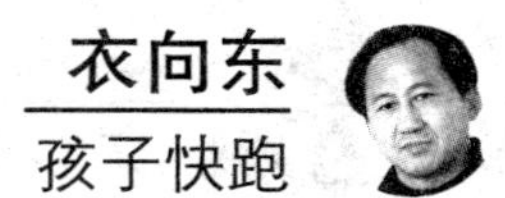

慧眼识珠淘来的石头，才更有趣味。

去往额济纳中途的戈壁上，就有一片玛瑙滩，石头的色彩和纹饰鲜丽多姿，形状千奇百怪。有火焰般的红色戈壁石、金子般橙黄的沙漠漆，还有乳白润亮的玛瑙石。

按照路途的设定，到了玛瑙滩是我们的午餐时间。午餐是早就准备好的面包、火腿之类。面对如此斑斓的石头，我们几个人哪里顾得上吃饭，就像猪崽进了菜地，撅腚弯腰、身子一拱一蹿的，恨不得把整个玛瑙滩搬回家。自然，我也很贪婪，淘得了足有十几斤的石头，大的如拳头，小的如珍珠。把两块石头相互敲击，就会发出金属般的铮音。每一块石头都经过数万年风雨侵蚀和雕琢，透润而灵动。

如果把阿拉善说成是一个石头故乡，也并不言过其实。享誉国内外的曼德拉山岩画，就是一个佐证。曼德拉山在阿右旗境内，距离巴彦浩特300多公里，四周是大漠和荒漠的草原。在18平方公里山脊和沟壑中，布满了质地结实的玄武石。在这些万年的石头上，多个民族的牧民们，采用凿刻、磨刻等技艺，留下了万余幅飞禽走兽和日月星辰的图案，组成了一幅气势宏伟的画卷，被专家们誉为“美术世界的活化石”。

阿右旗境内，还有被称为“怪石林”的海森楚鲁。在方圆20多平方公里的区域内，漫山遍野都是奇形怪状的花岗岩石，有的像打坐的菩萨，有的形似展翅雄鹰，一个个造型栩栩如生。只要稍加留意，就可以从中找出12生肖的象形石。数万年前，这里是一片汪洋大海，由于地壳的变迁，海底上升为陆地，海底礁石经过漠风剥蚀，日渐打磨雕琢成了一群桀骜不驯的怪石。站在一块酷似蘑菇的巨石上，放眼望去，是起伏连绵的褐色石海，似与天际相连。此时，我真正体味到沧海桑田的分量。

大概也想到了“沧海桑田”吧，身边肖克凡兄突然冒出一句话，说，人算个球！他说得真好，在经受了数万年风雨的石头面前，人实在太渺小了，甚至算不上一粒微尘。肖克凡兄的小说写得很棒，但有些讽刺意味的是，他却是因为参与编写电影《山楂树之恋》而被许多人记住了。

我一时无语。我本能地意识到应该做点什么，却又手足无措。转眼看到一块巨石上，有游人留下的数个大小敖包，于是效仿，搬弄一块块石头，与肖克凡兄堆起一个敖包。再之后，气喘吁吁地看着敖包，又不知道该做什么了。好在此时，远处传来上车的吆喝声。

踩着一块块沉默的石头，逃也似地走下山。走出很远，却又忍不住转身看去，我们亲手堆筑的敖包，变成一个模糊的点。若干年后，当我在空气中消失的无影无踪时，这个只有椅子大的敖包，依旧会屹立在这里，经受风雨、经受阳光，吸尽天地精华。

沉默的石头，比人更有生命。

走吧，回家去。一瞬间，我想家了。

神秘的沙漠

阿拉善有不少沙漠地带，最壮观的当属阿右旗的巴丹吉林。如果你去过巴丹吉林沙漠，世界上的其他沙漠，粗粗浏览一眼就可以了，不会再有特别的惊奇。

巴丹吉林沙漠是世界上第四大沙漠，总面积4.9万平方公里，东西绵延270多公里，奇峰、鸣沙、湖泊、神泉和寺庙，组成了一幅神奇瑰丽的画图，颇为壮观。最高的沙山必鲁图，高达500多米，成为世界沙山中的“珠穆朗玛”。

因为沙漠中鸣沙遍布，巴丹吉林沙漠也被誉为世界上最大的“鸣沙王国”。著名的宝日陶勒盖鸣沙山，高达200多米，人从沙山下滑，沙子发出嗡嗡轰鸣，如飞机掠过头顶，数公里之外清晰可闻。

这里的沙漠虽然极为干旱，但在浩瀚的沙漠中，分布着141个风格迥异的湖泊。面积最大的是诺日图，竟有2205亩。当然最著名的是音德日图神泉了，在面积1500亩的咸水湖中，有一个不足3平方米的小岛，岛上有108个泉眼，泉水甘洌清甜，显示出大自然的神秘与神奇。

陪同我们的阿盟广电局局长包金说，要想领略巴丹吉林沙漠的浩瀚和粗犷，一定要租用一辆越野车和一名专业司机，在起伏连绵、峰峦叠嶂的沙海中去冲浪。“很刺激、很难忘的。”她说。我们几个人坐进越野车之前，就都准备好了足够的尖叫和呐喊。

出发了。越野车在沙浪中飞驰，宛若大海中的一叶小舟，轻盈地飘忽着，明显感觉到车轮拍打沙浪的欢快和细软。司机为了满足我们的心理需求，总喜欢在沙山半腰蛇形而上。左右倾斜摇摆的车体，在无垠的沙海中划出一道美丽的弧线。有时候，越野车冲上45度的斜坡，车身在沙坎上打一个浪，又急速俯冲下去。车内几个人早已忘记了尖叫，都屏息呼吸，紧张地攥住某个抓手。

半个多小时后，越野车停在沙漠深处的一座沙山顶上。我们从车内走出来，还没来得及呼喊一声，又呆傻了。沙山的另一侧，呈现在我们眼前的，竟然是一潭碧绿的湖水，在四周金色沙山的映衬下，宛若一颗镶嵌在沙漠深处的翡翠宝石，熠熠闪亮。

站在沙山顶上环顾四周，重连叠嶂的沙山，有的像腾云驾雾的巨龙，有的宛如沉睡的美人。阳光打在沙山上，折射出刺眼的光。倘若稍微眯上眼睛，眼前的沙漠就变成不折不扣的海洋了。

当即有几个人从沙山上滑下去，奔湖水而去。湖水很清澈，有一些不知名的小鱼快乐地游动着，还有许多碧绿的水草，生长在湖边。仔细打量湖泊边缘地带，很容易发现，如今湖水的面积比先前枯竭萎缩了若干，而且似乎还在日日萎缩。越野车司机就是本地人，他说十几年前，这个湖泊的面积至少有现在的两倍。于是我们都在心里推测，照此速度枯竭下去，再过十年，这个湖泊或许就会从我们视线消失了。

唉，总有些让人沮丧的忧虑搅乱心绪。几个人重新爬上沙山，都沉默了。一只蜥蜴不知从什么地方冒出来，慌慌张张穿越了我们脚下，然后突然停下来，扭转了半个身子，仰起头，好奇地看着我们这些入侵者。沙漠是它们的家园。

我们拍了一张集体照，就下山了。越野车跳跃着从一个沙山冲上另一个沙山。远处沙丘沟壑中，依稀可见别的湖泊影子。

那是沙漠的眼睛。

或是沙漠的最后一滴泪水。

哭泣的黑城

黑城在额济纳旗政府东南约25公里的荒漠之中。初听这名字，自然跟“月黑杀人夜、风高放火天”扯在一起，就有了影影绰绰、神秘莫测的感觉。

游览黑城，必须了解黑城悠久的历史。不了解黑城的沧桑，就读不懂黑城。

黑城因位于黑水河下游而得名，始建于1038年的西夏，至今已有近千年了。黑城总面积18万平方米，长方形。城墙使用黑水河内的胶泥夯实的，墙根部厚度为11.6米，顶部厚3.5米，墙高达10米，东墙和西墙各开一个大门。西北城墙角上，建有一群覆钵式喇嘛塔，最高的一座12米，成为黑城独特的建筑标志，至今矗立在那里。

当时居延一带属于西夏重要的战略要地，构筑黑城就是为了增强这一区域的防御能力。黑城选址在高凸开阔的戈壁砾石上，四周一览无余，环绕黑城的黑水河，形成了一道天然屏障，易守难攻。

从一些资料中，足可以想象黑城当年的尊贵和繁华。然而随着西夏王朝日渐衰败，经过167年风雨沧桑的黑城，在1205年遭遇蒙古铁骑的重创，从此开始了在漠风中苦苦支撑着难熬岁月。之后的20多年中，成吉思汗率领大军对黑城发起了7次猛烈攻击，于1226年将其攻克。随着黑城的沦陷，西夏王朝气数已尽，一年后彻底灭亡，成为了历史传说。

西夏神话破灭了，然而黑城却还活着。到了1286年，元世祖忽必烈在黑城设立总管府，并对黑城进行了扩建，黑城迎来又一个繁荣昌盛时期，城内多达7000多人，好不热闹。

我们今天看到的黑城遗址，就是元朝时期扩建的。

到了北元时期，黑城升格为省级机构。1372年，明太祖朱元璋决心摧毁北元政权，命大将军冯胜率领西路大军，向黑城进发，一路厮杀，击败了甘肃等地的元军，最终攻破了黑城。

据说当时黑城有一位将军英勇善战，冯胜大军攻城不下，于是截断了黑水河。黑将军在外无援军、城无饮水的困境下，命人于城北墙凿开一个洞口，率众突围，战死在距离城西不远的胡杨林中。

又据说，这片长约8公里的胡杨林，在黑将军壮烈之后，就集体死亡了。其实，据考证胡杨林大面积死亡，是黑水河断水造成的。这片死亡的胡杨林，被后人称为“怪树林”。千奇百怪的胡杨树，虽已干枯，却都保持着当年生长的姿势，倔强地挺立在大漠之中，有的仰天长啸，有的低头不语，有的相互搀携，有的肢体残缺……景象之壮烈，触目惊心。

自此黑城人去城空，任漠风侵蚀。1886年，俄国学者波塔宁在额济纳考察时发现了黑城，消息不胫而走。到了1908年4月，波塔宁的同袍科兹洛夫在向导的带领下，率领4名考察队员在黑城肆意挖掘，发现了大量西夏文献，其中有珍贵的汉文、夏文对照的《番汉合时掌中珠》及《音同》《文海》等古籍。所获文物用了上百峰骆驼运走。我们可以想象出，科兹洛夫带着这些价值连城的宝贝离开时，脸上洋溢出的灿烂笑容。之后，英国人斯坦因也在黑城挖掘了230册汉文古籍、57种西夏文书，以及大量经卷。再之后，嗅觉灵敏的兰登·华尔纳、斯文·赫定和贝格曼接踵而来，开始了第二轮、第三轮疯狂挖掘，不仅掠走了大量文物宝藏，而且将黑城原有的建筑物破坏殆尽。黑城只剩下一个空空的躯壳，在漠风中日日风干成一具标本。

俄罗斯学者花费了近半个世纪的整理，将科兹洛夫从黑城掠走的古籍文物，按照宋、夏、金、元不同时期，编写成了大约2000册珍贵资料，成为世界考古史上一大壮举。

如今，在俄罗斯的圣彼得堡艾尔米塔什国家博物馆、英国的伦敦、印度的新德里、日本的东京、瑞典的斯德哥尔摩、法国巴黎等国家和地区，都有黑城出土的珍贵文物。看到这些信息，我既伤感又高兴。伤感的是，黑城大多数文物都流失在国外；高兴的是，毕竟这些珍贵文物还在世间保存很好，如同一位母亲，得知自己丢失了的孩子，突然出现在他人屋檐下，尽管已经更名改姓，但毕竟还活着。

活着就好。

我们像虔诚的教徒一样，从西门步入黑城。最先映入眼中的就是城墙西北角的喇嘛塔，斑驳的塔身在蓝天白云下，显得肃穆庄重。一些城墙已被黄沙掩埋了大半，形成了蜿蜒起伏的沙丘。城内空荡荡的，连一堵残垣断壁都没有，只见一地的瓷器陶片，在白花花的阳光下，展示着结了血痂的伤口。

我在碎片中小心地扒拉、辨认着。黑的、红的、黄的……各种颜色的碎片，似乎都在向我诉说一段历史，似乎都期盼我带着它们离开这伤心之地。很快，我捡了上百块陶瓷碎片，却发现前面的碎片铺天盖地朝我涌来。我茫然了，站立在那里惊慌失措。

罢了。我将手捧的碎片，又抛撒在砾石之上。还是让它们留在这里吧，跟满地碎片一起，守候着它们破碎的家园。

沿着人工搭建的木梯，登上北城墙，可以清楚地看到传说中黑将军突围的洞口。洞口之外是连绵的沙山，围绕城墙蜿蜒爬行，很快就要漫过墙头。站在围墙上，我不敢俯视墙内破败的景象，总似乎看到风沙中，科兹洛夫、兰登·华尔纳、斯文·赫定和贝格曼正挥汗如雨地疯狂挖掘。极目远眺，是一望无际的大漠，强劲的漠风夹带着沙粒从远处吹来。阳光一如既往地热烈，烘烤着干硬粗糙的泥土墙。

一切都如此寂静。

一切都让给了死亡。

应该有几声马头琴或是一丝羌笛声。然而没有，似乎所有的声音都被沙漠吸尽了，只有一波又一波赶来的漠风，“嗖嗖”地从沙脊上走过。

我狼狈地逃出黑城，再也不想回头。

2012年9月12日

去湘西找翠翠

我19岁那年认识了《边城》里的翠翠，很容易就被她迷住了。

那年我是个小新兵，刚进入兵营不久，在班长和老兵的训斥中，经常在夜里思念贫穷却温暖的家乡，流一些莫名其妙的泪水。

寂寞和伤感中，我读到了1982年人民文学出版社出版的《沈从文选集》，从此打开了自己另一片天地，这片天地如诗如画，如痴如梦。我牢牢地记住了“沈从文”这个名字，直到今天，这个名字连同他笔下的那些女子，依然生活在我的情感世界里。

这年是1983年，我的文学梦由此开始。

由于太年轻，认识了翠翠，很容易生出一些可笑但又合理的想象。我常常在晚上熄灯后，躲进被窝里打着手电筒读沈从文的小说，读到后来，完全痴迷了，白天在训练场上的队列里，也满脑子的翠翠、萧萧、三三，被班长的脚踢了很多次，仍然不能醒悟，不能从湘西的山水和这些女子当中脱身。想到可笑处，竟然很希望月光下唱山歌的翠翠等待的那个人，应该是自己才好。

后来，我当了通信员，不需要执勤训练了，但因为读小说耽误了很多事情，这份让许多新兵羡慕的差事很快丢了，去一个部队招待所当了招待员。在招待所，我不仅看小说，还开始写小说了，经常把烧在煤气上的水壶忘记了，结果烧坏了十几个水壶之后，我的招待员又当不成了，回到连队站岗去。再后来，我终于有豆腐块大的文章发表了，就被调到了营部报道组，写新闻报道，靠着文字一步一步爬上来。

现在我步入不惑之年了，有了家有了孩子，但是我心中的翠翠还在，而且更让我怀念。翠翠仍旧停留在湘西的山水间，停留在月光下，等待那个不知道什么时候回来的人。多少年了，我一直梦想去那片山水间寻找她，却一直没有机会，一晃两晃，竟然过了20多年了。

今年9月初，因为与湖南电视台合作一部电视剧，必须到湘西选外景，终于可以去亲近湘西山水了。我与湖南台的盛和煜（《走向共和》的编剧）老师等几位朋友结伴而行，第一站奔吉首去。虽然现在不像沈从文先生当年那样，只有水路可以走，但通往外面的公路实在差了些，很多路段正在施工，坐在丰田面包车上，倒很像坐在波浪中的船上，总要把一颗心悬着，屁股虚虚地落在座位上，倘若稍稍坐实了，就会被颠簸起来。尽管这样，我的目光还是在颠簸中，急切地透过车窗，捕捉路两边闪过的青山绿水和一些女子的面孔，用这些画面对照我梦中的湘西模样，真的就找到了许多似曾相识的风景，虽然距离凤凰还早，久已期待的心已经荡起了涟漪。

吉首自治州宣传部的刘部长接待了我们，见面后首先问我们有什么要求，盛和煜老师很理解我，就说："主要到凤凰看沈从文故居，衣大作家是沈从文的崇拜者，他要去找《边城》里的翠翠呀。"

刘部长笑了，大概他接待过很多像我这种来寻找翠翠的人，就说知道了知道了，翠翠嘛是有的，翠翠嘛很多很多了。刘部长直接把我们安排在了"边城宾馆"，我对"边城"两个字特别亲切。住在宾馆里，禁不住又反反复复地想着《边城》里的一些山和水、人和事，一夜没有睡实。

第二天，刘部长陪同我们到了凤凰县，凤凰县的宣传部长很早就在凤凰县城外迎接我们了，还特意把宣传部负责文艺的一位姓黄的女孩子带来，为我们当导游。小黄带领我们游览了“黄丝桥古城”，走在凸凹不平的青石板路上，她说这是中国迄今保持的最完整的古城堡，距今1300多年，有多么多么珍贵，等等。接下来，又带我们去了“南方古长城”，乏味地走了一圈。

实话说，我不是考古家也不是史学专家，对古城堡和古长城之类的遗迹，没有多少兴趣，况且这类的残垣断壁，在凤凰以外的地方也见得多了，只不过是一段被遗弃的历史罢了。

我把话题扯到了沈从文身上，想知道童年时候逃学的沈从文，是不是经常到黄丝桥古城玩耍？在我的阅读范围之内，还没有读到沈从文关于黄丝桥古城的文字。小黄笑了笑，说可能会来吧。

我问小黄：“你喜欢读沈从文的书吗？”

小黄犹豫了一下，说：“我读得不多，读了一两篇。”

小黄略一停顿，补充说：“我不懂小说，没有文学天赋。”

我看了看她，点点头，心里却一阵怅然。我想，作为凤凰人，尤其是凤凰的女子，是应该读读沈从文的小说和关于湘西的散记，那些文字里有她们的故事。

从南方古长城下来，简单地吃了午饭，我们就去了沈从文先生的故居。那是一条比较繁华的街道，街道两边的房屋，已经有许多砖瓦结构的楼房。沈从文的故居左边的那栋两层小白楼，挂着“李记姜糖”的黑色木牌，相比之下，沈从文故居红漆斑驳的木门，显得有些落败。小黄介绍说，故居曾一直属于一杨姓人家所有，到了1988年才被政府买回来，可惜这个时候，沈从文先生已经辞世了。我不知道沈从文先生1982年最后一次回到故乡的时候，是否到他的旧居重温旧梦了。

沈从文先生的旧居，是一个小四合院，正房内，摆放着先生用过的一张写字桌，桌面镶嵌着一块大理石板，桌子前面还有一张太师木椅，两件东西都很陈旧了，脱落了红漆的木板已经泛白。据介绍，这是沈从文先生在北京一直使用的桌椅，先生辞世后，凤凰县政府专程到北京“讨”了回来。写字桌的对面墙上，挂着几张沈从文先生的照片，都是复印而成的。

旧居内的一些物品，显然是拼凑起来了，而且大多没有什么价值，我从木屋内感受不到一丝沈从文先生的气息了。

怅然离开了先生故居，到了沱江边，情形大不同了，因为有了水，有了船，有了水边的吊脚楼，眼前的一切便灵动起来。我心中立即升腾起温暖的感觉，仿佛走进了自己熟悉的故乡。我的情感和思绪，曾无数次在这山水间逗留，在吊楼内痴迷。

其实，现在的沱江边上，最惹眼的已经不是那些陈旧的吊脚楼了，而是江对面一座山顶上的现代建筑，我猜想那应该是一处宾馆或者疗养院。身边的小黄却告诉我，那是画家黄永玉先生的别墅。我们同来的几个人，都忍不住“啊”了一声，“啊”后，有人就说这别墅的位置，应该是凤凰最好的一处风水了，也有人赞叹房屋建筑的气派，猜想黄先生兜里有多少票子……

黄永玉是沈从文舅舅的孙子，后来我们走完了凤凰城才知道，如今这位画家的声望，似乎在沈从文先生之上了。黄永玉居住在凤凰城最高的位置，居高临下俯视着沱江和沱江相伴的凤凰城，城内的虹桥、准提庵等显要处，都留下了黄先生的墨宝。我特意问了几位凤凰人，他们都没有读过沈从文的文字，对沈从文先生了解甚少，但是他们却知道黄永玉的画很值钱。

从凤凰城北门乘船，需要走近二十分钟的水路，才能到沈从文先生的墓地。江面上，月牙形的顶棚游船来往如梭，人在船上，目光腾挪于水边的吊脚楼间，自然要想起《柏子》中粉头油面的女子，要想起《丈夫》里的七丫头……一切的景物，都是这么亲切。我痴痴地看着，希望眼前吊脚楼的某一扇窗户，会突然打开，探出一张翠翠和夭夭的脸，却始终没有。有的，是几个光着身子的孩子，在江边像鸭子一样扑腾着水花，还有看不清面色的女人们，在青石板上捣衣，把一拨又一拨沉闷的声音播向远处。一排新旧间杂的吊脚楼，静默地面对一江的清水，面对一船船的笑声，在时间的流失中，增加着历史的厚度。

有几条船上的游客，大概感觉到江面上太寂静了，本该有一些歌声，于是他们就放开了嗓子歌唱起来。

船快到终点时，水面上突然冒出了几只小木筏，快速朝我们的游船靠近，其中一只木筏冲到游船前头，险些与游船相撞。木筏上面驮着的都是七八岁的孩子，手里举着用水草编织的蝴蝶和蚂蚱，嘴里喊着："买一只买一只，献给沈爷爷。"

"多少钱买一只？"我问。

"一块啰。"

问答的间隙，游船已经从木筏边快速划过，甩在后面的木筏上的小女孩，感觉到我有买的可能，或者说是可以做通工作的那种人，于是奋不顾身地从木筏上跃进水中，扑腾着两条细腿追赶游船。我们同船的人都禁不住惊叫了一声，盯住水中的小女孩，为她捏着一把汗。江中生长了茂盛的水草，几乎快要长出水面了，会不会缠住了她的细腿……我身边的盛和煜老师就慌张地喊了："别慌，慢慢来，我们在前面等你！"

上了岸，回身看水中的小女孩，已经被甩掉了五六十米，我们就站在岸边等待着她游过来。这时候，岸边却有七八个小孩子围住我，手里也举着水草编织的蝴蝶和蚂蚱，让我买了献给沈爷爷。尽管我知道他们的沈爷爷，其实并不需要这么多蝴蝶和蚂蚱，但我还是买了他们每人一只。追赶上来的小女孩已经从水里爬上岸，冲到我面前，手里总共也就拿了两只蝴蝶和一只蚂蚱，为了她的一番折腾，我就一起买下了。

沿着青石板小路上行不远，便是听涛山，沈从文先生就葬在听涛山下。在山脚下，有一个摊位，出售饮料和食品，同时也出售玫瑰花。我们每人买了一支，预备上山敬献在沈从文墓碑前。踏着石阶蜿蜒而上，途中看到一块石碑，黄永玉先生在石碑上题写着：一个士兵要不战死沙场，就是回到故乡。我对画家了解很少，只读过黄永玉先生隽永的散文，据说他的画很了得，但看眼前石碑上书写的这两行字，却很稀松。

再向前走两个弯道，就看到了沈从文的墓碑。之前，我虽然已经听说沈从文的墓碑很简朴，但是怎么也没想到能够简朴到了令人心碎的程度。据说墓碑是从对面南华山采来的天然五彩玛瑙石，我横看竖看，看不出一点儿特别的。墓碑立在一块窄窄的、有点儿像梯田似地土埂上，四周杂乱无章，墓碑前只有一米多宽的空地，已经被游人走成了路。墓碑旁茂盛地生长着一棵不知名字的小树，叶子像槐叶，墓碑下的两个边角，对称地生长出两簇兰草，右边兰草下面的泥土里，就埋藏着沈从文先生的一半骨灰，而另一半，撒在了日夜缠绕着凤凰城默默流淌的沱江水中。

沈从文的墓碑上，有两句话，是他遗文《抽象的抒情》中的："照我思索，能理解我。照我思索，可以识人。"据说，这是其妻子张兆和女士选定的。

我原来是做好了给沈从文先生烧一炷香的准备，但墓碑前却没有香炉，也没有出售香火的摊位，不觉一阵失望。仔细看墓碑跟脚下，竖着许多香烟蒂，费力琢磨了半天，终于明白这是一些人献给沈从文先生的香火，明白了之后，就更加揪心。

香火烧不成了，我们几个人把手中的玫瑰花小心地依靠在墓碑下，默立在墓碑前，鞠了躬，相互看看，仍无话可说，就各自走开，去看后面山壁上题写的一些乱糟糟的字迹。我却不舍得走开，总觉得有没做完的事情，却不知道要做什么，只有站在墓碑前，傻傻地想着先生微笑的面容。

离开墓碑，走不多远，我忍不住回头再看去，已经看不到矮矮的墓碑了，却看到几个孩子从墓碑处走出来，手里举着我们刚刚放在碑下的玫瑰花和那些水草编织的蝴蝶、蚂蚱，一定是要用它们再去换取几块零钱……

我一直忍在眼中的泪水流了出来。

沈从文先生是喜欢花的，因为他是热爱生活的人，一生都在追求美。黄永玉先生的散文中就有记载，"文革"期间，沈从文先生被下放到咸宁劳动，生活清苦，环境恶劣，但他却给黄永玉先生写信说："……这儿荷花真好，你若来……"

我不知道那些孩子，是否还给他们的沈爷爷墓碑下，留下了一两支鲜花。

走出听涛山，带路的女孩子小黄，特意把我们导向一条石板街，指着前方一处说："那是我们的迎宾门，许多贵宾到凤凰的时候，县政府的领导都在这里等候，沈从文先生1982年回来的时候，也从这里经过。”

我们行走的步伐立即小心翼翼了，似乎觉得沈从文先生当年的足迹，还留在古老的青石板上。

从石板街走到虹桥的路上，凤凰县的领导向我们描述着他们未来的宏伟蓝图，大致是要把黄丝桥古城内的居民都迁出去，把居民的房屋改建成仿古建筑，把南方古长城进一步复原，要让凤凰美丽的山水吸引更多的游客……然而，他们唯独没有想到如何利用沈从文先生留下的宝贵财富。

如果说山水秀美，云贵川的山水一点儿不比凤凰逊色。其实大多的游客到凤凰来，是来寻找沈从文先生笔下的声音、色彩、光和影，是来寻找先生笔下的翠翠、萧萧，寻找一种极致的美。尽管现在的凤凰人，并没有完全读懂沈从文，但我相信，百年之后凤凰的子孙们会发现，沱江边能留下的只有沈从文先生简朴的墓碑，以及先生笔下的翠翠。

本来我们计划在凤凰留住一个晚上，住在沱江边的吊脚楼内，看江边的光和影，听夜色中传来的捣衣声……但我实在没了兴致。

我很想尽快返回北京，在灯下重读沈从文先生的小说，那里面的翠翠永远是美的。

山里飘出一朵云

童年，金色的梦。

童年是飞舞的花蝴蝶，是树上喳喳叫的鸟儿，是满山坡的羊群，是溪水中透明的一尾鱼……

我的童年，是大山的颜色。我出生在深山里，那里只有我们一户人家。我第一眼看到的是大山的颜色，记忆最深处的色彩，仍旧是山色的斑斓。

我出生在深山里，出生在散发着青草气息的空气里，我是山的儿子。

父亲二十多岁的时候，接受了党组织交给的光荣任务，去离我们村子很远的大山中，成立一所民办中学，让周围十几个村子的半大孩子有书读。父亲就带着我母亲住进了大山里，从此他再也没有离开教育战线。

老父亲无意中给了我山光水色的童年，给了静静流失的懵懂的岁月。

那是一个盆式山谷，四周环山，自北向南有一条溪水，经过我们家门前。春天，溪水穿过浓密的水草，流淌到宽阔的河床，漫过光滑的石头，哗啦啦消失在我的视线外。孩子天生喜水，我经常趁父母不注意，偷偷跳进河水里，去摸河水下那些光滑的石头，或者翘起脚丫丫，感受河水穿过指缝间那种酥痒的快意。

水草里时常有蛇出没，父母很为我担心。有一天，他们指着溪水上方的一处山坡，说："看到了吗？那边住着麻风病人，麻风病传染，你知不知道？麻风病人就在河边洗脸，把河水染上病了，你碰到河水就传染！"

溪水上方的山坡，有一顶松树枝搭成的棚子，里面住着母女两人，因为麻风病，她们被村人送到山里，等待自然死亡。因为距离很远，我从来没有见到她们，只是在阳光充足的天气，她们身穿红色衣裳在山坡走动的时候，我才能在父母的指指点点中，依稀看到她们的身影。

我说："麻风病是什么病？"

父亲说："就是吃人的病。"

从此，我再也不敢触碰溪水了，经常痴痴呆呆地蹲在溪水边，远眺山坡上那顶低矮的松树棚子，心怀恐惧和渴望。那棚子似乎就是一个魔鬼，而我却又很想看清魔鬼的样子。

有一天，父亲带我去松林捡拾松果，一路沿细窄的山路走去，就走到松树棚子的对面。我看到一个漂亮姑娘，正展开双臂吆喝山坡上的一群鸡。那些鸡显然是放养在山坡上的，因为鸡们闯入了母女开荒种植的蔬菜园，惹得姑娘生气了。她对着鸡们喊："吆西，吆西！"

鸡们大概听熟了她的声音，并不理会，于是她更生气了，抓起一块石头跑过去，喊叫："滚出去！"

父亲正好走到菜地边，父亲就扯开嗓子吆喝鸡。听到了陌生声音，鸡们连跑带飞地跑到了松棚子前面。姑娘抬头打量我们，弯腰从草坑内抓出两个鸡蛋，走到我面前说："小弟弟，你几岁了？"

我说："3岁半。"

她说："给你两个鸡蛋，回去让妈妈煮给你吃。"

尽管那时候我已经懂得鸡蛋是难得的好东西，但我还是摇摇头。我说："你是麻风病，你吃人。"

她笑了笑，极力笑得和蔼可亲，说："别怕，鸡蛋不传染，嗯，接着。"

她朝前走了几步，我撒腿就跑，嘴里喊叫着："爸爸，她要吃我——"

我觉得自己跑的足够远了，就停下来回头看。她站在那里没动。阳光透过密匝匝的松树针叶，把她的影子照在山坡上。几只鸡围绕在她身边，从她脚下的草丛中啄食虫子。

很多年后，我时常会想起那女子的眼神，还有她尽力灿烂的微笑。我不知道她们母女如何打发了剩余的寂寞时光，也不知道她们最终消失在何年何月，但我想，她们的自然消亡一定让当时的乡人们松了一口气。前几年我曾问起过父亲，他只是“哦”了一声，说已经记不得她们的长相了。是呀，今天少有人记得她们的模样了，而我这个当年三岁半的孩子，却深深地记住了她们。收入这本集子的小说《傻人满仓》，里面的女主人公桂花，写的就是这个姑娘。

我们家南边二三百米的地方，有一个自然形成的湖，湖水清澈，沙子细软，是一个好去处，我常常在湖边的沙子上，用一根木棍写画只有自己才看得懂的图案。温暖的中午，湖边浅浅的水中，游动着成群的小虾，白色身子上面点缀着黑斑，在阳光的照射下透亮透亮的。父亲和几个老师，用细铁丝编织的漏勺，把打捞上来的小虾晾晒在石头板上，大约半个时辰，小虾就变成了红彤彤的颜色。父亲总是习惯地捏起一个小虾，丢进嘴里嚼着，眯起眼睛看天空的云彩。

到了晚秋，我家门前就会晾晒着一片片的青草，再以后就堆起一个个高大的青草垛。那是学生们准备过冬取暖用的。青草的味道似乎无处不在，半夜醒来，我还能闻到白天蒸发在空气中的那种热烘烘的青草气息。

学生们在山里过的枯燥，我就成为他们的玩物，谁逮住了都要搓揉一番。他们把我高高抛到青草垛上，在我滚落到地面的一瞬间把我接住；他们摁倒我察看我的小鸡鸡，说我两个睾丸一大一小，弄得我母亲心里发慌，以为得了什么重病……

有学生的白天，山里充满了欢笑。但到了夜晚，学生们各自回家去了，山里寂静下来，狼和狐狸就来到我家屋前屋后游荡。狐狸们经常结伙在屋前的空地上举行晚会，它们不知从哪里弄来了一盏盏的灯火，通宵达旦地跳舞歌唱。我有时躲在母亲的怀抱中，透过窗户纸的小洞洞，可以看到那些灯火黑夜中跳跃着、飘忽着。

因为山里有野兽，所以没有父母的看护，我不能随意在山里走动的。白天的大多数时光，我在屋前屋后扯拽一些不知名的野草，或是瞪着眼睛看远处的山色。

那时候，我对山充满了神奇的敬畏。山上养着狼和狐狸，还种着我们的蔬菜。父亲第一次带我去山上种菜，他种的是红根菠菜。父亲用一张铁锹在长满草丛的山坡上，三两下铲出一个坑，丢进几粒菜籽，然后覆上一层薄薄的泥土。七八天后，我再次跟着父亲去山坡上，就看到一个个小坑内长出了绿油油的菠菜。父亲把菠菜拔回家，母亲用菠菜炖粉条，很好吃。坐在屋前看山的时候，我怎么也弄不懂，山坡的那些小坑坑内，怎么会长出这么好吃的东西？

我在山风的吹拂中，一天天长大了，我的皮肤也便有了山体的色泽。到了5岁那年，父亲创办的学校解散了，他要回到我们村子的学校去教书。

搬家那天，父亲和几个男人抬着我们所有的家当，朝山外走去。我跟在他们屁股后面，一颠一颠地跑。我头顶的天空有一朵白云，一直跟随我漂浮着。爬上对面的山，再走到山根下，远远就看到了前方一排排红白相间的瓦房和一簇簇树木，那就是我的村子，釜甑村。

父亲和几个男人停下来歇息。我独自朝前面的一座石桥走去。石桥架在一条宽阔的河流上，连接着村庄与大山。我刚刚走到桥头，对面河边突然冒出一群孩子，嘴里喊叫着“冲啊杀啊”朝我跑来，拳头大的石子在我眼前乱飞。我是第一次看到这么多孩子，吓得抱头跑回父亲身边。孩子们也退回对面的桥头，站成一排等待着我。

父亲和一位叔叔抬着我们家的大水缸起身过桥了，我急忙跳进大水缸里，想让他们把我抬过桥去。父亲却把我从水缸里提溜出来，丢在桥头上。

父亲说：“你过不去桥，就在这边让狼吃了。”

父亲他们过桥后，一路朝村子走去，没回头看我一眼。

我试探着过桥了，我不能让狼吃了。

桥头那边的孩子们，已经各自寻找了一堆大小适中的石子，放在自己脚下，严阵以待。他们只是坚守桥头，并不盲目进攻。我弯着腰想凭速度冲过桥去，有两三次已经冲到了桥中央，都被雨点般的石子击退了。

我抬头看了看那朵白云。白云静静地漂浮在天空。

我弯腰在河边捡石子，把所有的兜子里都装满了，手里又攥着两块。我憋了一口气，学着孩子们喊叫起来："冲呀——"我边跑边把石子甩向对面桥头，疯了一般奔跑着。我的喊叫声一定很吓人，孩子们竟然四处逃散了。

我过桥了，头顶那朵白云也跟着我越过了石板桥。

1969年初秋的一天，一个5岁的孩子走出大山，从此接受山外风雨的洗礼了，他再也不可能退回那座石板桥，退回山里的一团宁静中。

山外的风，又粗又硬。

悬挂在窗外的一条狗

我居住的公寓楼对面，是一栋刚刚矗立起来的居民楼，两楼相距三四十米，建筑风格大致相似。在地面楼基目测，三四十米还算是个距离，但站在公寓楼20多层之上，透过窗户看去，两栋楼就几乎并肩站立着了。对面楼内的景物，也是极容易望穿的。

我的电脑桌子，安置在阳台边。阳台是落地窗，整面墙壁都是透明的玻璃，对面的楼房成为我阳台的背景了，景深就是别人家的屋室。闲来之余，目光难免有意无意地掠过一个个敞开的窗口。

三四天前的下午，我正在苦思冥想电视剧大纲，恍惚听到一阵哀鸣，瞥眼窗外，就看对面楼外悬挂了一只铁笼子，有一个小东西在里面不停地转圈儿。最初我以为是一只猫，但后来渐渐听清呜咽的声音中，伴有吠叫，终于确定是一条小狗。铁笼子拴着一根绳子，绳子的那端穿过窗户系在屋内。

这是一条普通品种的小狗，却很可爱。它长了一副猫样的花白脸蛋，因为距离稍远，我看不到它的眼睛——幸好看不到，否则我会被它忧伤的眼睛击垮的——只看到它圆乎乎的脑袋在笼子里用力拱着。笼子大约两尺高、一米长，小东西刚好在里面能够转开身子。这方天地，对于一个正是贪玩的小东西来说，实在是太小了。小东西在笼子里叫着转圈，用头顶笼子，用牙撕咬铁条，折腾了半天，大概知道无济于事，也便慢慢安静下来。它一会儿左卧，一会儿右躺，怎么都不是滋味。尽管这样的处境，他的耳朵依旧灵敏地竖着，听到一点点动静，就要仰起头察看一下，偶尔还要朝着声音的方向吠几声。尽管身在笼中，依旧不失职责，那样子像国际警察，为天下大事小事操碎了心。有一只鸟儿从楼前飞过，小东西看到了，吠两声，同时摇了摇小尾巴，算是打过招呼了。只是鸟儿根本看不到，早已无影无踪，于是小东西又安静地卧下。

外面风很大，风贴着楼壁滑过的时候，发出呼呼的声响。尽管是夏季，这风也足够小东西承受的，于是久了，它也便贴在笼子下面紧紧卧着了。

说实话，自从我看到它的第一眼，我就为它揪着心了。整个下午心不在焉，目光总是不由自主地朝外面瞟去，去看它是否还好。到了傍晚，我看到窗户里出现一个二十出头的小伙子，笼子里的小东西立即起身叫着，尾巴摇摆个不停，小伙子打开笼子上面的门，给里面的一个碗里加了些水，又盖住了。于是小东西又是一番折腾、哀鸣。它每哀鸣一声，我的心就揪一下。再后来，一个女孩的大半个身子露出来，打开盖子。我原以为她要把小东西抱进去，却不想她对着哀鸣的小东西狠狠拍了几巴掌，狠劲儿盖死了笼子。

我急忙转移目光，拉上了窗帘。我实在不想看这些揪心的细节。

第二天早晨五点多，我在睡梦里听到小狗的哀鸣和吠叫，一下子从床上弹起身子，拉开窗帘，目光迫不及待地投向那个铁笼子。我看到小东西直立着身子面向主人的窗户，不停地挠着前爪。大约过了十几分钟，女主人终于忍耐不住了，穿着睡衣探出身子，狠狠地拍打了几下笼子，小东西不但没有安静下来，反而更加起劲儿吠叫。它一定是饿坏了。再后来，小伙子光着身子打开铁笼，把小东西提溜进屋内。我松了一口气。小东西锲而不舍的努力，终于换来了幸福时光，它可以在屋内使劲儿向主人摇尾巴、在屋内撒个欢儿了。但是好景不长，十几分钟后，我看到光着身子的小伙子，又把小东西提溜进了笼子里，转身睡去了。小东西照例是一通哀鸣，一通折腾。我朝小东西吹口哨，希望能逗它开心，

它愣了愣，安静了片刻，判别了声音的来路，朝我这边吠叫，完全没有做朋友的姿态。

一连几天，小东西的日子就是这样打发着。我的心情被搅坏了，几乎写不成东西，心中老是惦着它，最后产生了收养它的欲望。这个欲望一旦产生，就在内心蓬勃生长。但我又确实不知道通过什么渠道收养它，我根本不认识它的主人，尽管近在咫尺。

写到这里，我忍不住随手拽开窗帘。外面天色已亮，那只铁笼子还悬挂在楼壁上，里面的小东西蜷缩一团，睡着。鸟儿醒来的太早了，已经频繁地从笼子前面飞过，丢下啾啾的一声声叫。

我内心一阵悲哀，为笼子里的小东西，也为自己。其实我跟小东西的情形大致相似，也是被困在笼子里。

只是我比它更痛苦。

父亲的旅途

父亲曾经跟我说，如果你不当兵到北京，我这一生都不可能出远门。事实上，父亲这一生走的最远的地方，也就是北京了。

父亲是1983年春天第一次到北京的，那时候我还是个新兵，父亲到北京看望我，背着一个黄挎包，里面装了40斤苹果，另外还提了一个兜子，里面装了30斤花生米。那时候通信不发达，连队没有直拨电话，父亲跟我最快的联系方式就是发电报。父亲嫌麻烦，提前没告诉我，拿着我写给他的一封信就上路了。父亲临出门的时候跟母亲说，我就不信一个堂堂的校长，到了北京还能打听不到信封上的地方?

我们家乡不通火车，父亲乘坐100多里路的长途车，到烟台买了一张无座票，站了14个小时来到北京。

父亲出了北京站，把信封给一个三轮车夫看，说，我要到26支局新卫楼。所有的三轮车夫都摇头，说不知道新卫楼在什么地方。父亲当时懵了，他在车站广场转了几圈也没有想出好主意。后来有人告诉他，说北京市内写信，一天就能收到，可以找个旅馆住下，然后按照信封上的地址写一封信。父亲想了想，也只有这么做了。

父亲不想住旅馆，他心疼花钱，打算就在车站什么地方蜷缩两天。这时候，有个当兵的从父亲面前走过，父亲看到当兵的，像见了救星一样，跑过去拦住人家，从包里掏出一捧花生朝当兵的手里塞，把当兵的搞懵了。后来父亲拿出信封打听路，当兵的才明白了。凡是当过兵的人，都有父母到部队探亲的经历，知道父母们的辛苦，于是特别热情。当兵的也不知道信封上的地址，他启发父亲，说你儿子的兵营在什么位置？周围有什么建筑物？父亲想了半天，想起我有一封信中说，兵营距离全国农业展览馆很近。当兵的就建议父亲直接奔农展馆那边，到了那边再打听路。

当兵的把我父亲送上了一辆开往农展馆方向的公共汽车，叮嘱他上了车，问售票员到农展馆怎么走。父亲背着沉重的黄挎包，就站在售票台前不敢挪窝儿，一会儿问一句，到农展馆了吗？售票员烦了，说到了能不告诉你？！啰了巴嗦的！父亲赶紧闭嘴，在老家他是中学校长，可到了北京他是小学生。

父亲到了农展馆后，眼前一亮，他看到了农展馆对面的外国驻华大使馆了。父亲心里“怦怦”跳，他知道我就是外事警卫部队的，急忙跑到大使馆门口向哨兵打听路。站岗的兵说，还远着呢，朝北走吧。

父亲心里踏实，父亲不怕路远，就怕没有目标。

父亲就朝北走，沿着一个个插着外国旗帜的大使馆，一路走一路问。后来，他就看到一个兵营大院，有当兵的在训练。父亲跑过去询问，队伍中一个兵当即向排长报告，说通信员的父亲来了。排长就打发那个兵帮助我父亲拎着包。这个兵（我实在想不起是谁了）刚上了楼梯，就喊叫我的名字，“衣向东——通信员——你父亲来了！”

我当时以为他在跟我开玩笑，说你滚一边去，你父亲才来了呢！我刚要转身走开，这时候父亲从楼梯上走来了，站在那里傻傻地看我，一脸微笑。我一下子愣住了。

父亲的肩膀被沉重的包裹勒出血了，可他因为急着走路，竟然没有感觉到疼。第二天，他的肩膀肿起来，不敢动弹了。

父亲后来多次回忆起这件事，他感慨地说，也怪，那时候北京站看不到一辆出租车，要是有出租车就好，你看现在北京满大街的出租车，你只要说个地方，就能把你送过去。

父亲两年后再到北京的时候，是从北京站打出租车直接到了兵营的，那时候北京出现了很多黄色面包出租车。如今，北京的出租车犄角旮旯里都有，整个马路放眼望去，长长的车流中，出租车几乎占了一半。

其实所谓的新卫楼，只是一栋三层高的楼房，属于邮政26支局分管的范围，紧靠东三环，在长城饭店的正北边，跟长城饭店只有一墙之隔。1982年的时候，新卫楼是附近最高的一栋建筑，再往南边，就是全国农业展览馆，也只有四层楼高。那时候东三环路上的车辆也很少，尤其到了晚上8点钟后，十几分钟才有一辆车驶过去。我们新兵班长竟然带着我们在三环路上训练齐步走。但是几年后，周边就有长城饭店、亮马河饭店、昆仑饭店、兆龙饭店等一大批五星级酒店矗立起来。如今的燕莎商城，就是在当年的一片玉米地上建造起来的。

父亲像我一样，很怀念新卫楼。有一年他到北京，专门让我带他去新卫楼转了一圈。新卫楼被林立的楼房包围着，显得又矮又旧。父亲站在楼房前凝视着，好半天才说，你看看，像是在梦里，原先那边是一片荒地呀。

在将近30年的岁月里，父亲频繁往返于北京和胶东那个偏僻的村庄之间，从没间断过。我是父亲最疼爱最引以自豪的一个孩子，过去他很少关注北京的天气，但自从我到北京当兵了，父亲每晚必看天气预报，了解北京的天气情况。父亲的心多半被牵扯到北京了。

父亲每次到北京都要感叹一番，感叹北京变化太快了。

当然，我的家乡也在变化。最初父亲坐火车到北京，后来改乘豪华大巴车了，因为高速公路一直修到我们家门口。豪华大巴车的座位可以起降，像卧铺一样。父亲说，这车既方便又舒服。父亲也配备上了手机，随时都可以跟我联系了。有一次他乘坐大巴车，快到木樨园长途汽车站的时候，才给我打电话，说你开车到木樨园接我吧，我马上就到。

快速发展的通信和交通，让我和父亲的距离一天天拉近。

有一次，父亲无意中说，他到北京什么车都坐过了，就是没有坐飞机。五年前的一天，我专门回老家接父母到北京，给他们买了飞机票。飞机在蓝天白云之上的时候，父亲的脸紧紧贴在窗口上，看着雪海一般的白云，嘴里不停地发出“哎哟”声，一脸的激动。那一刻，我的眼睛湿润了。

父亲后来对我说，刚刚改革开放的时候，他做梦也不敢想今天能够坐上飞机，能够坐上儿子的私家车。

这些年，父亲一天天老了下去，但他隔三岔五还要往北京跑。他说趁着身体还能动弹，多到北京看一看，等到两条腿拖不动了，就是想来也来不成了。

这些日子，我总在想，什么时候接父亲到北京看看“鸟巢”和“水立方”。父亲看到奥运后的北京，一定又要发出很多感叹。

面对父亲

父亲在我的目光里一节节萎缩弯曲着，我伸出手臂试图将他扶直，而他却沿着我手臂的方向倒下去。他不可能站起来了，这并不是因为衰老压迫着他。如果你看到我们屋后的那棵槐树，你就知道衰老对生命只是一种修饰和渲染，只能使生命显得更加倔强傲盛。那棵槐树是父亲出生的日子里栽种的纪念，它与父亲一起生长了六十余年，身上留下了刀劈雷击的斑斑痕迹，大半的枝桠枯萎衰竭，看架势是熬不过父亲了，但仍旧傲骨铮铮。当一个冬季的寒风从它身边筋疲力尽地退去的时候，在它苍老粗糙的裂皮缝隙里，又探出一芽新绿，迎着风雨蓬勃向上。

是的，父亲不是因为衰老才弯腰了的，父亲是因为弯腰才衰老了。父亲弯腰是因为忘却了性别，忘却了性别就丢失了自己。

我年幼的时候就看到父亲跪在母亲面前的景象，父亲跪着的时候腰是弯的。母亲只是一个家庭妇女，父亲是一所中学的校长，但父亲不由自主地跪下了。我不知道他从什么时候学会了这个难度很大的动作，只知道每次下跪是在大醉清醒之后，母亲戚然地说道：

“你害死了丰儿，还想让我们家破人亡呀。”

只这么一句话，他的腿就弯曲下去。丰儿是我的哥哥，说起哥哥就要说说父亲的离婚和父亲婚外恋着的那个女人。父亲在20世纪60年代初上大学的时候，我的哥哥已经一岁了，而父亲也只有二十岁。父亲的早婚是家庭的原因，且不去论，就说他在学校恋上了那个女同学之后，开始与母亲闹离婚，哥哥恰恰在他们折腾离婚期内死去了的。公正地说哥哥的死并不是父亲离婚的错误，而是饥荒造成的，因为饥荒，父亲的学校在哥哥死后不久，就宣布解散，父亲又回到了他祖祖辈辈走过的乡间小路上。

父亲错就错在回到了乡间小路上的时候，离婚的勇气就消失了，又从古老的小路上走回了母亲身边，他把绞绳交给了母亲，把绞绳系着的十字架留给了自己。于是我在绞绳牵着十字架的戏法中，忧郁地出生了。

我并不想责怪父亲的离婚，而且从今天和历史的视角来看，他的做法无可厚非。面对跪在母亲脚下的父亲，我想告诉他：我宁可不出生，也不愿看到一个下跪的父亲。

多年以后，我从部队回家探亲，私自去拜访了父亲的那位女同学。我走进她办公室的时候，她抬头瞥了我一眼，只这不经意的一眼，她便“啊呀”一声。我平静地去观察她的情感变化，从她脸上的红晕中和惊喜的眼神里，我知道她已经在我的神韵里看到了父亲的影子，她对他竟是这么熟稔，岁月的尘埃没有覆盖了她悠长的记忆，变幻不测的风雨没有冲淡她深深的思念。

她给我沏了茶，避开我打量她的目光，问道：

“你父亲，他，好吗？”

我微笑着点了点头，她又问：

“他让你来的？”

“不，我自己，我想见你就来了。”

她羞红了一下脸，说你长得真像你父亲，但比你父亲……你父亲胆小，掉下树叶怕打破头。这或许是她对父亲当年的行为的责备吧。

我并没有多问什么，其实也不需多问，我只是想看她一眼。告别的时候，她叹息一声说道：

“听说你父亲常醉酒，劝他少喝点儿吧。”

我用力点点头。我笑着看她，她也笑着看我，彼此要说的话皆在微笑之中了。我想父亲跪着的时候和他饮酒的时候，一定会想起她的吧？我为父亲深深地遗憾着。

现在对于父亲的饮酒，我能找到准确的解释了，后悔过去对他的冷漠和粗暴。从我记事的时候，我眼中的父亲就是一副醉态模样。我八岁的那年冬季的一天，父亲醉卧在大街上的雪地里，放声大笑，周围的一群孩子用石子和雪球掷打他，我试图保护他轰赶那些比我大的孩子，后来我就被孩子们包围着，衣领和裤裆里塞满了雪球，我哭喊的时候，父亲却仍在笑个不停。从那个时候，我就恨着父亲了，并且十多年没有叫他一声父亲。

父亲醉酒时寻求精神解脱，是对自己的不满和嘲笑的一种方式。我看到他站在生产队长面前卑琐的神态，因为除去身为校长的父亲，我们一家人的吃饭问题，都由队长来解决，队长可以凭着自己的兴趣随时停发我们的口粮。

所以父亲每年的春节都要请队长吃饭，而父亲去请队长的时候，队长哼哼唧唧地说要去张三或李四家，总让父亲排几天的队。最后家里那点鱼肉快要放臭了时，母亲就指责他说：

“看你窝窝囊囊的样子，请了几天请不来。”

父亲就独自饮酒，微醉时分去了队长家，瞪着布满血丝的眼睛说道：

“我请你晚上去家里吃饭，你敢不去？”

然后掉头回到家里，让母亲准备饭菜，傍晚时队长就不请自到了。父亲陪队长喝酒，似乎是拼着命喝，父亲说：

“喝。”

队长说：

“喝。”

父亲说：

“喝！”

队长说：

“喝！”

父亲说：

“喝呀！”

队长说：

“喝呀！”

较量到最后，父亲醉了，队长也醉了，两个人醉着说打了个平手。那时候面对烂醉的父亲，我愤愤地骂他酒鬼，把一个酒杯摔在他的脸上。

当我长成一个男人的时候，我开始寻找与父亲对话的机会。第一次回家探亲，母亲做了几个菜，问父亲喝酒吗？父亲看看我，笑笑，说不喝。父亲看我是仰着脸看的，目光怯怯的。那时候我已开始在报纸上发表小文章，父亲在大学时曾做过这个梦，却没有实现，他便觉得我很了不起，时常把我寄他的文章拿出来读一读。

他知道我恨着他这个酒鬼，他笑着说自己已经戒酒了，我故作漫不经心的样子说喝一点吧，说我也想喝呢。他忙说喝吗？然后倒了酒，我们一杯接一杯喝下去，都喝到微醉时，他瞅着我说：

“你文章写得好，还好酒量，我服了。”

我把脸扭到一边，偷偷拭去眼角的泪水。其实我的酒量远不如他，不知他为什么用一种阿谀奉承的语气夸奖我。他曾经在母亲脚下跪着，在领导面前甚至在那个生产队长面前卑琐地站着，而今又在我的面前小心谨慎察言观色地行事，父亲呀父亲，你的腰一生都不能挺直了吗？

面对父亲，我想告诉他：你是我的父亲，更是一个男人！

我犹豫着，叫了他一声：“爸——”

很多年没有这么叫他了，他愣了愣，望着犹豫的我，慌慌地问我有什么事情，我不知该说些什么，讷讷的时候，他焦虑地说道：

“你说呀，你看你……”

我知道父亲的腰不可能挺直了，这真的不是衰老的缘故，父亲已经找不到自己了。

面对父亲，我还能说些什么呢？

写于1997年11月23日

校长父亲

在我们老家，做校长的人大多姓衣，很早就有衣家出学官的说法。

我父亲就是一名校长，我年少的时候总觉得做校长的父亲，还不如邻居小伙伴黑蛋的父亲牛气。黑蛋的父亲赶马车，夏天戴一顶千疮百孔的草帽，冬天戴着一顶狗皮帽，一年四季腰间扎着一根绳子，手里的皮鞭乌黑油亮，甩到空中轻轻一抖，就是一声鞭炮般的炸响。

黑蛋父亲赶的马车，一般的村民很难坐上去，只有村干部和那些漂亮的姑娘媳妇们，才可以搭乘。每逢到了马车进城的时候，村民们一个个围着马车跟黑蛋父亲祈求，希望能让他们搭乘马车。黑蛋的父亲永远是黑着脸，不吭气。那张粗糙的脸，不知被多少热切的目光一遍遍地抚摸过。

而我们这些孩子，只要有机会，就追逐在马车后面，一哄而上，在马车上颠簸几分钟，然后在黑蛋父亲的皮鞭挥舞下，仓皇地滚爬下来。

当然，让我羡慕黑蛋父亲的，还不止这些。黑蛋父亲经常把黑蛋扛在肩上，或去山野里追逐野兔，或去湖水里摸鱼逮虾，让黑蛋度过了很快乐的一些童年时光。倘若有人欺负黑蛋，黑蛋父亲就会举着皮鞭，大声呵斥，一副雄狮咆哮的样子。

我父亲却永远是一副谦卑的样子，他的衣着倒是整洁，头发自然地分到一边，是电影里特务和坏蛋的那种发型。他走路轻飘飘的，似乎担心踩死了地上的蚂蚁。每个星期六傍晚，父亲就乘着暮色回家了，到了星期天傍晚，他又消失在暮色里，来去匆匆，在村头没有留下一丝动静。他回了家很少说话，大多数的时间都是沉默着。我总是远远地打量他，像打量一个陌生人一样。

父亲不仅害怕母亲，也害怕我们村里的村干部，见了我们的生产队长，他都谦卑地点头哈腰。但是，父亲也有挺直腰杆的时候，那就是喝了酒之后。喝了酒的父亲，经常特意到大街上挺着腰杆走来走去的，一副主宰者的姿态。

现在我才明白，那时我们家里没有劳动力挣工分，父亲需要每年给我们一家五口人交钱买粮吃，而父亲的兜里又没有钱，于是就要在春节以及其他的一些节日里，请村干部喝酒吃饭，这时候的父亲必然陪着生产队长等一伙人，拼命地喝酒。父亲不管别人是否喝醉，总之他自己要尽快喝醉，喝醉了之后才能毫不脸红地提出欠债的要求。父亲一年年地请客，一年年地欠债，他的腰也便一年年地弯曲下去，直到现在，他仍旧习惯了低着头走路。

我不知道父亲从什么时候开始醉酒的，我能记得最早的一次，是我8岁的那年春节。父亲喝醉了之后，扛着一把铁锹走上了大街，走的雄赳赳气昂昂，完全是一副劳动者的形象。父亲嘴里喊叫着说，抓革命，促生产，促工作，促战备！

母亲最初要把父亲拽回家，但是拽了几次都被父亲甩开了。父亲甩动胳膊的时候力气很大，有一次把手甩到母亲的脸上，母亲的脸就红肿起来，但是父亲根本顾及不到母亲的脸，他要去抓革命促生产了。

父亲朝村外走去，母亲流着眼泪气愤地对我说，你傻愣着干啥？快跟着他！

父亲的身后，跟着一群孩子和几条狗，热热闹闹的。孩子们不停地把一些雪球抛向父亲，砸在他的头上和脸上，有的把一寸长的小鞭炮点燃了，朝父亲身上甩。父亲笑着，听到鞭炮炸响之后，他就喊一声，“砰”！孩子们也就哄笑一次。

后来，父亲的脚下滑了一下，摔倒在雪地上，开始呕吐起来，在他身后跟了很久的几条狗立即扑上去。孩子们欢叫着，把雪球和鞭炮朝他身上甩去，父亲卧在雪地上，已经没有了抵挡的能力，只是笑着喊叫着。

我冲上去赶开那些孩子，但是赶走了这个又上来了那个，后来孩子们把父亲扔在一边，都朝我围攻上来，把雪球塞进我的后背和裤裆里。我倒在父亲不远的雪地上放声大哭，在我哭喊的时候，父亲却看着我笑个不停。

孩子们终于闹哄够了，索然寡味地离去，只剩下几条狗还守候在我和父亲躺倒的雪地上。雪耀眼的白，阳光落在雪地上，闪烁出淡黄的光芒。远处的雪地上，有一团热气蒸腾着，不知道是那条狗屙了屎或者撒了一泡尿。再远处，被雪覆盖着的山坡上，有一高一矮的两个人影走动着，像银幕上的皮影人，似乎走起来一颤一颤的。这样的天气里，一定是谁家的父亲正带着他的儿子追猎野兔。

父亲喊叫的声音，被渐渐渗透出的酒力压制了下去，他无力地卧在那里，神志迷迷糊糊的，眼皮开始耷拉下去了。他嘴边的雪，在他呼出的热气蒸腾下，完全融化了，露出黑黝黝的泥土。

这时候，我站起来走到父亲身边，把他的一只胳膊搭在我肩上，吃力地扶起他，将他的半个身子靠在我的脊背上，拖着他回家了。我们一步步朝前挪动，身后的雪地上留下一条很深的沟痕，那是我和父亲磕磕绊绊的双脚犁出来的……

父亲醒酒之后，母亲狠狠地辱骂了他一顿，她说你还算个人哪？你简直就是一条狗，你连条狗都不如！父亲低头听着母亲的辱骂，一声不吭。最后，我听到母亲说，你以后还喝吗？你就不能下狠心戒了？父亲这才动动身子，小声说，要戒也容易，容易的……

然而，之后的岁月里，父亲仍是年年醉酒，他烂醉如泥的身体经常靠在我弯曲的脊背上。有一天我走在大街上，那些和我一样大的孩子，突然嬉笑着对我喊叫“酒鬼”，我恼怒地冲进他们当中，后来不知怎么就被他们打翻在地上，鼻孔里流出了血。

回到家里，母亲看到我的嘴唇红肿着，问怎么回事，我平静地说自己不小心摔了一跤。而在心里，我却狠狠地骂了父亲一声酒鬼。

从那个时候，我就不再叫他父亲了。

我羡慕别的孩子的父亲，就是很自然的事情。那些孩子的父亲，无论胖瘦，似乎都很有力气，走起路来一拱一拱的，带着一些弹跳的架势。他们为了自己的孩子，同别的男人叫骂厮杀，有时也被对方打得头破血流，但是他们一定让对方的什么地方流了血，尽管他们流的血比对方多几倍，但是他们依然豪迈地拉起自己孩子的手说，走，咱们回家，再有人欺负你，我拧掉他的头当球踢！

在村子的孩子们当中，我就是最胆小的了，酒鬼的父亲根本没有这种能力保护我。我经常被一些孩子推来搡去，我唯一的办法就是远远地躲避他们，独往独来地打发自己的少年时光。

时光不经混，一晃两晃，我长成一个男人了。

1982年底，我18岁，偷偷报名参加了征兵体检，顺利过关后，父母才知道了。母亲说，当兵有什么好的？咱们村当兵回来的那几个，不会种地，连家乡话都不会说了。

父亲说，也不是都这样，还是有出息的人多。

母亲说，马上实行责任制了，咱家需要帮手，他走了，地里的活谁干？

父亲把目光投到我身上，很细心地看着我，他很少这样打量我。他有些惊讶地说，真快，有我高了，一眨眼的工夫。在他眼里，我似乎是一夜间长大了。

父亲说，小鸟总要出窝的，让他走，出去锻炼锻炼，一个人一辈子不能待在一个地方。

去县城武装部集中的那天，因为没有交通工具，母亲只把我送到村外，由父亲陪着我步行去县城。我们走的小路，在山谷和山背之间穿行。秋后的山间很静，有成群的麻雀从我们头顶飞过，消隐在收割后的庄稼地里。曾经丰实饱满的山坡，已经显得空旷起来，农人们把大片的庄稼收割回家，田野里遗留着那些没有成熟或者籽粒干瘪的庄稼，一株两株的聚在一起，在微风中孤独地摇动身子。偶尔也会看到几个在田地里劳作的人，点缀在远处一片秋色里，使橘黄的山坡灵动起来。

我和父亲默然走着，我们都想说点什么，可都不知道应该说什么，只有默默地走路。父亲知道我心里记恨着他，至今不叫他一声爸爸，但是父亲无法去触动这个话题。他走在我的前面，遇到险峻的路，或是一条河流，他就站住了，在一边等候着我，并微微地展开双臂，作出随时扶我一把的样子，仔细地看我走过去后，他才又放开步子走。

斑斓的秋色一片片展现在眼前，两个一样高低的男人沉默地从上面走过。

一路上，我一直在琢磨从县城上车的时候，怎样叫父亲一声爸爸，我想我应该在离开家的时候叫他一声。

但是，真正到了上车的时候，我却怎么也叫不出来，“爸爸”这个称呼我很久没有使用了，感觉是那样生涩，那样沉重！我听到身边的人都在呼喊着他们的父母，我也看到父亲举着手朝我摆动，似乎在等待着我的呼喊，但是我就是喊不出来。

这时候，挂在树上的大喇叭突然响了，播送《送战友》的歌曲：

送战友踏征程
默默无语两眼泪
耳边响起驼铃声
战友呀战友
亲爱的弟兄
……

父亲的泪水一下子涌出来，他抹了一把泪水，朝着开动的车子招手，大声说，到了北京，来信，来信呀——

到部队安顿下来之后，我就给父亲写了第一封信，信的开头，我称呼他“爸爸”，半年之后，我就称呼他“亲爱的爸爸”了，因为在这半年中，我在异地他乡，在艰苦的兵营，就是靠着父亲的来信，战胜了难以想象的困难，打发了许多孤寂的时光。读父亲的信，也是我阅读父亲的过程，我读到了他的内心世界最为细腻的情感，读到了他飞扬的文采，读到了他人生的哲学。

这时候，我才真正认识了父亲，为拥有一位校长父亲而自豪。他的学识、对人生的理解、对我的宽容和很得体的鞭策，对我后来的成长起了关键的作用。

我当兵之后的那几年，可以说是父亲人生最得意的时光，他在一种欢愉的心境中，看着我一步步地走向成功的人生，看着我起飞了；同时，作为校长，他所在的学校又是桃李芬芳，每年的考生率总是第一名。

父亲终于畅快地笑了。

可惜这样的时光只有几年，父亲就退下来了。但是，退下来的父亲并不寂寞，因为他有我的文章伴随着他。他把大块闲暇的时间，用来研究我的作品，他那间屋子成了我的作品展室。这时候，虽然我发表了一些作品，却都不很成熟。但在父亲眼里，我远远要比取得的成就伟大了许多，他开始整理我的一些信件，把我的一些照片重新归类，标明拍摄的年月。父亲在为我将来的大红大紫做准备工作了。

有时候，母亲也会在父亲面前夸我几句，说我的文章越来越好看了。父亲就斜视母亲一眼，说那还用你说？你要看看他父亲是谁。父亲的言外之意，是提醒母亲不要忘了他是个校长。事实上，父亲在大学的时候，文章确实写得很好，也曾有过文学的梦。

现在，父亲和母亲都老了，年岁大了的人，就难免又有了孩子气，两个人隔三岔五地要吵闹一次。每次吵闹，两人争论不出个高低对错的时候，父亲就说，让向东来评评！母亲也说，评评就评评！

于是，父亲就给我打电话，把吵闹的过程述说一遍，有时在述说的过程中，就像孩子那样嘤嘤地哭泣了。当然，母亲也不相让，也对着话筒哭。

我开始总是在电话里笑，因为我知道他们两人的吵闹，也会像孩子那样，很快就重归于好了，相互较真只是这一会儿的工夫。我劝说了这个，批评了那个，最后对父亲说，你还是校长哩，校长就这水平？父亲就急忙说，对对，我不

跟她一般见识，我们怎么能跟她一般见识？

我注意到父亲的话，他用了“我们”，就是说他把自己和我搭在一起了。“我们”是什么？都是文人呀。父亲的话里，掩藏不住他的自豪感。

我做校长的父亲呀，你真的有理由自豪了，因为你有一个还算得上文人的儿子。

语文老师徐学利

在知识的海洋里，老师是一艘船，在人生的道路上，老师就是一座桥。今天，回望自己走过的文学道路时，发现我踩过的第一座桥，是初中的语文老师徐学利。

那时候我父亲是中学校长，因为我在别的学校不用心读书，父亲就把我转到了他分管的学校。第一次见到徐学利老师的时候，父亲对他说："交给你了，他不老实，你就砸他。"徐老师看着我笑了，但笑容刚刚绽开，就快速收回去，说："好的，衣校长放心，我对他不会客气！"

我有些惊异，瞪大眼睛看他。我的惊异倒不是因为他要对我不客气，而是惊异他说的普通话。

20世纪70年代的时候，我们家乡说普通话的人还很少，偶尔有从大城市过来的人，操一口流利的普通话，乡人们就会用敬畏和新鲜的眼神去看他。不过，如果你本来生长在这块土地上，却丢掉家乡土语去说普通话，乡人们背地里就会骂你"装相"或"学骚"。有一些出去当兵或参加工作的人，回乡后想说几句普通话，表示自己当下身份的特殊，但很快就在乡人们不屑的目光中，失去了自信，终于回到原来的腔调上了。

徐学利老师是土生土长的家乡人，他却说普通话。

父亲看到我惊异的样子，就加重了语气对我说："好好跟徐老师学习，教语文，他是把好手。"

其实徐老师也就比我大八九岁，当时正谈恋爱，我父亲是他的红娘。他身体很结实，大冬天只穿一件毛衣，早晨起床经常用结冰的水洗头，傍晚放学后，他一个人在刺骨的风里打篮球。走路的时候，大步流星，一脚踩下去，似乎要将地面攫去一层皮。

自然，在教书中，徐老师就有一股狠劲儿，训斥我们的时候总是咬着牙根儿，说："你们不好好学，考试要是给我出洋相了，看我怎么收拾你们！"有一次，我因为贪玩，上课铃声响过很久了，我才气喘吁吁跑进了教室。他一把将我抓到讲台边，大声喝斥："你为什么迟到了？是不是以为你老爹是校长？"说着，一拳头砸在我肩膀上，我一个趔趄蹲在地上。下课后，他拽我到办公室，把事情经过告诉了我父亲。我父亲说，该砸！父亲说着，又踹了我两脚。

徐老师对我严厉，一方面因为我父亲是校长，我的语文成绩算是衡量他教学优劣的一个标准；另一方面，徐老师很欣赏我的作文，希望我能在考试中给他拿成绩。为了提高我的作文水平，他给我找了许多作文范文，给我买了日记本，要求我每天必须写一篇日记，他定期检查。日记本用完后，以旧换新。这种最基本的文字训练，为我以后的写作打下了坚实的基础。

课堂上，徐老师讲课的声音抑扬顿挫，声情并茂。他最擅长的是讲作文，作文课上给我们朗读范文和分析范文的时候，那种风采确实迷人。他自己也喜欢写作，创作的散文经常在我们当地油印的刊物上发表。

有一次，《人民日报》大地副刊，用一整版的篇幅，刊发了我们本县走出的作家牟崇光的一篇报告文学《爱的暖流》。他在作文课上读给我们听，读着读着，他竟然热泪盈眶，声音也越来越动情。我跟随他的朗读，进入到一片温暖的天地，直到他读完之后，我才发现自己也是一脸的泪水。徐老师看着我们说："我多么希望有一天，你们也能写出这么感人的文章？！"

就是那一次，我被文学艺术的魅力震撼了，而且记住了徐老师的那句话，开始偷偷学习写作了。

徐老师写一手好字，字形内圆外方，刚劲有力，很像大书法家舒同的字体。他的字就成了我最早练习书法的字帖了。

升入高中后，我跟徐老师分别了，但我写日记的习惯却保留下来，而且对写作入了迷，每周都将一本厚厚的手稿，投进邮局粗笨的信筒里。尽管并没有写出什么名堂，却为我参军后的文学道路，做了很好的铺垫。

参军到了北京，新兵连结束的时候，因为我的字写得有点儿模样，连队就挑选我当了文书。但是工作中，我越来越对自己的字不满意，于是想起了徐老师，忙给他写信，请他指点。徐老师指出了我写字的毛病，然后很工整地写了几张字帖，供我模仿。就这样一来二往，我把跟徐老师的通信当成了练字，钢笔字有了飞速提高。

当兵后，我依然保留着写日记的习惯，保留着对写作的迷恋，终于有一片小稿见报，我就被调到报道组，正儿八经地写一些“豆腐块”了。我曾经把发表过的小稿子寄给徐老师，得到了他不少的夸奖。回去探亲的时候，我还专门去看过他两次。

最后一次见到徐老师，应当是1997年5月间，那时候我的第一本小说集《我是一个兵》的小册子出版了，他看到后很高兴，给了我许多鼓励。同时也把他这几年的成就告诉了我，好像在什么刊物上发表了一篇散文，在当地教育刊物上还发表了一篇教学经验谈。记得他说这些的时候，脸上挂满了自豪。

一晃，竟然有10年没见到徐老师了，这日子也过得太快了点！听说他不教书了，提升了乡镇教委副主任。我心里挺惋惜的，想他还是教书更好，做官于他那种性格，是很不适宜的。

如今，我已经四十有三了，年初一次照镜子，偶然发现鬓角处，竟然冒出几根白发，似乎在提醒我，已经耗掉了人生大半的光阴了。徐老师，你现在估计早生白发了吧？冬季里的早晨，还能用冰水洗头吗？

教师节到了，在遥远的北京，学生从内心说一声谢谢，谢谢您把我引领到文学的道路上来。

保重吧老师，学生默默为您祝福。

我的小学老师

已经三十年了，每当想起她的名字，我心中就充满了感激，眼窝就会被泪水打湿。她叫衣焕玉，我的小学老师。

那时候的乡村，家家户户一贫如洗，我们这些孩子们的着装都不整齐，尤其到了冬天，有的衣衫褴褛，棉絮裸露在外面，有的穿一双破碎的布鞋，像拖鞋一样趿拉在脚上，许多孩子长年挂拉着鼻涕。

记忆中，贫寒岁月的早晨格外寒冷。天色还漆黑，我就起床了，手里举一盏小煤油灯，磕磕绊绊去上学。通常大街上总要落厚厚的一层雪，刮了一夜的风虽然歇息了，剩下的却是那种干硬的冷。村庄在干硬的冷气中越发寂静了，就连那爱叫的狗，也无声无息地蜷缩在角落中。

一切有生机的声音，都被寒冷禁锢了。

这样的早晨，我举着小煤油灯，从深深的小巷内走出来，在黑色的天空和白茫茫的雪地间磕磕绊绊走着，脚下的雪发出咯吱吱的叫声。我感觉自己的耳朵在寒冷中瑟瑟抖动，并且一节节萎缩着，最终从我脸庞一侧消失了。然而，我虽然感觉不到耳朵的存在，听力却出奇的好，能够听到很远处的脚步声，以及雪发出的咯吱吱的叫声。很快，身前身后就会出现一盏盏煤油灯，跟我手中的灯相呼应。这些灯从不同的街巷飘忽出来，朝村小学汇集而去。我们相互交错着走过寂静的街巷，彼此却没有一句言语。

然而，不管我起的多早，每次走到学校，教室内总有一盏煤油灯忽闪忽闪地亮着，灯影里忙碌着的人，就是我的老师衣焕玉。她把炉火点燃、烧旺，火炉上温热着满满一铝壶水，刚刚洒过水的地面，已经打扫干净，留下一个个清晰的水印，散发出土腥的气息。看到我们走进教室，她就一个个拍打我们身上的碎雪，然后让我们围拢在火炉边烘烤身子。等到下一拨孩子走进来，火炉边的孩子就带着红红的小脸，坐到自己的位子上，高声晨读。后来走进教室的孩子，就又围拢到火炉边了。

早自习的时间里，焕玉老师大多数时间，都是坐在火炉边，用针线给那些裸露着棉花的孩子缝补衣裳，而那些穿衣单薄的孩子，整个冬天都被她安排在距离火炉子最近的位置上。

每个冬天里，我的双脚都要冻伤溃烂，皮肉粘连在袜子上，晚上睡觉从来不敢脱袜子。早自习的时候，焕玉老师就会端一脸盆热水，让把我双脚放进脸盆，慢慢地浸泡。我一边捧书朗读，一边看着她穿针走线。等到袜子跟皮肉粘连处，在热水中慢慢地软化，她边抱起我的脚，小心地将袜子和皮肉剥离开，然后在溃烂处涂擦了药膏，再将我的袜子洗干净，放在火炉边烘烤。袜子烘烤干爽，她小心地给我穿在脚上，早自习也就结束了。

有一天我发烧，她送我回家，一路上把我抱在怀里，弓着腰，用身子紧紧护住我，为我抵挡着风寒。我闻到了她身上的那股雪花膏的香气，那味道很好闻。

从一年级到四年级，焕玉老师用那双温暖的手，无数次擦去我眼角的泪水，用一根柳条教鞭，牵引我一步步走路。

我升五年级时，焕玉老师离开了我们，听父母们说，她嫁人了，男人是部队的一位排长。在山村里，能嫁给一位排长，是一件很光荣的事。她已经28岁了，那岁月28岁的大姑娘还没出嫁，算是新闻了，所以她不得不离开我们这些孩子.

据说，她是流着泪离开村子的。

又据说，她走的那天，偷偷站在教室外，看望了我们这些孩子。

如今，大多数人联系紧密的都是高中老师和大学老师，有谁还能记得自己的小学老师呢？

三十年了，我不知道衣焕玉老师她在哪里，不知道她是否还记得冬天里总爱冻伤双脚的那个孩子。如今，我多么想再闻到她身上那股雪花膏的香气！

在教师节到来的日子，我写一首小诗，作为节日礼物，献给衣焕玉老师：

朋友，我想问你一个问题
谁是你的小学老师
无论你走到哪里
请不要忘记他们

我还记得我的小学老师
她的眼睛总有淡淡的血丝
从上学的第一天起
她就耐心教我识字
教我怎样削刻铅笔
怎样合理使用一块橡皮

她给我缝过棉衣
给我擦过眼泪和鼻涕
她手把手扶我走路
一步一步走得踏实

哦，我的小学老师

岁月一天天把思念堆积
心中早已蓄满对你的感激

朋友，我想问你一个问题
谁是你的小学老师
无论你走到哪里
请不要忘记他们

【后记：这篇小文发表后，有幸被衣焕玉老师看到了，跟我取得了联系。我回老家的时候，她跟老公请我去饭店吃饭，聊得非常开心。然而去年春节我回老家，却得到一个很坏的消息，衣焕玉老师因病去世了，算来也就60多岁吧。我特意将此文收录进来，以表达对她的思念之情。】

老房子

远离故乡的人，记忆中或多或少都会有一些老房子的影子。老房子是我们生命的起点。老房子的影子里总是裹着一团温暖，还有一些味道。这些味道无论是酸甜还是苦涩，都值得我们一生去咂摸。有些老房子破败不堪四壁透风了，却并不影响我们对它的怀念。老房子就是远离故乡的人对故土的怀念，是颠簸流离的那颗心的精神避难所。

我家的老房子对我来说，其实就是我的老父老母。

我家的老房子在胶东一个叫“釜甑”的乡村中。字典里，釜和甑都是古代一种煮饭的器具。村子东边有一座圆锥形状的大山，叫釜甑山。我到现在也没弄明白，是山因村而得名，还是村随山叫釜甑。当然这并不重要了。

父亲的父亲们一直住在这个村子里，他们最初的老房子在哪里，父亲也说不明白。父亲小时候居住的老房子，在村子当央，紧挨着家庙。村子里居住的人家都姓衣，家庙也叫衣家庙。父亲记事的时候，家庙还有些香火，我记事的时候，家庙就改成了村子的小学校了。爷爷和奶奶都在这所老房子里故去，母亲和父亲是在这所老房子里成的亲。后来我的叔叔要结婚了，作为长子的父亲，就把这所老房子让给了他，父亲和母亲搬到了村子的三间仓库里。

我说的老房子，就是这三间仓库。

仓库最早是堆放牛马草料的，所以建造的时候，房屋就比普通的屋子矮小狭窄，窗户和门也是小鼻子小眼的。其他人家建造房子的石头，是从山里开采来之后，再经过石匠们锤打砧凿，石块平整规矩。三间仓库就不同了，墙壁上的石头是从河套里捡来的，大小形状都不规则。颜色也不统一，有被阳光漂白了的，也有黑不溜秋的天然色，用今天的眼光看去，倒是有几分艺术夸张。

仓库是村北最后一排房子，前面就是一排马棚，有二十多间房子，坐西朝东，跟三间仓库组成丁字形。马棚南边的山墙前几十米，是一口水井，水质清洌。再往前，就是一条小河，常年有涓涓流水自东向西，汇入村西的大河中。

父亲当时是个教书的，算是村里的头面人物，又跟村干部做了一些感情投资，就得以在仓库里暂且安身。住了几年后，几个儿女都降生在这里，父亲就花了几百块钱，买下了三间房子。当时父亲每月才一二十块钱的工资，几百块钱不算个小数目，他拿不出这么多钱，就一直赊账，直到我当兵后的第二年，才卸掉了压在心头的这块石头。那已经是1984年了。

三间仓库是父亲给我们打造的一个窝窝。

我记事的时候，屋前的马棚还在，还有几十匹马养活在里面。马棚子面南的一面是半敞开的，可以看到马槽和拴马桩。太阳刚升起那阵子，阳光投进马棚内，映照出马匹光润的毛色，还有马匹闪亮的眼睛。无风的夜晚，我在睡梦中还可以听清马匹咀嚼草料的声音。

我们一家进出屋子，要从二十多间马棚前的小路经过，马匹们会歪着头看我们，它们的眼神总是那么忧郁。我能够嗅到它们身上散发出的汗腥味儿。马棚里很静，可以听到马尾巴扫来扫去的沙沙声。偶尔，一匹马冷不丁地打个喷嚏，就会吓得我身子一个哆嗦，脚步也就快了许多。

马棚前有一架秋千，是用粗糙的木柱支撑起来的，就有临近的孩子跑来荡秋千。马匹们听到孩子们突然响起的尖叫声，忙支棱起耳朵细听。它们的耳朵总是不停地抖动，轰赶落在上面的蚊虫。

我记不清马棚哪一年拆掉了，也记不清那些马匹的去向。现在我想起老房子，总要想到那些马匹，它们和我的童年紧紧连在一起。

对于老房子，我记忆最深的是那几扇窗户。

老房子的窗户是木棂的，上面裱糊了一层纸。窗户纸的来源比较复杂，有小学生课本，有粗糙的纸盒子，也有旧报纸旧年历。窗户纸经受风吹雨打之后，到处开了裂，在春夏秋的季节里，也就随它开裂去，但进入冬季就不行了，寒风从开裂处灌进屋子里，冷飕飕的，母亲需要经常在开了裂的地方打补丁。通常，薄薄的纸张贴到窗棂上，要不了个把月就失去了水分，变得干焦酥脆，一场大风之后，总有什么地方要开裂的。打了补丁的窗户，显得臃肿了许多。

因为老房子在村子最北边，寒冬的风就在屋后鬼哭狼嚎地叫，再硬朗的窗户纸也被撕扯的七零八落。父亲干脆用泥巴和砖头，将后窗封堵严实，待到来年春暖花开，再将窗户开封。这样密封的三间屋子，房顶上再覆盖一层厚重的雪，那样子，很像寒风中缩紧了身子的小老头。

父亲在外面教书，每个周六的晚上，无论是风是雨，他都要赶回来。低矮的三间房屋里，有他的妻子儿女，有他全部的牵挂。赶回院子里的时候，他的目光总是最先落在窗户上，看窗户是否有一团油灯的光影。有了，他那颗悬着的心，也便稍稍松弛下来。

我的哥哥是最早诞生在老房子里的孩子，因为他的诞生，老房子注入了一股奶香的气息。

哥哥一岁的时候，赶上一个寒冷的冬季，夜里的老房子像冰窖，母子俩的体温抵挡不住屋子里的寒气。为了夜里烧炕取暖，母亲白天去山里拾柴草，把我哥哥一个人丢在家里。哥哥还不太会走路，只会在炕上爬。母亲担心他从土炕摔到地上，就用一根绳子，一头系住哥哥的腰，另一头系在窗棂上。有一次，母亲回家的时候，发现哥哥死在土炕上，他是被绳子缠住了脖子勒死的。

父亲没有过多地责备母亲，只是恨那根窗棂。窗棂上留下了哥哥临死前挣扎的迹象，哥哥跟窗棂较过劲儿，可惜小小的力气，没有拽断那根窗棂。

父亲瞪着窗棂呜咽地骂："我日你祖宗的！"

父亲刀起刀落，砍断了夺走哥哥性命的那根窗棂。

后来，那根窗棂就一直残废着。窗户纸缺少了一些支撑，那里的窗户纸就总是最先被风突破。尽管这样，父亲也并没有去修复它。

姐姐比我早两年出生在老房子里，她的哭声和笑声，多少冲淡了父母对哥哥的思念，却没有擦掉他们心中的痛。我出生的时候，父亲才真正笑了一回，他对母亲说："咱们又有儿子了。"

到春节的时候，我已出生七个多月，能够用表情跟父亲开始情感交流了。他逗我的时候，我会笑给他看。父亲看到我笑，也跟着笑。春节前几天的一个中午，父亲发现我把窗户纸捅了个洞洞，眼睛从洞洞朝外看。父亲笑着，学着我的样子，把眼睛凑在洞口朝外瞅。父亲看到了院子里飘舞的雪花，怔了好半天，似乎想起了什么，起身披上棉衣朝屋外走，母亲问他去哪里，他只说一会儿就回来。

一会儿，父亲顶着一身雪花走回来，手里拿着一张卷起来的大白纸。他跳上土炕，三两下撕掉了窗棂上五花八门的窗户纸。

母亲没弄明白怎么回事，慌张地跑过去问父亲："你神经病啦？"

父亲不吭气，在土炕上展开了那张白纸比画着。母亲终于明白了，又说："你刚去买的？多少钱一张？"

父亲说："五毛钱。"

父亲说："这纸真白，像院子里的雪。"

母亲心疼地跳起来喊叫："窗户纸好好的，你撕毁了，花五毛钱去买张纸，你败家子！"

父亲说："白纸亮堂，儿子能看到院子里飘飘的雪花，飘飘的。"

父亲说着，朝窗棂上抹胶水。

母亲的火气越来越大了，说："我过年都没舍得给孩子买一件新衣服，没舍得买一条黄花鱼，没舍得……你却花五毛钱买一张纸……"

母亲说着，竟然心疼地哭了。

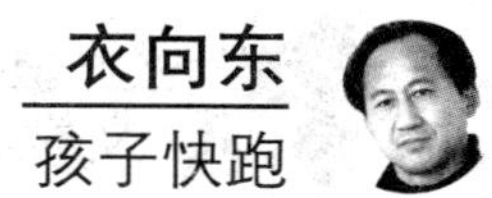

父亲不理睬母亲，他很快把白纸糊到窗棂上。我趴在窗台边，看着院外的落雪从窗户的白纸前飘洒过去，留下一道道忽闪的影子，兴奋地咯咯笑起来了。

父亲看着我，也笑了。他笑得很满足。

我原来习惯了黑乎乎的窗户纸，现在看到窗户亮堂了好多，就觉得很神奇，趴在窗户上瞅着瞅着，突然伸手朝窗户纸抓去，母亲喊叫的时候已经晚了，刚贴上去的白纸被我撕开一个大洞。母亲把对父亲的不满发泄到我身上，对准我的屁股蛋子就是两巴掌。

父亲恼怒了，他跳起来扑向母亲，第一次跟她动了拳脚。

邻居听到母亲的哭喊声，跑来给他们劝架。邻居都说错误在父亲这边，家里有小孩子，窗户纸本来就不会囫囵，将就着就行了，他不该花五毛钱换一张白纸。邻居说，有这五毛钱买肉，过年能吃一顿好菜。

这个春节，因为一张窗户纸，闹得父母心情很坏，他们甚至在大年初一这天，相互之间都不肯说一句话。

其实母亲知道父亲为什么要买一张白纸，只是她心疼那五毛钱。后来父亲说，你再心疼钱，也不能打孩子呀？撕碎了就撕碎了吧，孩子没见过这么白的纸，白的像雪，孩子见了高兴。

以后的岁月，家里的境况一年比一年好起来，每逢春节前不用父亲操心，母亲就会去商店买一张大白纸糊在窗棂上，然后把她精心剪裁的几幅窗花贴上去。就因这一张窗户纸和几贴窗花，老房子里便弥漫了吉祥快乐的气氛。

我每当看到窗户上换了新纸张，贴上了窗花，就知道离大年三十晚上只有三两天了，就会大声喊叫：“妈，什么时候给我穿上新衣服？”

我最小的妹妹6岁的那年夏天，父亲张罗着要把三间老房子翻盖成四间新瓦房。父亲对母亲说：“咱们也换上玻璃窗。”

母亲剜了父亲一眼说：“翻新房子？说得轻巧，你用气吹起来？”

父亲说：“我就是用气吹给你看。”

这几年，老房子的前后左右都盖上了新瓦房，屋顶比我们家的房子高出一两米，窗户上是明净的玻璃，墙面上还贴了花花绿绿的石子，漂亮极了。我们家三间老房子被夹在当中，趴趴着身子，显出几分可怜兮兮的样子。母亲不止一次在父亲面前唠叨，说就咱们家的房子最破旧了，屋里黑乎乎的，像老鼠洞。母亲也只是嘴上唠叨几句，她知道父亲养活四个儿女已经很吃力了，腾不出力气翻新房子。

其实这些年，父亲早就为翻新房子做准备了，他今年拼凑木料，明年预定石块砖瓦，后年积攒粮食，三五年的时间，父亲像蚂蚁搬家似地，把翻新房子的材料一点点备齐了。

推倒老房子那天，父亲从县城照相馆请来了照相的，在我们家老房子前照了一张全家福。父亲特意交代照相的，取景的时候要把邻居家的新房子一起拍下来。于是照片的背景，就是我们家老房子和邻居新房子的交接处。两栋房屋一高一矮，玻璃窗和木棂窗形成较大的反差。

拍完照片，泥瓦匠们爬上了屋顶开始动工了，父亲对我说："你看，咱们的老房子。"

父亲又转头对最小的妹妹说："你快看，咱们的老房子……"

父亲母亲和他们四个孩子，站在老房子前，看着老房子屋顶的瓦片揭光了，看着黑乎乎的房梁卸掉了，再后来，就是一阵尘土腾空而起，老房子的墙壁坍塌了。尘土还没有飘散去，父亲就走过去，拽出那扇木棂窗户，看着被他用刀剁残的地方，愣怔半晌，才慢慢地松开了手。

新房子盖了半个多月。白天父亲跟着泥瓦匠身后跑来跑去，显得手脚忙乱。到了晚上，泥瓦匠们都离去了，工地上静下来，父亲一个人坐在半截子墙壁边抽烟。他迫切地想看到新房子盖起来的样子。

我们一家住在院子临时搭建的棚子里，外面蚊虫多，天黑后我们就钻进蚊帐去。有一天晚上，父亲坐在石头块上，眨巴着眼睛看天空。母亲走到父亲身边催他睡觉。母亲说，你在那里发什么呆？累一天了，还不快睡！父亲动了动身子说，这天阴呼啦的，像要下雨。母亲也抬头看天空。天空从下午就阴沉起来，云层堆积得越来越厚重。这些云层像棉花一样，堵在父亲胸口上。

母亲收回目光，疑惑地说：“前些日子刚下过雨，不会让我们赶上了吧？”

父亲说：“不会最好。明天就上梁了，明天不下雨就起屋顶了。”

父亲倒腾出一堆塑料布，是用来应付下雨天的。他把塑料布一张张分开卷好，这才在一张草席子上躺下了。父亲太累了，倒下不久就打起了呼噜。母亲最初被远处的雷声惊醒的时候，还以为是父亲的呼噜声。母亲含糊地责备父亲，说你看你打呼噜，像打雷。她刚说完，一道闪电划过天空，电光照亮了半个院子，接着就是一声炸雷。父亲还在酣睡，母亲踹了他两脚。打雷了，打雷了，快起来！父亲弹跳起来，走到院子的时候，雨点已经噼里啪啦落下了。

父亲说：“快去喊人！”

母亲朝院外跑去，大街上很快就响起了她的吆喝声。

“大哥，下雨了，我家的房子没上梁！”

“大叔大婶，下雨了，快起来帮把手！”

……

父亲抓起塑料布，踩着梯子去覆盖墙体。雨来得很猛，且起了风，刚搭好的塑料布被风卷起来。父亲慌忙用手抓紧塑料布，脚下一个趔趄，人就从梯子上摔下去。父亲挣扎着想爬起来，可他的腿不听使唤了。

村人们听到雷雨声，自然想起我家没盖完的房子。他们用不着什么人去吆喝，爬起来就朝我家院子跑，手里还拎着自家的塑料布和油毡。风雨中看不清谁是谁的脸，只听到相互合作的吆喝声。喂，那边，扯紧了！我的乖乖，你麻利点儿，绷紧了！这边，祖宗哎——这边没盖严实！狗日的天，说下就下了！

等到整个墙壁和木料水泥都覆盖严实了，村人们早成了落汤鸡，他们也不跟父亲打招呼，各自回家去脱掉湿漉漉的衣服了，依旧没留下一个完整的面孔。

父亲的左腿在这个雨夜残疾了，摔折了的骨头长好后，走起路来整个身子朝左边拐，好像左腿短了一截子。他没怎么在意，得空就拐着腿去擦窗玻璃。父亲擦玻璃的时候习惯张着嘴，朝玻璃上哈气，有时候还会伸出巴掌，在玻璃上用力蹭。

我是最早离开老房子的，入伍去了北京。再后来，姐姐出嫁了，弟弟和妹妹也先后参加了工作，老房子里又只剩下父亲和母亲了。父亲上了岁数后，遇到阴雨天，骨折的地方开始疼痛，于是他也就常常想起那个雨夜。父亲还得了肺炎，气管呼呼啦啦叫，像拉风箱。父亲说是教书的年头长了，吸食了太多的粉笔末儿。病情严重的时候，父亲就需要跑一趟医院，往返几十里地，挺不方便的。

父亲退休后，我给他们在城里买了楼房，动员他们搬到了城里。父亲最初不答应，担心去城里住不习惯，母亲却不以为然，说什么习惯不习惯，住久了就习惯了。母亲喜欢住城里，每年都要去我弟弟妹妹那里住一段日子。她说城里买菜方便，洗衣服方便，冬天睡觉有暖气，夏天睡觉有空调。母亲说："你不走我走，你一个人窝在家里吧。"

父亲沉默了两三天，也就同意了。

我专门从北京赶回去帮父母搬家。说是搬家，其实也就是把父母两人搬进了城里，屋里的物品基本不动，窗帘、方桌、大衣柜，还有墙上的相框，都留在原处。母亲要把灶前的炊具带走，父亲却说："去城里再买吧，这些就放这儿，我们什么时候想回来住，一切都是现成的。"

我看到墙上的相框里，镶嵌了我小时候的几张绝版照片，算是珍贵物品了，就要取下来拿走。父亲拦住了我。他说你别动，就放这儿，有时间你回老房子看看，一切都是老样子，挺好的。父亲说，你把这些东西都拿走了，墙壁上光秃秃的，就不像个家了。母亲在一边听了，剜父亲一眼，说："要回你回来看吧，儿子没时间回来，吃饱了撑的你！"

父亲没反驳母亲，只是扭头仔细地看了我一眼。

一切收拾停当了，父亲仔细地检查了门窗，然后把院子打扫干净，这才给院门上了锁，把钥匙小心地揣进兜里。

父亲住进城里，心里一直惦着老房子，遇到刮风天，担心窗玻璃碎了，遇到下雨天，又担心屋顶漏雨，他就经常骑着自行车跑几十里路，回乡下看望老房子，给花草浇浇水，把院门前打扫干净。到了春节，他要专门拿了春联，回去贴在老房子门上。

老房子从外表看起来，似乎一直有主人陪着。

再后来，父亲的身体越来越坏，就没精力照顾老房子了，小半年才能回去一次。有一年夏天，我从北京开车回家看望病中的父亲，他瞅着我的车突然说：“咱们回去看一眼老房子吧，有车方便。”

我和父亲回到老房子，发现院门前疯长了一人高的杂草，密密实实的一大片，已经看不到路了。父亲走下车，弯腰呼哧呼哧喘着粗气拔草，我担心他累着了，忙跑到他前面开辟出一条路。

父亲直起腰看着老房子说：“房子被草吃了，不像个人家了。”

他哆嗦着手里的钥匙打开院门，院子里也是满眼的杂草，还有那些寂寞开放的花儿。一只鸟儿从屋顶扑棱棱飞去，把父亲吓了一跳。我已经几年没回老房子了，没想到老房子破败的不成样子，许多墙皮脱落了，有几处屋顶塌陷下去，看上去老态龙钟了。窗玻璃附了一层灰尘，失去了光泽，尤其是镶嵌玻璃的木头窗帮，经过多年的风吹雨淋，开始腐烂了，很多条条框框已经走了形状。

父亲站在那里打量了半天老房子，这才缓缓走到窗口，伸手抚摸腐烂的木头窗帮。他轻轻用指甲掐捏，腐烂的木渣子纷纷落下来。

父亲说：“屋里没人气了，房子就老得快，房子是靠人气养活着。你这次回来住几天？”

我说：“住半个月吧，想陪你去青岛转两天。”

父亲摇摇头说：“我这样子，哪儿也不去了。能住半个月？你干脆帮我维修老房子吧。”

我有些吃惊，盯住父亲的眼睛说：“你维修它干什么？破房子，塌就塌了去！”

父亲说：“哪能呀，说不准什么时候还回来住。”

我说不赢父亲。他执意要维修房子，把塌下去的屋顶垫起来，把木头帮的窗户换成铝合金的。我真闹不明白父亲心里想了些什么，就算是把窗户换成铜的换成金的，又有什么用处呢？

母亲和弟妹得知父亲要维修老房子，也都不同意，把父亲围在当中，你一言我一语地劝说他。母亲说那么几间破房子，看你金贵的，你干脆把它搬城里，晚上睡觉搂着！父亲被母亲说急了，他说你们都闭嘴，我不花你们一分钱，不用你们搬一块瓦，我自己找人干。

没办法，我只能把满足父亲的要求当作一种孝敬了。

我在城里定做了铝合金窗安装在老房子上，又回村子找了几位邻居，爬上屋顶掀开瓦片，把塌下去的房梁垫平了。父亲像当年翻新房子那样，跟在别人身后忙来忙去，看到青年人爬上了屋顶，他也要跟着上去揭瓦。我费了半天口舌，总算说服他放弃了爬屋顶的要求，他却又踩上了梯子，往墙皮脱落的地方抹水泥和白灰，似乎不亲自操作一下，就对不起老房子。

是的，父亲在表达一种歉意，他搬进城里享福了，把老房子丢在乡下孤独着，心里有些愧疚。

房子维修好了，父亲用指关节敲打着铝合金窗户，说这东西耐用，一百年也不会烂。他脸上露出满意的笑容。

临走的时候，父亲又把院子清扫了一遍。

我帮父亲维修完老房子，随即去了南方，给一家影视公司写了一个多月的剧本，并没有感觉出季节的明显变化，返回北京的时候，才知道已经深秋了。这时候，弟弟来电话，说父亲住院了，还强调说这一次住院跟过去不同，医院给父亲动用了氧气，父亲喘气很困难了。“好像要出事。”我听了弟弟的话，立即赶回了老家。

父亲病情加重的原因，是感冒引起的，感冒让他的肺炎突然恶化，住进县医院才三天，医生就下达了病危通知。见到我走进病房，他略有吃惊，说：“你怎么回来了？不是听说这阵子特别忙？”

我怕引起父亲的猜疑，就故意很随意地说：“我到烟台办点事，顺路回来看看。”

父亲说：“我没事，你也看了，该走就走，忙你的去。”

显然父亲相信了我的话。我觉得父亲的病情，没有弟弟和医生说得那么玄乎，他的精神还好，只是瘦了一些，脸色比先前更暗了。我不太相信县城医院的诊断，决定带着父亲去大医院请专家看看。我跟父亲说，你这病三天两头闹腾，弄得我在外面也不安心，干脆去大医院瞧瞧。

我把父亲带到了北京，跑了三四家大医院，专家决定给父亲动手术。有位做医生的朋友偷偷跟我说，老弟，你别折腾了，家父这病不是一天两天了，动手术死得更快，就这样回家养着吧。他看我有些犹豫，就又说，你还信不过我？动手术就是给医院捐献十几万块钱，这事我最清楚。朋友说这话的时候，弟弟妹妹都在场，大家商量了一番，终于放弃了手术的念头，又把父亲转回了县医院。

回到县医院只住了一周，父亲突然不住了，说要回乡下的老房子里去住。你们谁都别劝我，劝也没有用。父亲自己坐起来穿好衣服，看样子我们不答应，他就自己走了。母亲说天气冷了，回老房子怎么生活？你就是说破了天，我也不让你回去住！

父亲叹了一口气，招手把我喊到跟前，凑在我耳朵上说："我知道这病没治了，你就让我死在老房子里吧。"

其实在北京大医院的几番折腾，父亲心里已经明白了，这一次再也走不出县城医院了，他要在这里养到生命终结那一天。我突然想起父亲曾经说的话，"说不准什么时候还回来住。"原来父亲早就想到这一天，现在是他回去住的时候了。

我满足了父亲的要求，把他搬回了老房子。离开医院的时候，特意给他带了两个大氧气瓶，还带了许多一次性的针头针管，请村医每天给他打针。

父亲回到老房子，气色好多了，有几天竟然不用吸氧，一个人在院子里扶着老房子的墙壁，拐着腿慢慢走路，享受冬日的阳光。我心里甚至以为会产生奇迹，父亲说不定在老房子里起死回生呢。

然而奇迹没有发生，父亲在老房子里住了十多天，就开始昏迷了。他昏迷了两天后突然醒过来，仿佛睡了一个长长的午觉一样，慵懒地睁开了眼睛，看着我。

我说："爸，你觉得好些了？"

他说："胸闷。"

我说："要不，咱们再去医院看看？"

父亲没吭气，大概他也知道我说的只是安慰话。父亲眼睛瞅着屋顶，琢磨着什么，好半天才把目光落在我身上。我从他的眼神中知道，他有重要话要跟我交代了。我朝父亲嘴边凑了凑，希望他说话的时候能省一些力气。

父亲说："别忘了，以后抽空回来看一眼老房子。"

他直着眼睛看我，等待我点头。我点了头，他才慢慢地闭上了眼睛。

我终于明白父亲为什么要在弥留之际回到老房子了，他是要给老房子添加一些厚重的东西，添加一些能够把我拽回来的力量。

这些年杂事缠身，我很少能抽出时间回老家，心里一直觉得对不起父亲。今年暑假，女儿吵闹着要去海边玩，我一想，就带她回老家烟台吧。

回老家的第一天，我就带女儿去看望老房子。我打开院门的时候，满院子的寂寞扑面而来。青草已经长满了院子，墙根下栽种的花儿，开了又败，败了又开，花瓣儿落了一地。女儿有些不满，说老房子有什么看的？破破烂烂的。她说着，弯腰朝腿上抹风油精。刚才从门前一人高的杂草中穿过的时候，她被野蚊子叮了几口，腿上起了红红的大包。

我不理会女儿的牢骚，一个人在院子里转悠。我走到墙角一堆杂草前，随意地踢了一脚，一只铁环滚了出来。我眼睛一亮，是我小时候玩的滚圈。铁环有篮球那么大，已经锈迹斑斑了。记得小时候，伙伴们谁有这么一个滚圈，是很值得炫耀的。我惊喜地朝女儿喊："快来快来，你看，这是我小时候的玩具。"

女儿把铁环拿在手里，厌恶地看了一眼，说什么破玩意，甩手抛进杂草里。铁环落下的杂草处，蹦出一只蟋蟀，我本想跟女儿说说小时候玩蟋蟀的快乐，但看女儿不耐烦的样子，也就闭嘴了。

我掏出照相机，让女儿站在老房子前说："别动，我给你拍张照片。"

女儿噘着嘴说："到了海边再照吧，这儿有什么可照的？"

我终于忍不住说："让你留个纪念，等我死了，你有时间就替我回来看看老房子。"

我说完，就觉得自己这话太傻了，女儿不可能像我一样，记住父亲的话。老房子跟她没有多少关系。我看了一眼老房子，发现屋顶的一些地方又塌陷下去了，墙皮也脱落得不成样子了。父亲说得对，房子是靠人气养活着的，没了人气，房子很快就苍老了。我知道总有一天，老房子会在孤独中倒下去。我心里只是希望老房子能够多坚挺几日，替我留住院子里蛐蛐的叫声，留住我童年的一些温暖，留住父亲母亲的气息。

女儿又在催促我走了，她已经站在大门外等待我了。我本想把相框里那几张绝版的童年照片取走，想了想，还是留在老房子里吧。

关上院门，挂上了那把大铜锁，我看着锁鼻慢慢地插进锁孔里，终于发出咔嚓的响声。就在这瞬间，我眼前突然出现了当年老房子前的一排马棚，我清晰地看到了马匹的眼睛。

是的，我能确定，是马匹忧郁的眼睛。

常跟自己说说话

再过六天，就是我50岁生日了。很多人忌讳这个年龄，而我却不，因为我知道这是生命中必须经历的季节，也是所有季节中最绚烂的时光。只有这个时候，你才能理解“五十知天命”的真正内涵。

我已经意识到这个生日的意义。你可以说这是人生抛物线的最高点，也可以说这是人生的秋季。在名利场上折腾了几十年，到了这个时候，一切心知肚明了。当官的开始怜惜剩余的风光，经商的开始盘点库中的银两，即便是最普通的百姓，也开始学着把日子嚼细了，慢慢品味着咽下去。突然间，会有莫名的感伤，会有一些无奈和宿命感，仿佛是一夜之间，就从山花烂漫的童年，进入了开始怀旧的年龄。

自然，我也是凡夫俗子，也怀旧。当年一个18岁的学生，懵懵懂懂来到北京，眨眼就快33年了，一切仿佛昨天。一个人在北京混着，一个人一直孤独着，从来没有谁能读懂我，没有一个人走进我的内心世界。我像一棵没有根的草，漂浮在北京的空气中，在这里你不可能找到真正的朋友，一切的聚会都是暂时的自我麻醉，没有谁会陪你静静地走一段路。我在孤独中摸索着前行，在摸索中更加孤独。

衣向东

孩子快跑

我有时候想，其实生命的全部意义，就是等待一场死亡。当我锁定前方的目标，脚步就永不停止，不会惧怕划破皮肉的荆棘，也不会沉溺于那些温柔的陷阱，更不会屈服于无边的孤独。每一次坎坷都变得更加坚韧，每一次孤独都能听到内心的声音。忘却那些熟悉而又陌生的面孔，一个人去走孤寂的小路。黑夜看不到月亮和星星，我的朋友就是左手和右手。

聊以自慰的是，三十多年，我并没有完全虚度时光，也还做了一些被称为"事业"的事情，尽管不是那么耀眼。最让我私下沾沾自喜的是，我写了一些能够温暖读者的文字，出版了18本书，写了十几部电影和电视剧剧本。我大多数温暖的文字，是在孤独和寒冷中写出来的，我把温暖留给了读者，把凄冷留给了自己。我从来不在文字中给人绝望和丑恶，不去展示苦难和伤悲。我的文字总是向着阳光生长的，无论我内心多么凄冷。我希望我的读者，不再像我一样活着，希望他们有快乐的日子，希望他们对明天充满期待。

明天，也的确是值得期待的。

渐渐地，我学会了跟自己说话。跟自己说话最安全。闲静的时候，我陪自己说话，告诉自己生命本来的色彩应该是什么样子；告诉自己不要奢望明天会有阳光洒进窗户，不要等待能懂你的那个人会出现；告诉自己人要活得有自尊，但某些时候又要学会放下自尊，自尊无比金贵，可有时候一钱不值；告诉自己前面还有多长的路要走，还有多少个沟坎需要憋着气闯过去，还有多少风雨需要独自去承受，还有多少泪水需要去静静地流。摔倒了，趁别人没有发现，赶紧爬起来朝前走。倘若你躺在泥水里期盼别人的同情，你等来的只有嘲弄的笑声……

我从来不关心对方多么卑鄙，只知道自己多么善良；从来不仰视对方多么伟大，只知道自己非常渺小；从来不羡慕对方多么富有，只知道自己如何满足。其实人生重要的不是了解别人，而是了解自己。只有知道我是谁、从哪里来、将要到哪里去，找准自己的位置，才能得到生活的快乐和幸福。

心情不好的时候就写作吧，把所有的无奈和情感都糅进文字中。我的文字，不能照亮别人，却能照亮我自己。人活着真的不是为了自己，而是为了亲人。无数次设想离开这个世界的方式，但我知道真正的离开却未必能在设计程序中。那一定是某一篇小说的结尾。

知天命的季节，对我而言，不是抛物线的最高点，而是人生的加油站。在这里片刻憩息，向着生命最高峰冲刺。我始终觉得，自己最好的作品还没动笔，最幸福的时光还没开始。

2014年，我知天命的生日，想一个人静静地度过，就这样跟自己说说话，盘点一下一路走来的足迹，把该丢掉的累赘丢掉，把值得珍藏的东西保存起来。然后收拾行囊继续前行。

没有什么困难能阻止我的脚步。我一生只把一个男人当作死敌，并战斗到最后，那个男人就是我自己。

小说卷

孩子快跑

1

晚秋的雨和雷电，总是显得过分张扬，带有宣泄情绪的样子，尤其是在海面之上凭仗着咆哮的波涛，就更张扬的一发不可收了。王打铁感觉两个脸蛋，已经被雨点抽打的麻木了，还有自己冰冷的一双手，竟然不知道应该搁置到什么地方。闪电中，她看到船头上的丈夫愤怒的嘴，一张一合地对她大声斥责着，声音被隆隆的雷声淹没了。

她的眼睛充盈着幽怨，可惜她丈夫并没有注意到这一点儿。她蹲在船尾，长久地注视着丈夫，希望他能发现她的变化，意识到死神已经跟着他上船了，但丈夫根本不在意她幽怨的眼神。

她已经不关心丈夫为什么发脾气，对她辱骂了些什么，她等待的是耳边惊天动地的爆炸声。事实上，在无数次被辱骂和殴打之后，她从地上爬起来，梳理一下头发，并不知道自己为什么挨打，也不想知道了，知道了有什么用呢？最初嫁过来的时候，她看不惯丈夫又嫖又赌，曾苦口婆心劝过他，但得到的却是辱骂和殴打，她渐渐地就对未来的生活失去了渴望。没有了对生活的渴望，是一件很

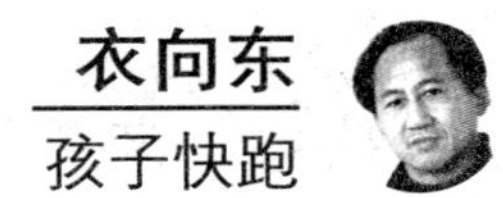

可怕的事情。

再后来，她就明白总有那么一天，自己会死在丈夫的殴打之下，于是天性刚烈的她，心中就产生了复仇的种子，与其等死，倒不如和丈夫一起见鬼去！

王打铁站起来，站起来的时候拽开了安装在船尾的炸药引信，挺起胸大声喊道："去死吧你！"

她的喊叫声也被雷声淹没了。丈夫虽然并没有听到她喊叫什么，但从她的表情中看出了她的愤怒，他就几步跨到了船尾，飞脚朝她踹去，她的身子晃了晃，像风中的一枚叶子，飘落进了大海。海浪汹涌而来，小船在浪尖上漂浮着，向对岸的小岛驶去。那里有赌徒正焦急地等待着他。

王打铁在海水中挣扎着，朝着小船驶去的方向眺望，随着一声爆炸声，小船在灿烂的火光中肢解着。丈夫的最后一脚，把她从死亡边缘踢了回来，但她觉得自己已经没有生的必要了，于是慢慢地闭上眼睛，两手抱住双腿，身子蜷曲成一团，下沉，再下沉。

一串水泡从她嘴里冒出。突然间，沉入大海的王打铁听到了一个女孩子惊恐的呐喊，声音仿佛来自于大海深处："妈——妈呀——妈妈呀——"

王打铁抱住双腿的手松开了，在海水中拍着、抓着，身体向上伸展，挣扎着窜出海面，四处寻找女儿的声音。她寻找到的只有风声和海浪声。

海面上，火光渐渐淡下去，厚重堆积着的乌云，眼看与海水连为一体，所有的光几乎要被黑暗吞噬了，只留下灯光大的一点，在远处的风雨中飘摇地燃烧。

王打铁对着茫茫的大海，嘴里发出焦灼的呼喊："嫚儿——"

2

嫚儿不满7岁，按照当地的入学年龄，明年该上小学一年级了。从死亡中回来的王打铁，觉得作为母亲，总要给女儿安排一个去处。她想起了丈夫的弟弟强子，现在女儿嫚儿唯一的亲人，只有她这个叔叔了。

王打铁给在北京打工的强子打了电话，把事实真相告诉了强子，说我已经把你哥哥炸飞了，想活也活不成了，也早就活够了，我把你侄女嫚儿送过去，就跳海找你哥哥去。其实强子并不喜欢哥哥，兄弟两个的品行完全不同，他原来跟哥哥一起在海边搞海产品养殖，就是因为看不惯哥哥的坏毛病，两个人整天吵闹，被他哥哥赶出家去。一气之下，他独自到北京打工，有四年不跟哥哥联系了。但毕竟那是自己的哥哥呀，听到消息后，他又伤心又气愤，在电话里把王打铁臭骂一通。

王打铁耐心听完了强子的骂，才说："你要不要嫚儿？不要她就成了垃圾孩了。"

尽管还没结婚的强子，知道自己身边有个孩子很麻烦，但他舍不得自己的侄女流浪街头。

王打铁应付过一拨又一拨上门调查的警察之后，才征得了公安局的同意，带着嫚儿乘上了开往北京的火车。对她丈夫一案，公安干警忙乎了十多天，罗列了一串怀疑对象，有跟她丈夫一起赌博的赌徒、一起鬼混的女子，自然也有她王打铁，但没有找到任何破案线索。王打铁要求到北京的时候，警察似乎有些不耐烦，说去吧去吧，你爱到哪里到哪里，男人刚死了几天，就扔下不管了，让我们怎么帮你破案？王打铁就说："我把孩子送出去，就是要豁出命来帮你们破案。"

王打铁并不知道，警察把她作为重点的怀疑对象监控了，同意她带着女儿到北京，就是想让她露出破绽。火车上，坐在她对面的那个年轻小伙子，是刚刚从警校分到当地公安局的干警。小伙子长得像个高中生，一脸的孩子气，怎么看都不像个警察。对于跟踪王打铁这样一个女人，老警察们觉得杀鸡不需用牛刀，于是就交给了刚来报到的小伙子，说是对他的一次考试。小伙子也没多想，拎了一个小包就上路了。

小伙子上了火车，就忙着啃吃烧鸡，一边吃一边喝着白酒。王打铁的女儿嫚儿就被小伙子的烧鸡诱惑了，眼睛贪婪地瞅着小伙子的嘴，一只手用力掐拧王打铁的大腿。最初，王打铁的目光被那瓶白酒吸引住了，痛疼的感觉并不明显，但女儿的手越来越重了，她就忍不住叫了一声，在女儿的手上打了一巴掌：“掐！掐！我又不是鸡！”

嫚儿收回了贪婪的目光，仰头看着母亲的脸，吸了一下鼻子。对面的小伙子斜眼瞅瞅王打铁，仍然低头撕扯鸡，没有一点儿同情。

嫚儿轻声说：“妈，我饿。”

嫚儿说着，抬手去拽王打铁的衣襟，王打铁就接连地打了几下女儿伸来的手。嫚儿有些委屈，说，我饿嘛。王打铁略一犹豫，一把抱过了女儿，扯开衣襟把奶头塞到女儿嘴里。

吃鸡的小伙子嘴不动了，怔怔地看着王打铁和嫚儿，露出吃惊的眼神，他没想到这么大的孩子了，还坚持吃奶，这母爱真是太浓厚了。其实嫚儿吃奶只是一种习惯，王打铁的奶头干瘪了几年了，嫚儿只是含住乳头，寻得一种安慰，眼睛仍旧落在对面的烧鸡上。

隆隆的火车一声鸣笛，驶进了隧道，车厢内一片黑暗，只有火车前方的出口，有一点儿亮光投进了隧道，使隧道显得更加暗长。火车奔向拳头大的亮点，越来越近，最后一声鸣笛，穿透了拳头大的亮点，黑暗的车厢，从头至尾随着明亮的光快速展开了。

小伙子活动了半天僵硬着的脖子，又夸张地咀嚼烧鸡了，边咀嚼边剔着鸡头上的鸡毛，但油腻的手总是打滑，剔得很费力气。嫚儿已经把头从母亲怀里挣脱出来，专注地看着小伙子的手，使劲儿咬着牙，帮小伙子暗使劲儿，仿佛她的牙齿，正咬住鸡毛用力拽着。

小伙子感觉到了嫚儿和王打铁一直瞪着他，他有些不耐烦了，干脆把鸡头扭掉了，在嫚儿和王打铁面前，做一个潇洒的动作，随手朝开启的窗外扔出鸡头，可是在母女俩的注视下，小伙子似乎有些慌乱，甩错了手，把捏着半拉的鸡身子抛出了窗外。

小伙子惋惜地叫了一声：“哎哟——”

王打铁看出了小伙子假潇洒下面的慌张，突然“咯咯”笑起来，笑出了眼泪。小伙子也就尴尬地笑笑，无所谓地对她说：“我包里还有两只烧鸡。”

嫚儿听到小伙子包里还有两只烧鸡，就从王打铁怀里挣扎出来，想跑到小伙子身边玩耍，却又不好意思，就在小伙子身边的走道上来来去去的，眼睛不停地去看小伙子，胳膊一甩一甩的，结果把小伙子放在桌子上的一个橘子甩到了地上。

王打铁看出了女儿的意图，她觉得女孩子嘴馋，将来要吃大亏，于是就训斥说：“你安分一点儿行不？把叔叔的橘子碰到地上了吧？捡起来！”

正活泼的嫚儿，被王打铁呵斥了几声，情绪受挫了，于是噘着嘴说：“不是我碰的，我不捡。”

王打铁更生气了，抬手给了女儿一巴掌，女儿咧咧嘴就要哭。小伙子急忙弯腰捡起了橘子，说没关系的，小孩子嘛别跟她计较。然而，王打铁却很认真，把小伙子手里的橘子夺过来，又丢在地上，说就因为是小孩子，才要她诚实，说：“做人就要诚实，小孩子不诚实，长大了更要说谎了。捡起来，你不捡起来，我把你扔下火车去！”

嫚儿就恐惧地捡起了桔子，交给了小伙子，说：“对不起叔叔……”

小伙子有些吃惊，愣愣地看着被他跟踪的女犯罪嫌疑人，一句话说不出来，心里在嘀咕，怎么会是这样呢？小伙子想，这么一个女人能谋杀自己的丈夫？如果真的是她谋杀的，那么、那么……

小伙子的心里有些慌乱了，王打铁不仅有美丽的眼睛和动人的身段，还有善良和诚实的心灵，让小伙子无法带着惩恶扬善的使命进入自己的角色。

好半天，小伙子才从呆愣中醒过来，发现对面车座上没了女人和女孩，只看到一个鼓鼓的包放在上面，他吃惊地站起来四下看了看，然后快速伸手捏着女人座位上的包裹，里面全是一堆衣物。

这时候的王打铁正在厕所给女儿胳膊上戴黑纱，自己的胳膊上也戴了一块。她对女儿说：“记住了，见了你叔叔，嘴巴要甜蜜，会说话，别惹你叔叔生气。”

嫚儿胳膊上还是第一次戴这种黑箍儿，她看了看黑纱，仿佛穿上了一件新衣服，有些兴奋地说："知道了，我叫他叔叔，在他脸上亲一大口。"

厕所的门被咚地推开一条缝隙，火车眼看就要到站了，外面等着上厕所的站成了一排。一个胖男人不耐烦地喊："这女人，里面干吗呀这费劲儿？！"

王打铁一撅屁股，顶上了门，说："生孩子，等着吧！"

3

王打铁下了火车，在出站口如潮的人流中，吃力地扛着行李卷，被左右的人流撞得一歪一扭的，嫚儿在她身后拽紧了她的衣襟，趔趔趄趄地跟着走。嫚儿本来走的就不牢固，不料一个很大的包裹撞到她身上，她拽着母亲衣襟的那只手就松开了，矮小的身子立即被漫过来的人流淹没了。

王打铁回头惊慌失措地喊："嫚！嫚儿——"

她听到了嫚儿的回答声，却看不到嫚儿的影子，她就向远处眺望着，没想到车上吃鸡的小伙子，已经抱着嫚儿放到了她的身边。她有些惊讶。

小伙子对王打铁笑了笑，王打铁也急忙笑了一下，但随即就满面怒色地对着嫚儿的头打了一巴掌："拽紧我！"

嫚儿拽紧了王打铁的后衣襟，王打铁扛起行李又走。人群中，无数条各式各样的腿在移动，嫚儿细小的脚在一双双大脚中快速弹跳着。突然间，嫚儿的一只鞋被踩掉了，嫚儿紧紧抓住女人的衣襟不敢停下来，走出了很远才说："妈，我的鞋掉了。"

王打铁停下来，看了看嫚儿的一只光脚，又看了看后面如潮的人流，突然蹲下去，把嫚儿的另一只鞋也脱掉了，朝后面摔去，说："谁捡，捡一双去。"

后面的小伙子，正在人缝中伸手去捡嫚儿丢失的那只鞋，刚一抬头，另一只鞋正好飞过来，砸在了他的脸上，他愣了愣，禁不住哑然而笑，随即又捡起飞来的这只鞋，目光越过攒动的人头朝王打铁张望。王打铁已经把嫚儿抱在怀里，拖着行李包朝前走了。

在约好的会面地点，王打铁放下了行李包，怀抱着嫚儿四下张望。熙攘的人流从她们身边晃过，不停地遮挡了她张望的视线，她显得有些茫然。怀里的嫚儿没有了耐性，不停地扭动着，她就生气地用力箍紧了嫚儿的身子。

她说："扭啥扭？老实点。"

"我尿尿。"

她喘了一口粗气，气呼呼地把嫚儿朝地上一戳："尿！瘦驴瘦马屎尿多。"

嫚儿褪了裤子蹲着，眼睛看着身边一起一落的行人的脚，怯怯地喊："妈，好多人看我，尿不出来。"

王打铁眼睛都不敢眨一下，忙着寻找强子的身影，根本顾不上嫚儿，头也不低地说："使劲儿尿！"

半晌，嫚儿的两脚间，终于出现一大片湿地。

黄昏时分，王打铁失望地坐靠在行李包上，冷风在地面上卷起了一个旋涡，从远处盘旋着，一直盘旋到她的身边，把一些废纸和尘土扬到她的身上。她毫不躲闪，只是本能地把怀里的嫚儿裹紧了，目光无精打采地扫视着眼前密集的人流。

突然间，她的眼睛突然一亮，那个吃鸡的小伙子走进了她的视线，她就惊喜地叫了一声："咦呀？！"

小伙子也露出意外的惊喜，快步走到了女人身边说："还在这儿？你？"

这一问，勾出了王打铁满肚子的委屈，她气呼呼地说："等她叔叔，说好了旗杆下接我们，左等右等，左等右等，还不见他露脸儿，死哪里去了？"

"孩子的亲叔？"

"一个娘胎出来的，咋不是亲的？"

小伙子蹲下身子，看了看王打铁怀里睡着的孩子和身边的大包裹，问："大姐，你来走亲戚？还是跟我一样，出来打工……"

王打铁犹豫了一下，说："送孩子，把嫚儿送给她叔。"

“送给？怎么送给……”

王打铁看了看小伙子，有了一些警惕，说你别问，我不能告诉你实话，可你知道我这人又不爱说假话，你问不出个子丑寅卯来。小伙子眨了眨眼，故意心不在焉地说，唉，反正孩子跟谁都不如跟着自己放心，你说呢大姐？王打铁不说话了，低头看怀里的嫚儿，这时候嫚儿醒来了，坐起来说：“妈，饿。”

王打铁瞪了一眼，说：“饿死鬼托生的！忍着。”

小伙子放下自己背着的包，从里面向外掏食品，说我也饿了，来吧大姐，跟孩子一起吃点东西。小伙子说，她叔在北京工作，当大官？王打铁看着小伙子在一张报纸上摆开了烧鸡等食品，她的目光落在了那瓶白酒上。

王打铁问：“你在哪儿打工？咋不走？”

“在哪？嗨，现在挣钱，比吃屎还难，找个地方打工不容易，慢慢找吧。”

王打铁说着话，很自然地伸手帮助小伙子撕扯烧鸡，说嫚儿她叔叔在这儿打工几年了，见了他，我问一下他那儿缺不缺人手，帮你找个活。小伙子急忙感谢王打铁，说先谢谢你了大姐，吃呀？给孩子吃。

王打铁手里拿着一个鸡腿，却不慌着吃，眼睛盯住小伙子，说：“你先吃。”

小伙子明白了，她担心食品里下了毒药。他笑了笑，把一块鸡肉塞进嘴里嚼，做了个没事的样子给王打铁看，王打铁这才把手里的鸡递给嫚儿，自己伸手抓过了酒瓶。见了酒，她的目光就润亮了，说话也热烈起来：“兄弟，喝酒，你这人到外面肯定能混出来，我一眼就看出来了，你胸怀大志出来闯荡，叫啥名？”

小伙子洒脱地一甩头，说：“就叫我青头吧。你呢大姐？”

“王打铁。”

青头一笑，重复了一遍女人的话，说，是个男人名字呀。王打铁说，我爹是铁匠，我真巴望我跟你一样，是男人，下辈子转世，当牛做马，也不投胎做女人了。青头堆出了一脸的诚恳，说女人多好，这社会女人吃香，你看大街上贴着的招工广告，按摩、发廊，全是要女的，对女人的需求量很大呀……

青头没说完，就被一只大手从后面揪住了衣领，他本能地一个弹跳，身手敏捷地站起来，摆脱了揪住他的那只手，刚要反击，这才看到是两个带着红袖箍的男人站在面前，青头就犹豫了一下。犹豫的时候，两个红袖箍的人一起朝青头扑上去，扭住青头的胳膊。

青头说："松手、松手，听我说……"

红袖箍根本不听他说，用力扭了扭他的胳膊："你还蹦！瞧瞧你们弄成了什么样子，北京就是被你们这些外地人搞得乌七八糟……"

王打铁站起来，扑向红袖箍，想拽回青头。她撒泼地说："嗨，这我兄弟，放开他！"

周围有很多人围上来，不知道发生了什么事情，正吵闹着，身后传出了嫚儿的喊叫声。王打铁这才想起嫚儿，扭头一看，一个男人抓起了地上的行李包，抱着嫚儿就走了，她惊慌地朝男人追过去，喊："嫚儿——放下我的嫚儿。"

男人回头狠狠地瞪了王打铁一眼，王打铁愣住了，这男人是她等了大半天的强子。强子只看了王打铁一眼，扭头就走。

王打铁回头看青头，青头正被红袖箍的人拽到一边，她有些为难，既想帮助青头，又害怕强子把她丢掉了，于是边走便跟青头打招呼，说："青头兄弟，嫚儿叔来啦，我走了。"

强子出了北京站广场，走到了繁华的长安街上，此时长安街已是灯火阑珊。强子一手拎着行李包裹，一只胳膊夹着嫚儿，沿着人行横道大步流星地走着，似乎身后根本没有王打铁这个人。

嫚儿的眼睛却一直盯住后面连走带跑的王打铁，时不时地喊一声，说："妈你快一点儿走。"

王打铁早就料到强子的脸色不会太好看，她边走便跟强子唠叨，说你恨我就恨吧，反正我见到了你心里踏实多了。王打铁的目光，落在强子结实的身子上，抚摸着。强子不说话，身子一耸一耸地继续朝前走。王打铁就又说，嫚儿跟着你，我心里就踏实了，不过我怕嫚儿惹你生气，她动不动就要吃奶，我哪还有奶呀，我就是养成了她这么个臭毛病。王打铁快走几步，努力与强子并肩而行，又说，她要是吃奶的毛病上来了，你就给她嘴里塞块糖……她要是不听话，你就管教她，用手掐她的大腿，她最害怕掐了……

强子走到了一个路口，沿着斑马线过马路，王打铁却被一辆左拐弯的车吓了一跳，怔在那里，而强子已经照直走到了马路对面。嫚儿看到母亲没有跟上来，就在他腋下扭动着，快要掉下来了，他就把嫚儿放在马路边，回身看王打铁，发现王打铁还在马路当中。此时对面已经亮起了红灯，车辆在王打铁身前身后快速流动，她不敢挪动半步了。

嫚儿突然挣脱了强子的手，朝马路当中的王打铁奔去，喊道："妈——"

一辆车在嫚儿面前急刹车，差一点儿撞在嫚儿身上，王打铁似乎忘了眼前的车流，急忙跑过去抱起嫚儿，朝强子走去。马路上的车子都停住了，一个司机从窗口探出头来，对走近的王打铁呵斥一声，说你想找死呀？！司机刚说完这话，突然看到王打铁和嫚儿胳膊上的黑纱，急忙闭嘴。

后面，青头急急地追上来，也跟着王打铁横穿马路，停在马路当中的司机，就把火气发泄到了青头身上。青头似乎没听到司机们骂咧咧的声音，他走到王打铁身边，哭丧着脸说："哎哟打铁姐，那伙人罚了我五十块哎。"

王打铁向强子介绍青头，说这是我在火车上认识的青头兄弟，出来想找个活干……强子瞅了一眼青头，不等王打铁说完，扛着行李卷朝前走，青头和王打铁就闭了嘴，默默地跟在了后面。

强子走到了故宫东门后墙下，站在暗影里不动了，从王打铁怀里拽过了嫚儿，对王打铁说："你回去吧，里面不准外人进。"

强子说着，打开了行李卷，要把嫚儿包裹起来，嫚儿意识到要跟母亲分开了，突然哭叫起来，王打铁也立即满眼泪水了，说："你轻点弄她，你当是抓头小猪呀。"

强子瞪着眼睛，对嫚儿喝道："闭嘴！你哭把你的嘴塞满土疙瘩！"

嫚儿吓得闭上了嘴，强子把她卷起来，扛着就走。

王打铁满脑子是嫚儿，忘了青头的事情，旁边的青头给她使了几个眼色，她还是没注意，青头就满脸堆笑拦住了强子，说：“请问大哥，你们这儿还要打工的？我一个人刚出来……”

强子生硬地说：“不要！”

青头和王打铁愣愣地站在那里，看着强子消失在紫红墙的一道小门内。王打铁并不知道，那道小门内，是故宫的后院子。

强子突然带走了嫚儿，她心里空落落的，觉得有几句话还没跟嫚儿交代完，于是走到小门前敲门，敲了半天没动静，就更用力地敲，她不知道小门旁边有一个门铃。后来，小门打开了，出来一个老头，有些生气地对她说：“你再敲门，我就报警啦。”

那天晚上，王打铁在故宫后墙的小门外，沿着灯光昏暗的红墙来回地走到天亮，耳朵一直竖向红墙内，想听一听她的嫚儿是否还在哭泣……

4

强子在故宫后花园的施工队当工头，负责维修后花园的古建筑。故宫后花园不是什么人都可以进去的，施工的民工都配发了胸牌，所以强子只能用行李把嫚儿卷过进来，锁在杂草丛生的后花园一间小屋子内，手上还给她绑了绳子，拴在床头上。嫚儿要哭，他就吓唬她说，你哭，哭就给你嘴里塞土疙瘩。

折腾了一个晚上，第二天早晨起来，强子因为情绪很坏，就把几个在古建筑上搭建脚手架的民工训斥了一通，说你们磨磨蹭蹭的，搞了几天了？今天搞不完这地方，你们都给我滚蛋！

强子正发着脾气，旁边的一间小房子内，走出一个矮胖的男人，围着白围裙，头戴小白帽，一看就是做饭的伙夫。强子扭头看到了伙夫，眼睛立即瞪圆了，吼道：“鬼子六，你他妈几点起床？耽误了早饭，我他妈把你放锅里煮了！”

伙夫一缩头，要闪进屋里，却被强子喊住了。强子说，过来！鬼子六就小心地走到强子面前，强子掏了20块钱拍给鬼子六，让他上午出去买菜的时候，给

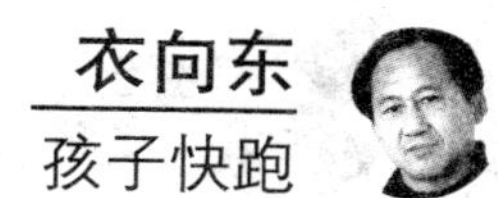

带回两斤糖块。嫚儿昨晚寻找王打铁，一个劲儿地喊叫吃奶，真让他没办法。

到了中午时分，鬼子六就把糖块买回来了，强子打开了锁着的小屋，看到嫚儿缩在床上一角，面前摆放着的饭菜，一动没动。强子粗粗地喘了口气，压抑着自己的声音对嫚儿说："嫚儿听叔叔的话，吃饭，你以后要听叔叔的话，叔叔让你干啥你就干啥，叔叔就和你爹一样……"

惊恐的嫚儿，突然张嘴哭起来："我要我妈，我要吃奶——"

强子喝道："闭嘴！再哭，把你嘴里塞满土疙瘩！"

强子从兜内掏出一袋子糖块，放在嫚儿面前，说："听叔叔的话，吃饭，你想吃什么？告诉叔叔，叔叔给你买，叔叔有钱。"

嫚儿呜咽着摇头，说："我要我妈，我要吃奶……"

强子气呼呼地剥开一块糖，硬塞进了嫚儿嘴里，泄气地站起来，走出屋子，回身带上了门，只留下一道门缝，屋外细长的光线就急忙从这道门缝投进了昏暗的屋内。

午后，强子的女朋友来到了故宫后花园，她是河南农村的，叫红红，在北京一家饭店打工，打扮得很时髦。饭店在前门那儿，离故宫很近，红红几乎每天都要来故宫后花园，看门的老头认识她，也就进出随便了。红红没有多少品位，但很厉害，强悍的强子在她面前，显得有些畏懦，一副受气的模样。

红红听说强子收养了侄女嫚儿，就瞪着一副要吃人的眼，训斥强子，说这种事情怎么不提前跟她商量？强子就说，我这不是跟你商量嘛，我不收养嫚儿谁收养？

红红说："谁愿收养谁收养！"

"她好赖都是我侄女。"

"她一天都不吃饭，这样下去还不饿死了？"

"饿熊了她，会吃的。"他这样说着，其实心里挺没底的，担心这样下去会出事。

红红赌气不说话了，伸手对强子捻了捻，做了个要钱的手势。强子迟疑一下，从兜里掏出一叠人民币，想从中抽出几张交给红红，却被她一把都抓走了。

强子看到红红抓了钱就要走，就立即扑上去，抱着红红亲她。红红被强子啃了两下，看到强子的手开始摸索她的身子，就推开了赖皮赖脸的强子，说："不行，我该上班了，回去晚了，饭店老板娘又要拉着个吊脸，像老丝瓜。"

红红刚走，看门的老头就通知强子，说后门有个妇女，总是敲门找强子，问怎么办。强子想了想，就出去把王打铁领了进来，在后花园的小屋子内，与王打铁签订了一份合同，还让她在上面摁了手印，那样子很正规。

强子拿着摁了手印的合同书，对王打铁说："你可摁了手印，就在这里面待半个月。"

王打铁肯定地说："半个月后我就死去，我早想好了，要不是为了嫚儿，这半个月活得都浪费了。"

强子说："你死你活我不管，半个月你得把嫚儿安抚稳妥，让她能踏踏实实跟着我，要不你还把她带走，我不要。"

王打铁扭头看了一眼身边的嫚儿，嫚儿似乎听懂母亲的话，睁着一双可怜巴巴的眼睛看着王打铁，突然站起来扑到她怀里说："妈，我不让你死……"

王打铁趁机吓唬嫚儿说："你听妈的话，妈就不死，你听吗？"

嫚儿急忙用力点点头，又伸手去掏王打铁的奶，王打铁气愤地给了嫚儿一巴掌，看着木板上的饭菜说："你给我吃饭，十分钟吃完两个馒头。"

嫚儿看了看满面怒色的王打铁，恐惧地抓起馒头狼吞虎咽起来。看着女儿那个吃相，王打铁的泪水在眼窝里打转。

强子收起了合同，转身要出门，正巧王打铁的身子挡在他前面，他粗鲁地用手扳了一下王打铁，力气很大，王打铁一个趔趄倒在地上，抬头刚要说什么，强子已经走出屋子。

晚上，红红又来了，她是来过夜的，跟强子住在临时的工棚内。红红听说嫚儿的母亲也来了，就又发脾气，说小的你养着，大的也养着？强子解释说，就半个月，她不来我弄不了那孩子。红红说，她可是杀人犯，你窝藏杀人犯……她在这儿能老老实实的？

强子不说话了，心事重重地走出了临时工棚，想避开气势汹汹的红红，到外面透一口气儿。他走着走着，就来到了王打铁和嫚儿居住的小屋前，发现有一个男人趴窗户上朝屋内看。强子悄悄走过来，愣了愣，不知道这男人在偷看什么，也就站在男人身后，朝屋内看。

屋内，王打铁裸着身子侧身躺在嫚儿面前，把一只奶子轻轻搁在嫚儿的腮边……

窗口前的男人感觉后面有人，扭头看清是强子，吃惊地向后趔趄了一下。醒悟过来的强子抬手给了男人一巴掌，骂道："鬼子六我日你祖宗，你探头探脑看什么？！"

偷看的男人是做饭的鬼子六，他被强子抽了一巴掌，结巴着说不出话来。屋内的王打铁听到动静，快速拉开了一道门缝朝外看。

强子指着鬼子六的鼻子说："你跟我滚蛋，现在就卷了铺盖滚！"

鬼子六急忙央求："老弟，别这样、别……我没做什么呀？"

"你滚不滚？不滚我把你送公安局！"

鬼子六有些慌了，说："我、我现在走了，谁给你们做饭？对吧？"

强子说："我自己做！快滚！"

强子从地上抄起一根木棍，朝鬼子六比划了一下，鬼子六仓皇地逃跑，边跑边说："我走、我走，一个小工头，有什么鸡巴了不起的！"

鬼子六逃远了，强子扭头看到袒胸的王打铁，正站在门缝看他，强子害冷似地打了个战，气愤地把木棍朝地上一摔，头也不回地回到了红红身边，在昏暗的临时工棚内，凭借着一束从窗户照射进来的月光，剥光了红红的衣服，一会儿就把自己折腾的呼哧呼哧的喘粗气。

第二天早晨，强子起得很晚，他穿好衣服后，看了看还懒在被窝里的红红，说你快起来，该吃早饭了，还睡。红红翻了个身，白了强子一眼，说到哪儿吃早饭？你昨晚不是把鬼子六开了？

强子僵在那里，半天才反应过来：“哟，他妈的忘了，赶快派人去饭店买早点。”

强子说着，匆匆忙忙出屋，朝伙房奔去，刚走到伙房前，就看到兴奋的民工们围着一笼屉大包子，拥挤着。强子吃惊地张大嘴巴，他没想到昨晚上王打铁就把早饭的包子包好了。

王打铁给民工们分发着包子，说：“盆里有稀饭，你们都长着蹄子，自己盛去。”

早饭结束后，王打铁给嫚儿端着两个包子，回到了小屋内。嫚儿按照她的要求，一个早晨都在梳理自己头发，把长长的头发扎了一个朝天辫子，其他头发乱糟糟的散落在一边，看起来滑稽可笑。

王打铁有些气愤，一把抓住了嫚儿的朝天辫子，把扎辫子的皮筋拽下，说：“你一个早晨就梳了这么个熊样？重新梳，都弄成鸡窝了，你以后别再指望我给你扎辫子，你现在就权当我死了，所有的事情都要自己动手。”

这时候，强子走进来，看了看王打铁，说：“你爱做饭不是吗？那你就做好了，反正就半个月。”

强子不等王打铁张嘴说话，人已经走出了小屋子，似乎连一分钟都不愿意跟她待在一起。

5

王打铁到故宫后花园住了一天，青头跟着也进来了，他是通过当地公安部门打进来的，这个内幕就连建筑公司的经理都不知道。地方政府的一位领导给经理打电话，说自己老家有个乡亲，想在故宫建筑队打工，请经理安排一下，经理慌忙派人把青头带到了故宫后花园，交给了强子。

强子见了青头，就愣了愣，说：“我这儿根本不缺人，他来干什么？”

带着青头来的那位领导瞪了强子一眼，说：“让他给你跑个腿什么的，反正也不是你开工资，上面压下来的，我有什么办法？你别得罪他，这小子有硬后台。”

强子无奈地说：“打杂吧，也只能当打杂工。”

打杂的青头，就在后花园的工地上悠闲地晃荡，转悠到了伙房门前，看到王打铁正在教练着嫚儿揉面，因为嫚儿不得要领，她就抓了一块稀稀的面团，砸在了嫚儿的脸上，说你搅和糨糊呀？给你说了多少遍了，加水要一点一点地加，你一下子倒了半碗水……王打铁说完，感觉有一个人站在她面前了，抬头一看，又吃惊又惊喜。

“青头……兄弟，你？”

“我到这儿打工了。”

“呀，你怎么混进来的？”

青头做了一个下压的手势，非常得意地说：“找了门路，从上面压下来，他们谁也不敢把我怎么样了。”

王打铁高兴地不知道该说点什么，她说：“兄弟……我、我见了你真高兴，咱们大老远在外面，乡里乡亲的就是一家人。”

青头点点头，很认真地说：“嗯，一家人。你长得很像我姐姐哩。”

青头又说：“嫚儿这么小，你就让她学做饭呀？”

王打铁叹了一口气，说：“女孩子嘛，从小就要会做饭。”

中午时分，青头夹杂在民工们队伍里来领了饭，领了饭就站在王打铁身边吃，边吃边跟她聊天。两个蹲在一边吃饭的民工，眼睛瞅着王打铁和青头，有些妒忌，民工甲就说，女人做的饭，就是他妈有味道，这馒头越吃越想吃。民工乙说，你想吃的多着哩，你是不是还想吃她胸脯上的馒头吧。民工甲笑笑，朝王打铁看了一眼，说你看那个新来的小白脸，这么快就跟她黏上了。民工乙说，你看着眼气，过去把那小子赶走，你跟她好呀？民工甲说，你以为我不敢呀。说着，民工甲把自己碗里的菜倒进了民工乙碗里，端着自己的碗朝王打铁走去，装模作样走到王打铁面前，嬉皮笑脸地伸出了碗。

民工甲说：“你做的菜太好了，几口就吃完了……”

王打铁笑了笑，给民工甲添了半勺菜，民工甲站在那里却不走，瞪眼瞅着正跟王打铁说话的青头，说："别光顾说话，把唾沫都喷到菜盆里了！"

青头看出了民工甲的醋意，就走到了一边。民工甲就对王打铁说，你长得很好看呀，就是有一根白头发，我给你拔掉吧？民工甲伸手要去摸王打铁的头发，王打铁一转身躲开了，民工甲就顺手在她身上抓了一把。远处几个民工嬉笑起来，民工甲在许多人的笑声里，更来了精神了。

站在远处的青头停止了吃饭，有些担心地抬头看着王打铁。

王打铁并不恼，反而笑着看民工甲，说："哎，兄弟，你的耳朵长得真漂亮，你过来我仔细看看。"

民工甲挺高兴，急忙把身子朝王打铁身边靠，王打铁俯身瞅他的耳朵时，他的肩头就朝她胸前蹭了又蹭。

王打铁说："我摸摸……"

王打铁伸手揪住民工甲的耳朵，脸色突然变得凶狠起来，用力一拧，民工甲疼得哎哟叫唤，立即弯了腰，头部眼看就要触到地面了。

王打铁说："记住了，女人不是随便摸的。"

民工甲央求道："大姐、大姐你松松，我记住了，你快松手……"

吃饭的民工们哈哈大笑，青头也松了一口气，笑了。

王打铁松开了民工甲的耳朵，转身朝厨房走去，推开了门，对趴在门缝朝外看的嫚儿说："看清楚了，对付这些想占你便宜的男人，要耍手段。"

王打铁接替了做饭的差事，强子放心了许多，但红红却有点儿担心，提醒强子说，当心她给你们下了毒药，让你们都屁眼朝天，你听我的趁早把她赶走，做饭的人满大街都是。强子说："哪儿有？满大街是垃圾吧？你给我捡一个回来。"

"我辞了饭店的服务员，过来做饭。"

"你？"强子苦笑了一下，说，"哎哟你做饭？一定比下了毒药还难吃。"

红红生气地哼了一声，说强子你别给我假正经，我看你跟这个杀人犯还挺黏糊的，是她的奶子比我的好吃吧？强子羞恼地要发火，但看到红红一脸的横肉已经发作了，只好忍气吞声了。强子心里在想，王打铁这么短的时间内，能不能让嫚儿独立生活呢？

其实王打铁心里也没有底数，她觉得留给自己的时间太短了，恨不得一夜之间，就能让嫚儿成熟起来。但嫚儿并不理解她的心情，还死皮赖脸地叫嚷着要吃奶。一急之下，她把自己的奶头抹上了辣椒油，塞进了嫚儿嘴里，辣得嫚儿哭叫起来。王打铁并不就此罢手，她强硬地按着嫚儿吃奶，说我让你吃，让你吃个够。嫚儿从她怀里挣脱出去，跑出屋子，沿着后花园的长廊奔跑，两只手不停地摸着嘴唇，王打铁就在后面追赶，衣襟还敞开着。两个人都像疯了似地。正跑着，前面迎头走来了那个看门的老头，老头不知道发生了什么事情，吃惊地站在那里观望。

王打铁追上了嫚儿，一把抓住了她的胳膊，嫚儿哭喊着说："妈我不吃了，我再也不吃了，辣、辣呀妈妈。"

王打铁问："你长记性了？以后再嚷嚷地吃奶，我把你的舌头剁了去！"

到了晚上，王打铁要去伙房准备第二天的早饭，还要发酵面粉，她就要把嫚儿一个人留在屋子里睡觉。嫚儿却怕黑，对王打铁说："妈，别拉灯，我害怕。"

王打铁说："怕啥？还能有鬼呀！"

不管她怎么说，嫚儿就是不睡觉，要跟着她去伙房，她想了想，就从床铺下掏出一瓶北京二锅头，倒了半杯子递给了嫚儿，说喝了吧，喝了就不怕了。嫚儿端起碗来，刚到嘴边，就呛得咳嗽起来，说辣呀妈，我不喝。

王打铁看着嫚儿，有些动情地说："好嫚儿，喝了就不害怕了，妈遇到害怕的时候，就是喝酒挺过来的，酒是好东西，可以让你遇事不慌张。"

嫚儿说："辣……"

"习惯了就不辣了，你将来一个人，要有胆量……嫚儿，遇到害怕的事，你就喝点儿酒，妈不能总在你身边陪着你呀……"

嫚儿又说："辣。"

王打铁没了耐性，摁住了嫚儿的头，给嫚儿灌酒，说，喝了！不喝我打死你！嫚儿挣扎着，咳嗽着，呜咽着，最后还是被王打铁灌了进去，歪歪扭扭睡去了。

6

王打铁第一次出去买菜的时候，强子派了那个打杂的青头陪着她，两个人没有走后门，而是从前门出去了。王打铁站在故宫正门如潮的人流中，吓了一跳，问青头："兄弟，闹了半天，我们住在故宫里？"

青头说："故宫的后花园。"

"这么说，嫚儿的叔叔在修建故宫？"

"他们只是修复，修复懂吗？就是……"

"妈呀，我和嫚儿住进故宫里了，住在皇帝住的地方，做梦吧？"

王打铁说着，突然笑了，笑得很古怪，让青头有些不理解。青头就说，走不走？赶快买菜去呀，你不去我一个人走了。

当天晚上，王打铁骑在故宫的一堵墙上，痴痴地看着前面故宫的一排排大殿。宁静的夜晚，月亮悬在飞翘的大殿屋脊上，古老恢宏的建筑，在昏暗的月色下，沉默着……墙下的嫚儿，仰头看着王打铁，脚尖一踮一踮的，焦急地说，妈，你看到什么了？王打铁像是自语地说，嫚儿，你知道我们住在哪里？住在故宫。嫚儿不知道故宫是怎么回事，傻傻地四下看了一下。王打铁又说，就是住在天安门里，知道不？天安门，皇帝住的地方。

王打铁觉得能住在故宫里，真是幸福死了，她甚至对那个看门的老头说，你知足吧，要是在过去，你这是给皇宫看门呀。王打铁不知道老头并不是在这里看大门的，他是一个古建筑专家，住在这里指导建筑队修复古建筑的。

老头没事的时候，就蹲在伙房门口，帮助王打铁择菜。

"你怎么不上学呀？"老头问身边的嫚儿。

嫚儿不说话，抬头去看王打铁。王打铁就很生气，说，看我干啥？又不是问我？嫚儿不知道该怎么回答，看着老头不吱声。王打铁对嫚儿的表现很不满意，训斥嫚儿说，你不会说话了？我怎么教你的，又忘了？你个猪脑子！

老头看到因为自己的问话，让嫚儿遭受母亲的训斥，急忙替嫚儿解围，笑着摸了嫚儿的长发，说："你真好看，你会唱歌吗？"

嫚儿点点头。

老头说："唱一首歌我听听，好吗？唱得好，爷爷给你买一台电子琴。"

嫚儿看了看王打铁，看到母亲投给了她鼓励的目光，于是就壮着胆子站起来，拉出了唱歌的架势说，我会唱小燕子。老头朝嫚儿点点头，嫚儿就唱起来："小燕子，穿花衣，年年春天来这里，我问燕子为啥来，燕子说，这里的春天最美丽……"

嫚儿的歌声，质朴纯真，带着忧伤的旋律，老头听得很动情，王打铁"砰砰"的切菜声也停止了，爱怜地看着自己的女儿。

但是，王打铁温情的目光是短暂的，她知道女儿现在需要的不是温情，而是生存的技能。一连几个晚上，王打铁都在小屋子内教授嫚儿如何打架，教完了动作要领，就开始跟嫚儿模拟对打，但嫚儿总是瞅着她的脸不敢下手，她就训斥嫚儿，说："动手呀，打我的脸！"

嫚儿仍旧站着不动，王打铁气愤地给了嫚儿一个嘴巴，嫚儿咧嘴哭了，这一哭，王打铁更气愤了，抓过嫚儿摁倒在地，对着屁股就是几巴掌。

"闭嘴，你敢哭我就不要你了，听我的话，打我的脸呀？！"

嫚儿憋着劲儿不敢哭，这时候王打铁已经弯着腰，把脸倾斜过去，嫚儿壮着胆子，对准王打铁的脸就是一巴掌。王打铁一愣，惊喜地说，对，就这样打。王打铁说着，又给了女儿一个嘴巴，女儿也被打急了，随手抓住了王打铁的头发拽着、撕打着，用嘴去咬。王打铁佯装抵挡反抗，时不时踢嫚儿两脚，指挥着女儿向她进攻。

"就这样，用手抓脸，抓呀——"王打铁喊。

母女俩打累了，都倒在地上喘粗气，两个人的脸上都留下了明显的血痕。王打铁看着嫚儿，很久才摇晃着站起来，拿出了白酒，朝嫚儿招招手，说咱们喝酒吧。

嫚儿喝到后来，有些醉了，端着酒杯主动去跟王打铁碰，说爷儿们，喝呀。王打铁嘻笑着，跟女儿碰了杯，一饮而尽。嫚儿随后站起来，在屋内摇摇晃晃走了一圈，突然把酒杯摔在地上，瞪眼看着母亲，骂道："他奶奶的，我怕谁，你给我滚出去！"

王打铁的笑容突然凝固在脸上，傻傻地看着嫚儿。王打铁站起来，一个巴掌把醉醺醺地耍着酒疯的嫚儿扇倒了。嫚儿倒在地上，还在叫骂，说你他妈的敢打我，我把你扔进大海里喂了乌龟王八……

王打铁伤心摇头说："你看你这熊样，跟你爹一个德行，从今儿往后，你再别想喝一点酒！"

嫚儿的举动，让王打铁想起了醉酒后的丈夫，她没想到嫚儿的醉态，竟然跟那个死鬼一个模样。

"唉，天生不是喝酒的材料，完了……"王打铁感叹道。

老头最初不知道王打铁会喝酒，那天他在伙房前端着菜碗喝酒，看到王打铁不停地瞟他的酒瓶子，就随便问了一句，说你喝酒吗？喝一杯吧。没想到王打铁一点儿没客气，真的走过去喝了一杯。老头说，你再喝一杯？王打铁又喝了一杯。这时候老头才怔了怔，问王打铁："你会喝酒呀？"

王打铁说："大爷，这么好的酒，我还是第一次喝。"

老头自豪地笑了，告诉王打铁，他们喝的是五粮液。老头说，嗨，我算找到知音了，实话告诉你，我这一生就这点儿爱好，最穷的时候，我宁可不吃饭，也要喝两口酒，喝两口酒呀，心里就踏实了，就平静了，我的工资都喝掉了，喝掉一栋楼房了。

王打铁和老头就拉开了架势对饮起来，嫚儿坐在一边梳头，眼睛却瞅着酒杯，瞅着瞅着，也伸手去抓酒杯子，被王打铁在手背上打了一巴掌，说滚一边去，我说过，你再敢沾一滴酒，我把你的小蹄子剁了去！老头看了看嫚儿，吃惊地问："嫚儿也会喝酒？一定是遗传，你这么能喝，她肯定错不了。"

王打铁说："你这老头，怎么跟我一样，我也爱好这一口儿，也是喝了酒，心里特镇定，特、特清醒。酒是好东西，也是坏东西，酒能成事，也能败事，就看你是不是喝酒的材料，你说呢。"

"一看就知道，你喝酒有年头了。"老头说。

"也没有多少年头，起初自己也不知道能喝酒，嫁了人后才知道……"

老头笑了，说："哈，看来你丈夫也能喝，真好呀，夫妻对饮，那生活多有味道。"

王打铁怔了怔，问："你真是在这儿看守场地的？"

老头说："啊，是呀，看守工地，看守这些房子。"

正在一边梳头的嫚儿，急忙插嘴："我妈说这些房子是皇帝住的。"

王打铁瞪了嫚儿一眼："闭嘴！梳头去，梳不好头，我给你刮个秃头子！"

老头说："你对孩子太凶了，这么大的孩子还小哩。"

嫚儿已经梳好了头，让王打铁检查，说你看妈，梳的好不好？王打铁看都不看就说，你梳了一堆狗屎呀？重新梳！王打铁又对老头说，大爷，你住这里边真享福了，这可不是一般人能住的，哎，你说说哪那些房子，过去是皇帝住的？老头就伸手指点给王打铁看，说对面那些房子，过去是妃子住的，都是被皇帝打进冷宫的妃子。

王打铁不明白，说："打进冷宫？"

"就是被冷落了。你看那间屋子，当年有几个妃子，都在里面上吊自尽了。"

王打铁有些吃惊地朝前面的房子看去。

"我有时晚上从那边走过，好像还能听到一些冤魂哭叫呢。"老头又说。

王打铁收回了目光，说："你甭吓我，我这人胆子大，连死都不怕，还怕什么？"

王打铁又说："我问你，你说……受了委屈的人死了，真能有冤魂哭叫吗？"

老头说："应该有吧？"

王打铁叹了一口气，说："死了要能埋在故宫就好了，这地方好风水，后代肯定能做官发财。"

说完，她的情绪就似乎很坏了，一连喝了两杯酒。老头以为她喝醉了，就伸手夺下她的酒杯，说喝多了就别喝了，这么好的酒，喝不出味道来太浪费。

7

王打铁觉得自己和女儿应该在天安门广场留下一张合影，她就利用出去买菜的机会，带着嫚儿到天安门广场转悠了一圈，边走边给女儿指点着，介绍英雄纪念碑、毛主席纪念堂……但嫚儿对这些建筑并不感兴趣，嫚儿被天空的风筝吸引住了，盯住天空的风筝，迷恋地看着。

广场上，不知是谁丢弃了一只断了线的蝴蝶风筝，王打铁捡起来，对正痴迷地看着天空的嫚儿说："嫚儿、嫚儿——来，妈捡了一只风筝，你来放。"

王打铁把风筝的线绳理出来，交给了嫚儿，嫚儿捏着线跑动，风筝却飞不起来，王打铁在后面追过去，说看你笨的，看妈的！王打铁从嫚儿手里接过风筝，向空中一抛，然后快速向前跑起来，越跑越快，把跟在后面的嫚儿甩得远远的。嫚儿看着母亲跑动的姿势，在后面追赶喊叫："妈——等等我——"

王打铁依然向前跑，风筝渐渐在她身后拖起来、飘起来，一直飘到绳子的最高处。王打铁转了个圈子，回身迎着嫚儿跑来，母女俩欢笑着碰了头，王打铁急忙把飞起来的风筝交给了嫚儿。嫚儿捏着风筝，学着母亲的样子跑动，可她的个子矮，风筝的线绳又短，风筝就渐渐地向下滑落。嫚儿焦急地说："妈，不好了，又掉下来了。"

王打铁跑上去，从嫚儿手里接过风筝，又跑起来。她的眼睛只顾看着天空的风筝，结果撞进了走在广场上的一个男人怀里，男人撞倒了，而她也倒在了地上，手里还捏着风筝。她看着撞倒的男人，突然忍不住笑起来，后面追上来的嫚儿，也扑倒在她身上，去她手里争抢风筝线绳，母女俩笑着滚成一团，那只在空中的风筝，也似乎兴奋起来，不住地抖动着。

被撞倒的男人爬起来，被母女俩的情绪感染了，也忍不住笑了笑，跟嫚儿招了招手，走开了。

王打铁拉着嫚儿在照相点合了影，之后推开了嫚儿，自己站在那里，让摄影师给她单独照了一张。摄影师当场就把快照交给了王打铁，她拿着自己单独的照片仔细看，照片上的她，站在国旗杆前，后面是天安门的背景，很风光。她的眼神流露出了满足的神色。

当天晚上，王打铁在一张纸上认真写着，王打铁，山东胶州人。她把自己的照片连同写着她名字的纸张包起来，用早已准备好的塑料薄膜，裹了一层又一层，再用绳子绑结实。她走出屋子的时候，看了一眼睡熟的嫚儿，那只蝴蝶风筝，还放在嫚儿的枕边。

王打铁走到后花园的工地上，用锹在施工的墙角挖了一个深坑，把塑料薄膜包裹的自己的照片，埋在里面，盖上土，把上面的方砖原位放好。

走出了后花园工地，王打铁朝强子的临时工棚走去，想去告诉强子，从明天开始，就让嫚儿跟在他身后适应生活了。她走到强子的门前刚要进屋子，听到里面传出了女孩子的叫声，她就在外面站住了，从门缝朝里面看，看到了强子和红红裸着身子在床上滚动。她的嘴唇抖动着，露出了久违的渴望，身子禁不住蹲了下去……

强子的吭哧声刚刚停下来，红红就把他的身子掀到了一边，起身穿好衣服。强子说，你今晚回去？红红说，回去，反正你该做的事都做完了，我在这儿对你也没用了。强子不说话了，也匆忙地起身穿衣服，但裤子还没扎好，红红就走到强子面前，伸手朝强子捻了捻，做出个要钱的动作。

强子扎腰带的手停住了，吃惊地问："前几天刚给了你500块，就花完了……"

红红冷冷地说："花完了。"

"都干啥了这么快就花完了？"

红红眼睛一挑，说："咋啦？还得一项一项跟你汇报？女人用钱的地方多，你知不知道？心疼钱了你？嘴上说的好听，让我买漂亮衣服，一件衣服多钱你知道吗？500块还不能买一件衣服！不给？嗨，不给算了，你以为天下的男人就你挣钱？"

强子急忙抖动着手，胡乱地扎了腰带，说："我说不给了吗？买衣服啦，好好，买衣服好。"

强子慌着伸手掏出一叠钱，又是不等他要数，就被红红一把抢过去，装进兜里，转身一把拉开门，这时候的王打铁蹲在门前，亢奋状态还没结束。红红就吓了一跳，但很快反应过来，愤怒地看着王打铁说："你、你这个不要脸的，偷看我们……"

王打铁最初有些仓皇，但是听了红红的骂，却突然胸脯一挺，来了精神，说是谁不要脸？你跟我兄弟要这么多钱，你是卖肉呀？！红红被王打铁的几句话噎住了，啊呀了半天不知道说什么，只是满脸的羞怒，把头转向强子。

红红说："强子，你把她给我赶走，有她没我，有我没她！"

强子似乎被眼前这个阵势惊呆了，一句话不说，看着王打铁。

红红说："好、好，强子，你就留着她吧，以后甭想再见我！"

红红气呼呼地走了，强子这才反应过来，喊叫红红，红红已经不见了。王打铁就对强子说："这种女人，不见就不见。"

强子愤怒地踢了王打铁一脚，说："你给我滚一边去！"

王打铁不仅不走，反而进了屋子，站在强子面前，有些祈求地看着强子，说强子，嫂子是过来的人，你听我的，这女孩不是个好货，将来不会好好跟你过日子。强子说，你是好货？你是好货把男人轰上了天？！

王打铁看到强子咬牙切齿地看着她，王打铁突然觉得很委屈，说我对你哥，可真是尽了女人的份子了，你哥他不是人呀，他哪怕有一点儿人味儿，我也不能走上绝路，你还不了解你哥吗？我嫁了谁，都是一个好老婆，可偏偏嫁了你哥，你哥要是你，我能这样吗？！

强子说："闭嘴吧你，我哥再不好，可他是我哥！"

王打铁说："行，强子，你要是恨我，就把我打一顿，但你得听我的，这个女孩子不能要，她在骗你的钱财，你辛辛苦苦在外面打工，挣钱也不容易，要好好把钱存起来，以后回咱们老家，找一个安安分分的女孩子结婚……"

"我的事不用你管！"强子说。

王打铁的口气就严厉起来，说："我是你嫂子，就要管！你爹妈不在了，你哥也不在了，嫂子如母，你知不知道？这种不三不四的女孩，我不许你再跟她来往，被她骗钱。"

强子哼了哼，说："我愿意让她骗钱，我需要她。"

王打铁怔怔地看着强子，眼神越来越朦胧了，呼吸也急促起来，轻轻地说："我知道、知道强子，你到了成家的年龄了，是嫂子不好，嫂子早该给你张罗个家了，可这几年……你不知道你嫂子过得什么日子。你真想，嫂子也是女人，嫂子反正和死人差不多了……"

王打铁说着，走到强子身边，轻轻地用手抚摸了强子额头的头发。强子愣了片刻，愤怒地一把推开了她。

强子说："你这个没脸没皮的妖婆，我哥娶了你，算是倒了八辈子霉了！"

强子说完，摔门而去，王打铁僵硬地站在那里，好半天才醒悟过来，一下子扑到强子铺上哭起来。

8

老头许愿给嫚儿买电子琴，第二天下午就买来了。嫚儿正在伙房前帮着王打铁劈木柴，老头拿着一个纸盒子，笑眯眯地走过来，说嫚儿，爷爷答应送你一台电子琴，你来看，喜不喜欢？

老头蹲下身子打开了纸盒子，取出一台小电子琴，轻轻摁了几个键，电子琴发出悦耳的声音，嫚儿慢慢走过去，她显然被电子琴吸引住了。王打铁急忙放下斧头，说："嫚儿别动。大爷这得多少钱呀？"

老头说："不贵，百十块钱。"

"那我给你钱。"

老头听了王打铁的话很不高兴，把电子琴朝一边丢开，说你这话是骂我呀，我当爷爷的送孩子个礼物，还要收钱？你给钱，我就把它砸了！王打铁说，可这东西太贵了，我们凭啥要你这么贵重的东西？老头一撇嘴说，嗨，几个钱？还不值我半瓶酒钱，你喝了我那么多好酒，能买几个电子琴？行了，你觉得过意不去，弄两个菜去，请我喝两杯。王打铁想了想，说这好办，今天晚上，你过来。

老头又笑了，拿过电子琴，开始教嫚儿弹《小燕子》，嫚儿的手指在老头的点拨下，去摁一个个键，悦耳的曲子就响起来了。王打铁看着女儿幸福的样子，也禁不住笑了笑，走回了那堆木头前，拿起斧头，用力劈起来，一下又一下，声音很响也很有节奏。老头一边教嫚儿弹琴，一边把目光飘向王打铁，看王打铁扭动的腰，还有腰部露出的一圈儿白嫩的肉。

嫚儿很聪明，一会儿的工夫，她就能弹出调子了，边弹便哼唱：小燕子，穿花衣，年年春天来这里……

老头夸赞一声说，好。老头瞅了一眼王打铁的腰，又说了一声，好。

老头离开伙房的时候，没忘记提醒王打铁请酒的事情，说晚饭后我可过来了。王打铁说，别太早了，人来人去的招眼，八九点钟就行了。

晚饭后，王打铁就准备了几个菜，然后早早地回到小屋子，安置嫚儿睡觉。她看着嫚儿脱光了衣服，怔了怔，突然说："嫚儿，穿上衣服，从今儿起，你要穿着衣服睡觉。"

嫚儿问："为啥妈？"

王打铁剜了嫚儿一眼，说："你是女孩子，以后跟着你叔叔睡觉，就要穿着衣服，将来你自己能单独住了，你一丝不挂都行。"

嫚儿不明白，说："女孩子咋啦？"

王打铁严厉地说："傻呀你？！女孩子的身体，不能让男的看，更不能摸，听见了？我让你干啥你就干啥，听妈的没错，穿上！"

王打铁去了伙房，老头已经在门前等她了。老头问王打铁，说孩子呢？王打铁说一个人在屋里睡了。老头有些担心，说，能行吗她一个人？你真放心。王打铁说有什么不放心的，还能丢了？老头说，咋不能丢？城里经常丢孩子。老头这么一说，王打铁的心就"咯噔"了一下，忽然觉得如果有一天嫚儿走在乱糟糟的大街上丢失了咋办？能不能自己走回家？这样想着，王打铁跟老头喝酒的时候，就有些心不在焉了。

其实，王打铁在伙房跟老头喝酒的时候，嫚儿也在屋里偷偷喝酒，她一个人在屋内有些怕，就把王打铁的白酒掏出来，闭着眼睛咕噜咕噜喝了几大口，等到王打铁回来，嫚儿已经晕乎乎地睡去了。

第二天，王打铁出去买菜，特意把嫚儿带上了，去市场的路上，她就不停地嘱咐嫚儿，说城市里的人多，容易走丢了，如果走丢了，应该如何打听路，等等。王打铁到菜市场买了菜，回来的时候，走到一个地下过道，她趁嫚儿不注意，躲藏起来。嫚儿独自一蹦一跳朝前走了很远，这才发现身边的母亲不见了，回头喊叫了几声，看到的只是潮水般的陌生面孔，她立即慌了神，在地下过道的出口处，大声哭喊起来，两只脚焦急地跺着，许多人被她的哭叫吸引住了。一位妇女站住了，说："哎哟，谁家的孩子丢这儿了？"

妇女走到嫚儿身边，想拦住嫚儿询问一下，但嫚儿连蹦带跳，根本不理睬妇女。

"小朋友，你在什么地方跟你妈分手的？告诉阿姨，你是哪里的？叫什么？"妇女问。

嫚儿喊："妈——"

嫚儿身边，已经围了一圈人，有人骂孩子的母亲没照顾好孩子，有人建议赶快把孩子交给警察。一位男人说，交给警察最好，警察寻找孩子的母亲最方便，我们到哪儿去找呀？

躲在地下过道口旁边的王打铁，拎着几兜子蔬菜，一直瞅着嫚儿，当她听到要把嫚儿交给警察，心里一沉，拎着大兜小兜的蔬菜，急忙走出地下过道，跑过去把蔬菜朝一边一丢，抓住嫚儿又打又掐的，说："我让你哭，你就知道傻哭，我告诉你的办法又忘了？你哑巴了，鼻子下没长嘴，知不知道打听着路回家？就知道咧嘴哭、哭，我让你哭个够！"

嫚儿哭着说："妈别掐我，别掐我，我不敢了，我记住了，妈——"

周围的人傻了眼，看着王打铁把嫚儿打得又哭又叫，都心疼孩子，于是对王打铁就仇恨起来，那位妇女上前抓住王打铁的胳膊，说你再不住手，把你送派出所，你这是虐待儿童！妇女的话，把围观人的情绪一下子煽动起来了，都说这么狠心的母亲，应该受到法律制裁。王打铁在众人的指责中，把嫚儿朝一边一推，抽身就走，说："你找不回家，我就不要你了！"

王打铁拎着蔬菜头也不回就走了，围观的人虽然气愤，到这时也没了主意，只能骂王打铁没有人性。这时候的嫚儿，似乎已经清醒了许多，呜咽着打听回去的路怎么走。妇女说："别焦急孩子，阿姨送你回去。"

嫚儿说："不要阿姨，不要你送，我要自己回去，我不自己回去，我妈就不要我了……"

众人无奈，只好把路指给了嫚儿看，嫚儿就一个人走去。王打铁已经在前面的路口站住了，等到嫚儿走过来的时候，她悄悄地跟在后面，一直看着嫚儿打听着路寻找到了故宫后花园。

9

红红并没有像她说的那样，永远不理睬强子了，强子给她打电话说了两三句好话，她就又来后花园找强子了。

红红刚跟强子在临时工棚疯狂结束，王打铁就带着嫚儿走进来。工棚内的空气中，还飘浮着男人和女人的肉体撞击后留下的气息，王打铁自然感觉到了，

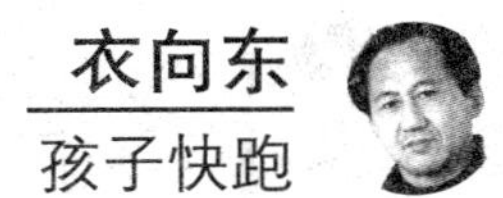

就有些莫名其妙的慌张。

王打铁对身边的嫚儿说："往后，你就跟在你叔叔后面，他走到哪里你就要跟到哪里，听见了？过去吧。"

嫚儿站在那里不动，胆怯地看王打铁，说："我要跟着你，妈。"

王打铁喝道："你去不去？看我打你的脸！"

王打铁朝嫚儿扬了扬巴掌吓唬她，嫚儿就挪动步子走到了强子身后。王打铁这才看了看强子，说，应该让嫚儿跟着你了，让她习惯习惯，没有几天时间了……强子想了想，觉得也对，再有两天王打铁就该离开了，他要考验一下嫚儿能不能踏实地跟着他生活。

强子就说："嫚儿，走，跟着我到工地。"

强子把嫚儿带到了工地，嫚儿一步不离地跟在强子后面，像个影子似地。强子弯腰爬到了上层的脚手架，嫚儿也跟着费力地向上爬，却爬不上去。强子就说，嫚儿，站在那儿别动！

嫚儿就一直站在那儿不动，强子回来的时候，看到嫚儿正羡慕地看着旁边一个民工吃羊肉串，竟然不知道他走到了她面前。强子就小声问，你想吃吗？嫚儿忙低下头不吭气。

强子摸了摸嫚儿的头，离开工地朝旁边的厕所走去，嫚儿也跟在他身后，他就站住了，说你别过来，在那里等我。嫚儿仍旧朝前走，强子想了想，就把嫚儿带到了临时工棚前，朝里面喊："红红，你带一下嫚儿，我上个厕所。"

强子急匆匆转身朝厕所走去，嫚儿又要跟着去，被红红呵斥了一声。红红说，过来！红红走上去，一把抓住了嫚儿的胳膊要朝屋内拽，嫚儿疼得叫起来。红红急忙松开手，目光就盯住了嫚儿的胳膊，有些疑惑。

红红问："你的胳膊怎么啦？摔坏了……"

嫚儿吭哧着说："我妈掐的。"

"掐的？"

红红撸起嫚儿的衣服，发现嫚儿的胳膊一块块青紫，再看大腿等别的地方，也有掐出来的痕迹。红红吃惊地看着嫚儿，说你妈掐的？疼吗？嫚儿点点头。

红红看着嫚儿的小脸蛋，突然同情起她了，把她抱在怀里，抚摸着青紫的地方，眼睛里竟然含着泪水。红红气愤地说，你这么点儿的孩子，把你掐成这个样子，她简直是个老妖婆，嫚儿你恨你妈吧？你不要跟着老妖婆了，以后就跟着阿姨好吗？嫚儿却摇摇头。

嫚儿说："我妈为我好，我不恨她。"

这时候，强子从厕所回来了，红红的火气就上来了，冲着强子大喊大叫，显示自己的正义感和同情心，借此发泄她对王打铁的不满。她说强子你来看，你看看那个老妖婆把嫚儿打成什么样子了，浑身青一块紫一块的，我早就说过，让你把她赶走，你不听，再这样下去，嫚儿准又要被她害死，再下一个就是你……强子在红红的指点下，低头去看嫚儿身上的伤痕，他只看了几眼，就眼冒火星，大步朝伙房那边走去。

王打铁正把淘好的大米倒在了蒸笼上，强子走过去说，你来！我有事找你！王打铁看到强子气冲冲的样子，不知道发生了什么事情，站着不动，强子上前抓住她的胳膊，一直拖到了后花园小屋内，强子骂道，你这个妖婆，你害死一个还不够，想让我们家死绝了，你安的什么心，我今天先把你打死！强子说着，一顿拳脚，把王打铁打得满地滚。

嫚儿从外面跑进来，抱住了强子的两条腿，哭着说："叔叔，别打我妈妈。"

王打铁抬头看着嫚儿，她的嘴角流着血，说："嫚儿，放开你叔叔，让他打个够，你叔叔打得好，妈放心了，你叔叔心疼你呀，心疼你才来打妈的……"

这时候，门突然被推开，青头出现在门前。青头怒视着强子，喝道："凭什么打人！"

王打铁一看是青头，突然呜呜地哭了，说青头兄弟你别管，我们自己家的事情，你不知道，你走开……青头说我别的不管，可无论什么事情也不能打人，打一个女人，你算什么东西！强子瞅了一眼青头，说你他妈算老几？给我滚出去，不要以为上边有人，我就不敢把你怎么样！强子说着，气愤地把青头朝屋外推，青头抓住强子厮打起来。强子根本不是青头的对手，几下就被青头打趴下了。王打铁慌了，请求青头，说，兄弟你的情我领了，可我不用你帮忙，我就想让他打我一顿，你快出去。

王打铁站起来，把青头的身子朝外推，青头就坚持着不走，两个人推来推去，到最后王打铁就趴在青头怀里，呜呜地哭了，青头双手拦住了王打铁，一只大手在她后背上轻轻拍着。

强子看到这一幕，气愤地转身走了。

10

嫚儿毕竟是强子的亲侄女，父亲过早地去了，作为叔叔的强子，对嫚儿自然有几分父爱。他在工地上看到嫚儿盯住别人吃羊肉串的目光时，心里就一动，觉得嫚儿挺可怜的。

强子把王打铁打了一顿之后，就走到外面的食品摊，给嫚儿买回了羊肉串，趁王打铁在伙房那边洗衣服的时候，把羊肉串送到了小屋内，当场看着嫚儿津津有味地吃。王打铁端着一脸盆衣服回来时，嫚儿手里的羊肉串还没吃完，强子听到了脚步声，已经来不及走出去了，就一别身子躲在了黑乎乎的门后面。

王打铁进屋，看到嫚儿坐在椅子上举着羊肉串，她就把一盆衣服朝地上重重地一放，走到嫚儿面前，问谁给你的？嫚儿因为恐惧，眼睛瞅着王打铁身后，却不敢吱声。王打铁的火气就上来了，说："你哑巴了？说呀，说给你的？"

嫚儿摇摇头。王打铁一个巴掌扇过去，把嫚儿手里的羊肉串打掉了，嫚儿吓得站起来，朝后退两步。王打铁说，你怎么没记性呀嫚儿，妈跟你说了多少次，别人谁给的东西都不能要，女孩子贪嘴，最容易上当吃亏，你怎么就没有记性？！你真让我焦急呀你！王打铁说着，抓过嫚儿又打，嫚儿却一动不动。

王打铁打着打着，就停住了手，一把抱住了嫚儿，哭起来，边哭边说：

“嫚儿嫚儿啊，你怎么不知道妈妈心里有多焦急，像烧着了一把火，妈妈只能陪你两天，就两天呀嫚儿，妈妈多么想让你一夜的工夫，像发馒头一样把你发起来，让你长大了，让你能够照顾自己，跟着你叔叔好好生活，妈妈打你骂你，妈妈心里火烧火燎的。你要记住了，谁的话都不要相信，就听你叔叔的，这个世界，你叔叔是你最亲最亲的人，只有他会真心疼你的……”

嫚儿好像真的一夜之间懂事了，她仰起泪脸说：“妈——我记住了——”

门后的强子傻在那里，眼泪一点点地溢出来，趁王打铁抱住嫚儿哭泣的时候，他悄悄地离去了。

午饭的时候，强子到伙房领饭，一个劲儿咳嗽，那样子有些感冒了。王打铁听到了强子的咳嗽，不由得把关切的目光投过去。

强子只打了很少的一点儿饭，就回到了临时工棚，把饭碗放在一边，一口也没有吃。他拿了两个大药片，喝了水送下去，躺在了床上。

王打铁给民工们打完了饭，就急忙拎着一个塑料篮子走到临时工棚，把篮子里一大海碗热腾腾的面条端出来，说强子你起来把面条吃了，我给你还煮了一碗梨水，里面放了生姜，喝了后盖上被子发一顿汗就好了。她说着走上去，伸手摸了摸强子的额头，强子想躲开，就向后仰了仰头，还是让王打铁摸到了。他仰头躲闪的时候，正好遇到了她的目光。王打铁怔了怔，说，我先走了，一会儿再来看你。

强子的目光送走了王打铁的身影，停留在门口处。他的眼前，出现了当新娘子时的王打铁。

那天，迎新娘的车停村头一条胡同前，强子的哥哥从车里把王打铁抱下来，抱在怀里朝家里走。按照规定，新郎要从门口把新娘一直抱回家，新娘的脚不能落地。王打铁个头挺大，哥哥抱着她走了没多远，就在看热闹的人群欢呼下，笑得弯了腰，王打铁眼看就要滑落下来了。这时候，强子手提着一个凳子，快速跑过去，塞到王打铁屁股下，说：“嫂子——快坐在凳子上！”

王打铁终于找到了依靠，屁股落在了凳子上，两只手拽住了强子哥哥的胳膊，笑着、喘息着，脸色红扑扑地看着强子，说：“谢你强子！”

刚步入青春期的强子，看着美丽的王打铁，目光充满了羡慕和渴望，神色中流露出那个年龄特有的腼腆和傻笑。

围观人喊叫：“强子你滚开，你帮什么忙呀，又不是你媳妇！”

强子仍旧痴呆呆站着，看着哥哥再次抱起王打铁，朝贴着大红喜字的屋子走去……

王打铁结婚的没几天，就开始关心强子了，准备用自己结婚时别人送来的一块布料，给强子做一身西服。她在强子身上比划的时候，强子有些不好意思地扭捏着，总站不好，就被王打铁对准后背拍了一巴掌。王打铁说，站好！喜不喜欢这颜色？给你做一身西服好不好？

强子说：“我不要……”

“不喜欢？”

“我有衣服穿。”

王打铁白了他一眼，说你哪有件好衣服？都这么大了，你到人前人后，应该有件好衣服了，别整天弄得邋里邋遢的，过几年连个媳妇找不到。强子脸红了，偷偷瞟了瞟王打铁。

“一晃已经七八年了。”强子躺在床上想着，不由得叹了口气。

忽然间，强子听到门响动了一声，以为王打铁又回来看他了，急忙用被子蒙住脸。过了半天，却没有动静，强子偷偷露出眼睛看了看，屋子的门没有变化，强子就一把甩开被子，有些失望地盯住了那扇门。

他很渴望这个时候，王打铁能够走进来，走到他身边。

第二天，强子的目光总是去寻找王打铁，盯住她的身影不放。王打铁带着嫚儿出去买菜的时候，他也就悄悄地跟在了后面。

王打铁买了菜，并没有立即回去，却让嫚儿坐在过街天桥上，弹着电子琴向过路人乞讨。电子琴发出了凄婉的旋律：小燕子，穿花衣，年年春天来这里，我问燕子为什么，燕子说，这里的春天最美丽……

嫚儿弹完了电子琴，按照母亲交代的话说："叔叔阿姨帮帮忙，我什么亲人也没有了，我想上学读书……"

一个大学生模样的女孩子，把零钱丢在了嫚儿面前的瓷碗内，接着是一个军人、一个老头……坐在嫚儿旁边摆地摊的小商贩，看到许多人给嫚儿碗里丢钱，有些生气，对周围人说，你们别当真，这是放鹰的，她妈在桥头那边盯着哩。

这时候，一直躲在后面的强子实在忍不住了，上前抱起了嫚儿，拎着电子琴就走，周围的人当即愣住了。小商贩说："这不，她爸爸看到你们怀疑他们了，赶快抱走换地方了吧？"

有人喊："哟，忘了把钱拿走呀？！"

人们的目光同时盯住了瓷碗。小商贩反应很快，一把就将瓷碗端了过去，说："等到他们回来找碗，我来给他们。"

强子把嫚儿抱到王打铁面前，王打铁有些心虚，害怕强子在大街上给她一顿拳脚，就忙向他解释，说强子你别生气，我担心你结婚后，嫚儿没了着落，她就要自己照顾自己了，反正不管怎么样，能生活下来我就放心了。

这次强子没有发脾气，他看着王打铁，一字一句地说："你放心，不管到什么时候，我就是卖血，也不会让嫚儿要饭去，你用不着训练她要饭！"

强子说完，抱着嫚儿就走，把王打铁甩在那里。但是，强子走了十几步，突然站住了。王打铁一直站在那里没动，愣愣地看着强子。强子就又返回去，走到了她的身边，说："走吧。"

11

王打铁准备离开强子的前一天，正好是丈夫死去七七四十九天的时候，王打铁带着嫚儿跑了很远的路，来到郊外一片平地上，摆了一堆黄纸，对嫚儿说："跪下呀，跪下把纸烧了。"

嫚儿说："我不给他跪。"

王打铁上前扭住嫚儿的耳朵，说："嗨呀，他再不是东西，没他也没你呀，你是从石头缝里蹦出来的？给他烧几张纸吧，就这一次。"

嫚儿跪下了，打着了火机，去点燃黄纸，却怎么也点燃不着，打火机把手都烫疼了。王打铁从后面气呼呼地走上去，亲自去点燃黄纸，边点燃边唠叨说，哟，你变成鬼了，还这么大脾气，挺难伺候的，告诉你，今儿是你烧"七七"，我让嫚儿给你烧几张纸，你要是还有点灵气，就保佑嫚儿今后平平安安，跟着她叔叔幸福生活。我呢，这一两天就去找你，你对我有什么仇恨，咱们那边算账去——到了阴间地府，我才不会怕你，你等着吧！

王打铁点燃了黄纸，她站起来退了几步，对嫚儿说，给你爹磕三个头，让这个死鬼保佑你平平安安，我跳跳大神，把这个死鬼赶回去，不要让他老跟着你。嫚儿磕头的时候，王打铁把一块白布扎在头上，手里挥舞着两块白布，围绕黄纸转圈，手舞足蹈，嘴里念念有词。嫚儿看到后，也站起来，跟在母亲身后，手里抓起了两把干枯的草，挥舞着。渐渐地，母女俩把这一形式演变成了游戏，两个人在平地上快活地跳动着，喊叫着，发泄着。

在她们身后的小树林里，一直窥视她们的青头，也禁不住笑了。

当天晚上，那个被王打铁当成看门的老头，在工地上拿着施工图纸跟强子商量事情的时候，突然晕倒了。强子和青头等人把老头送到了医院，医生诊断为脑溢血，好在及时送到了医院，否则连命都保不住。

老头一辈子就一个人生活，从医院回到家里，需要雇一个人照看，强子就想到了王打铁，对她说，李教授是古建筑专家，我们修复古建筑的施工，都是他指导我们，看样子，他短时间不能好起来了，我想让你去他家里照顾他，你谁也不要告诉，就住在那里，一直照顾到他……王打铁说，我跟你的合同时间已经到了，我该走了呀。强子不吭气，一直看着王打铁，看得她有些心慌。

强子说："嫂子——"

王打铁听到强子叫她"嫂子"，身子颤了一下，嘴唇抖动着说不出话。

强子说："嫂子，中国这么大，哪里藏不住你一个人？你就先在教授家里待着，以后再说以后的话，东北、新疆，地方大着哩。”

王打铁摇摇头，说：“强子，嫂子谢谢你，我早就想好了，哪里也不躲藏，我把嫚儿交给你，就没有任何牵挂了。”

强子说：“别的先别说，教授出院回家后，急需要人照顾，你先去再说。”

王打铁就不说话了，强子看着她，看着看着突然笑了。王打铁说你笑什么强子，你笑嫂子……强子说，你结婚那天，我哥抱着你，差一点落地了，我给你一个小凳子垫住了。

王打铁也就笑了，说：“你还记得呀。”

王打铁在强子的安排下，去了老头家，发现老头居住的房子非常宽敞，客厅摆放着古老而典雅的家具，很有品位。老头躺在床上，跟强子说话的时候，眼斜嘴歪的，不住地有口水流出来，强子就抓起床边的毛巾给他擦拭。

老头说：“强子，你、辛、苦……那边的事，你……”

强子说：“工地上的事情你别操心了，有人来管，你好好养病。”

王打铁端来一盆温水，撕开了老头的上衣给他擦拭，强子愣了愣，他看着王打铁给老头擦身子，心里有些怪怪的，就说我来给他擦吧。王打铁说，强子你回去吧，这儿你就别操心了，你把嫚儿也带回去，以后就让她跟你睡觉了。

嫚儿看了看强子，仍有些胆怯。强子弯腰抱起了嫚儿，说嫚儿跟叔叔走，叔叔过两天带你去动物园。他又对王打铁说，嫂子我走了，你出门买东西，要小心，能不出去就别出去，少露面。

强子抱着嫚儿出了门，并没有立即走开，而是从门缝朝屋内看着。王打铁已经擦完了老头的上身，老头比划着要上厕所，王打铁急忙站起来，去拿了尿盆，老头很难为情，挣扎着要坐起来，被王打铁摁倒了，说：“大爷你别动，谁都有老了这一天，你呀就把我当你的闺女吧。”

外面的强子看到王打铁给老头接小便，叹了口气，抱着嫚儿扭身走了。

晚饭的时候，王打铁炖了鸡汤，扶着老头一勺一勺地给他喂。鸡汤从老头

嘴边流下去，流到了脖子上，她就用毛巾仔细擦。王打铁擦着擦着，老头突然呜呜地哭了，把王打铁吓了一跳。

她说："大爷你咋哭了，你哪儿不舒服？"

老头说："打铁同志，我母亲死了几十年了，再没有女人对我这么好……"

王打铁说："我还正想问你哩，咋不找个人成个家？"

老头说："阴差阳错，我一门心思研究古建筑，好、好女人都从身边滑过去了，我不愿凑凑合合找一个……"

"好女人？啥是好女人？没有尺寸的。"

"你就是好女人。"

王打铁看着老头，说："我？我是？"

老头点头，说你肯定是，贤慧、善良、懂事，谁娶了你都幸福。王打铁呆呆地坐了半天，后来就把自己的事情，详细告诉了老头，说完后，就拿了老头家里的酒，坐在床前一杯接一杯地喝。

老头显得很痛苦，说你呀、你你，真傻呀，你做了件大傻事，多好的生命，你不爱惜。王打铁问老头是不是也怕死，老头说他过去不怕，可现在怕了，现在很想重活一次，好好找个像样的女人，好好过日子。

老头说："你太傻了。给我一杯酒好吗？"

王打铁摇头，说："这不行，你这个样子，不能喝酒，你的病，说不定就是喝酒喝的。"

老头有些祈求地说："我舔一舔……行吗？"

王打铁犹豫一下，端着酒杯坐到床边上，把酒杯送到老头嘴边，说就舔一舔啊。老头只舔了一点酒，立即有了精神，眼睛看着王打铁薄薄的睡衣，看着看着，突然抖动着手，快速地在伸向王打铁胸前。王打铁反应很快，"啪"地在老头的手上打了一巴掌，说你要干什么你！老头愣了愣，似乎从梦中醒来，呜呜地哭了，把自己的头朝一边的墙上撞去。

老头说：“我、我、我死了吧，死了吧……”

王打铁一把抓住了老头，不让他撞墙，老头在她怀里挣扎着，她就把他抱在了怀里。老头像个孩子似地，在她怀里呜呜地哭着，说人要能重新活一次多好，我一定找个女人好好、好好……

老头的话，勾起了王打铁心里的酸楚，她也禁不住呜呜地哭了，泪水流在了老头的脸上。

12

民工们在开饭的时候，发现王打铁不见了，给他们打饭的是一个男人，都觉得挺失望，觉得饭菜也不如先前有味道了。反应最激烈的是青头，他丢下了饭碗，撒腿就朝后花园的小屋子跑去，小屋子的门已经上了锁，他就又跑到了强子住的临时工棚，老远就看到强子和红红，正陪着嫚儿在门前玩耍，他这才放慢了脚步，装着无事的样子走过去。

红红和嫚儿各自举着一个小风车，原地转圈儿，风车哗啦啦响着，最后红红转晕了，一屁股蹲在地上。嫚儿却还在那里勉强支撑着，身体摇摇摆摆，像喝醉了酒似的。强子站在一边，傻呵呵的张着大嘴笑，笑着说：“红，你该上班去了，去晚了，饭店老板娘又要吊着个脸，像老丝瓜。”

红红从地上爬起来，说：“过两年，存够了钱，咱们也开个小饭店，我也当老板娘，行不行嫚儿？”

强子瞥了红红一眼：“你开饭店？你哪来的钱开饭店，就你大手大脚的花钱，八辈子也存不住一分钱。”

“你怎么知道我大手大脚花钱？”红红撇了撇嘴。

强子说：“不说你的工资，就说你从我这里前前后后花了多少钱？”

“你怎么知道我花了？”

“没花？那你存起来了？”

红红露出一丝得意的笑："存起来怎么啦？女人就是管存钱的。"

强子一下子怔了，像不认识似地看红红："哟，我说红红，你倒真有心呀，还藏了一手。"

强子上去抓住了红红要打，就看到青头朝他走了，他就急忙松开了手。青头有些尴尬地咳嗽了一声，说："你嫂子呢？"

强子愣了愣，上下打量了青头，说你关心这个干啥？她到哪里与你有什么关系？青头笑了笑，说我喜欢吃她做的饭。强子说，回老家了。青头的眼睛就落在了嫚儿的身上，从嫚儿的目光里，青头判断出强子说了谎话。

青头很自然地想到了刚出院的老头，就跟当地的公安干警取得了联系，查找老头的住处。

这天，王打铁给老头家大扫除，发现一个壁柜里竟然全是女人的衣服和用品，王打铁很吃惊，一件件拿出来仔细查看。这些物品大都是新的，有的连标签都没有拽掉。她觉得自己被老头欺骗了，老头一直有女人呀。她气愤地抓起一个胸罩，走到卧室摔在床上，说："你这个老不正经的，还说从来没有女人，这是啥？"

老头有些焦急，说不出话来，一个劲儿咳嗽。

王打铁又说："你当我是十八九的小红红呀，你骗我干啥？"

老头委屈地说："没有呀。"

"这些东西摆在这儿，你还抵赖！"

老头说："就是、就是没有女人，我才在家里放了一些女人的东西，我觉得屋里放些女人的东西，才像个家……"

王打铁似乎明白了，又似乎不明白，傻傻地站在那里。电话铃突然响了，她吓了一跳，拿起电话听到一个男人的声音，说是李教授家吗？王打铁说是呀，你是哪里？对方没有声音，王打铁再问，电话就挂断了。

王打铁听电话的声音有点儿耳熟，却想不起是什么人，很快也就不去想了。她端了一杯水给老头吃了药，自己坐在了床边上。老头说，柜子里的衣服，你喜欢你就穿。王打铁叹了一口气，说你放着，等我下辈子再来穿。老头又说，我死了，这房子留给你，还有这个存折，给媳儿。

老头从枕下拿出一个存折，抖动交给王打铁，王打铁捏在手里，看都没看，又塞进了枕下，说，房子、钱，我都用不着了，我过去后悔自己是女人，可我现在，倒真希望下辈子转世投胎，还做女人，做城市里的女人……说着，泪水流了出来，旁边的老头看到后，想伸手去替王打铁擦拭泪水，可是直了直腰，没坐起来，胳膊伸在半空，就是摸不到她的眼泪，他的手就很焦急地向前伸着……王打铁看着他的手，明白他的要干什么，可她就是坐着不动，不去应和他，似乎要看看老头的手，到底能不能伸到她脸上，替她擦拭了泪水。

老头的胳膊终于耷拉下去，伴随着一声沉重的叹息，他放弃了努力，他知道自己想给女人擦拭一下泪水的能力都没了。

王打铁看到老头的胳膊垂下去的时候，她竟然哭出了声音。

13

本来已经抱定了必死信念的王打铁，在老头家里住了短短几天，她的心里就发生了变化，产生了一种强烈的生的愿望，不甘心自己的一生就这么结束。于是，她开始查看中国地图，眼睛落在新疆和东北一带，问老头："你说，从北京到新疆，要坐多少个小时的火车？"

老头伸出了一个巴掌。

王打铁吃惊地说："50个？"

老头点头。

王打铁说："妈呀，这么远，新疆占中国六分之一的面积，这么大的地方，要找一个人真是大海捞针。"

王打铁的眼睛盯住新疆版图不动了。外面有人敲门，王打铁一愣，收起地图，从门镜朝外看了看，发现是强子，她脸上立即露出了笑容，急忙打开门，强子抱着嫚儿走进来，手里提着一个蛋糕。

王打铁说："嫚儿，咋让叔叔抱着哩。"

嫚儿说："叔叔一定要抱。"

王打铁看着强子，目光那么柔和，弄得强子有些不好意思，强子就说："教授今天过生日……"

王打铁的目光急忙从强子身上移开，去看老头，说是吗？哟，那我准备几个菜，好好给他庆贺一下。

"嫚儿跟着你，听话吗？"王打铁问。

"听话，就是晚上睡觉死活不脱衣服。"

"不脱就不脱吧，我让她这样的。"

老头听说要给他过生日，很兴奋，竟然腾地坐起来了。因为太激动，起来得太猛，一下子栽到床下，王打铁走过去扶住老头，看到老头的嘴突然歪得很重了，两手不住地抖动，就对强子说："摔坏了吧？快送医院。"

老头听清楚了，急忙摆手，想说话却说不出来。强子明白老头的意思，就说没大事，他太激动了，这种病情绪太激动，容易出问题。

王打铁扶住老头的后背，抚摸着，老头慢慢地喘息过来了，说："打铁同志，你去给我、给我买鲜花好吗？我喜欢鲜花。"

强子忙说："我去买，嫂子你在家准备饭菜。"

王打铁说："不，我去，他是让我去买给他，让我这个女人给他送鲜花哩。"

王打铁穿好衣服，出门的时候，嫚儿在后面喊，说，妈——你过马路小心车。王打铁一愣，回头看嫚儿，惊喜地说，妈记住了，我的嫚儿长大了，知道关心妈了。

王打铁刚出屋子，老头就把嫚儿招呼到床前，说嫚儿，给爷爷唱首歌，爷爷今天过生日里，就唱"小燕子，穿花衣，年年岁岁来这里"……嫚儿说，错了爷爷，是年年春天来这里。老头说，好好，你唱，爷爷有奖品。老头从枕下又掏出了那个存折，塞给了嫚儿。

冬日的阳光，那么温暖地覆盖着行人的肩头上。王打铁走在大街的人流中，身子有韵律地起伏着，充满了生命的活力。她没注意到，在她的身后，有两个戴墨镜的青年人一直跟踪着她。她在花店挑选鲜花的时候，那两个戴墨镜的青年人，就站在花店对面的车站牌下，朝花店张望。

王打铁怀抱着鲜花，兴冲冲地赶回老头家，刚打开门，就听到嫚儿的呼喊声："爷爷、爷爷，你怎么啦？"

王打铁看到老头嘴角流着口水，眼睛向上翻，她把鲜花放在床上，老头突然缓过气来，慢慢睁开眼睛，鼻翼翕动着，说："花、花香……"

王打铁又把鲜花拿起来，送到老头的鼻子下，说："大爷，我买回来了，不知道你喜不喜欢这些花？"

老头看着鲜花，咧着歪嘴笑了。

"点蜡烛，我要吹蜡烛。"老头说。

强子急忙把蛋糕打开，点燃了蜡烛，送到老头面前，让他吹蜡烛，王打铁和嫚儿开始唱"生日快乐"了。但是，老头的嘴用不上力气，吹了半天，一支蜡烛也没吹灭。

这时候，一阵风吹来，把蜡烛吹灭了大半，几个人同时朝门口看去。虚掩的门突然开了，戴墨镜的两个青年人迅速冲进来，强子一愣，预感觉到了什么，扭头去看王打铁。

墨镜乙喊："都别动，我们是警察。"

强子突然把蛋糕丢在地上，扑向了警察，喊道："嫂子快跑！"

强子与警察乙厮打在一起，王打铁愣了愣，转身朝门口跑去，警察甲抢先一步，关上了门。

警察甲说："王打铁，别动！"

强子拼力甩开警察乙，扑向了警察甲，想推开挡在门前的警察甲，但强子没挣扎几下，就被警察甲打倒在地，额头上流出了鲜血。

床上，老头一点点地朝外爬着，最后从床上滚到地板上。

强子从地上爬起来，猛地一跃扑向了警察甲，把警察甲扑倒在地，来开了门对王打铁喊："嫂子快走——"

王打铁拼命窜出了门，强子的身子就堵在了门口，警察掏出了枪喊道："闪开，你再乱动我就开枪了！"

这时候，已经跑到楼道的王打铁，听到嫚儿喊叫："妈妈——爷爷摔下来了！"

老头在地上抽搐着，王打铁一怔，突然转回了身子，跑到门口大声喊："不要打了！强子兄弟，你让开，嫂子求求你……"

王打铁推开堵在门口的强子，走到警察面前伸出手："你们铐住我吧，我不跑，我已经是死人了，可他还没活够，你们赶快把教授送到医院……"

14

老头送到医院后，没有抢救过来，他的生日蛋糕和那些鲜花，陪伴着他一起走了。王打铁在警察的监护下，去向老头告了个别，然后就回到了故宫后花园的小屋子收拾自己的行李。

在小屋内，她给嫚儿洗完了头，用梳子梳理着，扎了一根又粗又长的辫子。

"好头发，可惜你还没学会梳辫子，就成你的累赘了。"

王打铁一声长叹，抄起剪子，"咯吱咯吱"地剪着头发，嫚儿一动不动，呆呆地听着"咯吱声"。

王打铁把嫚儿的头发剪成了男孩的头型，然后拿出了酒瓶子，倒了两杯酒，平静地说："嫚儿，陪妈喝一杯吧。"

嫚儿看了看王打铁，忙摇头："妈，我一直记住你的话，一点酒都不喝了。"

王打铁说："今天除外，妈让你喝。"

嫚儿觉得王打铁又在考验她，她还是摇头，说我不喝，打死我也不喝。王打铁就不理睬嫚儿了，自己端起杯子一仰脖子喝下去，泪水不由自主地流出来。嫚儿看着母亲的泪水，小心地端起了酒杯，跟母亲碰了碰。

王打铁说："嫚儿，妈祝你健健康康长大，越来越漂亮。"

嫚儿说："妈，我祝你越来越漂亮。"

两个人一杯接一杯，一瓶酒喝光了，嫚儿就摇晃着站起来，去拿床上的那个蝴蝶风筝，可是身子一晃，就摔倒了。王打铁以为嫚儿醉了，上前把她扶到床上，嫚儿当即迷迷糊糊睡去了。

王打铁叹了一口气，笑了笑，说："熊样呀，真不是喝酒的材料，这样喝酒，准要吃亏上当，还是记住妈的话，戒了酒吧。"

王打铁站起来捋了捋头发，对着镜子照了照自己，朝屋外走去。强子和两个戴墨镜的警察，一直在外面等候着。

王打铁开门的瞬间，嫚儿在床上偷偷抬起头，看了母亲一眼，嫚儿看到屋外的阳光一下子扑过来，母亲在绚烂的阳光中消失了。

戴墨镜的两个警察，把王打铁送上了火车，她的两只手被铐着，合在胸前，胳膊上搭了一件衣服。她走到座位前，抬头看到那里坐着一个穿警察服的人，知道这个警察就是要押送她回家的人，于是就在警察的对面慢慢地坐下，低头不语。

火车开始启动的时候，车外戴墨镜的两个警察，在窗口朝王打铁对面的警察挥手告别，她就听到对面的警察说："谢谢你们啦。"

王打铁听着声音耳熟，抬头看警察，就吃惊地愣在那里，原来坐在对面的警察，竟是青头。

她一切都明白了，说："青头兄……弟？"

青头没说话，只是把一双鞋子，慢慢地从小桌子上推过来，王打铁看了看，是她带着嫚儿到北京，在出站的时候丢失的那双鞋。她本能地伸手要去抚摸鞋，一下子露出了手腕上的手铐。青头发现，她被铐住的两只手，紧紧握着嫚儿剪掉的长辫子。

王打铁又急忙缩回手，对青头很灿烂地笑了笑。

青头有些忧伤地问："你笑什么？"

王打铁说："笑你吃鸡的样子。"

青头说："你笑起来，真像我姐姐。"

火车一声长鸣，驶进了隧道，车厢内一片黑暗，只看到前方一点亮光，火车朝那亮光"咣当、咣当"奔去。

黑暗似乎格外漫长……

家乡的火车站，早有警车和许多警察等候着王打铁了，青头带着她刚刚下了火车，两个警察就走上来，架着她的胳膊推进了一辆警车。这时候，她听到了一声呼喊："妈妈——妈——"

她一愣，寻着声音望去，看到了嫚儿从火车前面很远的车厢奔跑过来，警车开始启动了，她焦急地看着嫚儿，心里说，孩子快跑，孩子快跑呀！

然而，不等嫚儿跑近警车，就被一个警察拦住了，她一脸的灰尘，像一个刚从土洞里钻出来的小老鼠，在警察手里挣扎着。

王打铁的心一阵惊喜，她没想到嫚儿一个人能够上了火车，跟随她回来了，她心里说，我的心血没有白白浪费，我现在死了也放心了。想着，她的泪水就流了出来。

警车离开站台的瞬间，王打铁回头看到了青头奔向了嫚儿，一把将嫚儿抱在了怀里。

她的嘴唇翕动着叫了一声："嫚儿——"

2003年10月28日凌晨写于稻香园犁月斋

青草地

1

老兵二豆复员后，约莫又过了一个月，青草地旁的那个小店就撤走了，留下两间在风中坚挺的石头房子。小店的那个很有姿色的女主人无影无踪。

这时候，青草地已经枯萎了，秋风吸干了青草地的血脉和颜色。遵照二豆的嘱咐，我在灰黄的草地上放了一把烈火。

第二年的这个季节，我也离开了青草地。

我当兵的地方在北方山区地带，接近于某个大森林，似乎有个很土气的名字，早已记不清了。现在我们习惯地称它为七号执勤点。

五月的一天，我被分到七号执勤点。一辆吉普车载着我和两口袋土豆、五斤花生油，向山里颠去。这个季节里，该是山花烂漫、草木青青。但从车门掠过的重重山岭，却裸露着黑而光的山石，山上生长着寥寥数株的树木，覆盖着一块斑状的绿地。

迎接我的二豆，站在屋前抚摸络腮胡子，下巴不停地拧来拧去，浓密的胡子与粗粝的手掌交错摩擦，发出刺啦刺啦的声音。他的目光幽深而粗硬，里面带着毛茸茸的锯齿。我想一定是在山里待久了的缘故。

叫什么？老兵二豆问我，目光投在远远的山上。

力夫。我答。

力夫……名字还凑合，当兵有啥理想？

考学。我说完，觉得脸红了，也随着他的目光去看远处的山。

考学……二豆重复地说，要考学？

二豆的微笑是平静的，我有些尴尬。

二豆始终没有正面瞅我，他只专注地看山，目光像山一样稳实沉着，从一座山移到另一座山。

不远处的两座山半腰，横架着一段桥梁铁路。二豆说，这就是我们的警卫目标。我又看了桥梁一眼，仿佛听到一声狗叫，紧接着又是几声。

山里居住着人吗？心里想着，我顺着声音望去，很容易看到对面的马路旁，有一堆石头垒起的类似于房屋的建筑。

我回头看看二豆，他显然已经明白了我眼神的内容，说，是狗叫，公路旁有个小店，上个月刚开张，你很难走进去。他说这句话的时候，目光一直没有离开石头垒成的建筑物，但目光恍惚，有些神魂不定的样子。

我到执勤点第二天晚上，就跟着二豆上岗了。火车每三天从山里开出一次，拖着十几车皮木材，通过桥梁铁路的时间是凌晨五点，天色微亮，却看不清脚下的路。二豆在前走，走到坑凹的地方就跳一步，半自动步枪碰在他的屁股上，发出沉闷的声响。二豆在这条山路上走了三年，他说最初这儿没有路，走了三年就成了现在的样子。

走上了桥梁铁路，二豆弯腰检查铁轨，山里亮起一束手电筒的光柱。我跟在二豆身后，几乎是狗状地爬过铁轨。黑洞洞的桥梁下看不清有多深。

其实没什么情况。我说。

你怎么知道一定没情况？二豆说，就算没情况也要检查，从这头到那头五十五米，你以后还要告诉后来的新兵。

我们站在这儿干什么？走形式。

走形式也得走，反正我告诉你了。

这期间，我偷偷看了二豆几次，他一直保持着标准的站姿。吹来的山风有些凉意，在我们身边旋转一下，又匆匆去了。偶尔会听到山谷下发出咔嚓的响声，之后又是无际的寂静。二豆说那咔嚓声是静止的山石突然坠下了山谷，我想是这么回事，在学校老师告诉过，这是一个由渐变到突变的现象。

于是，我沉默了一会儿，想我的那个老师。但很快，我就耐不住静寂，问二豆，当初咋要在这儿设执勤点？

咋了？这儿需要设呗，当初自有当初的说法。

我还是想问下去，却见二豆挥挥手，然后侧着头，静静地听着。我的心立即悬起来了，以为有什么情况了。

来了，火车。二豆轻声说。

果然，一会儿就感觉到有强劲的风吹来，一个巨大的黑影从眼前晃过，轰鸣声使整个山谷颤动起来。

第二天上午，太阳爬过东边的山顶时，二豆带着我进入小店前的青草地。二豆带着一块白布和几种颜料，说要画这片青草地，画布上已经长出一丛青草，还有几堆黑土。二豆说，是山，就是对面的几座。我忙点了头，让他安静的作画，而我的注意力早已转向眼前的小店。我真切地看到了守在门口的灰色狼狗，心里赞叹这地道的公种，高大、雄健、傲慢。狼狗的背后是一个娇小的女人，坐在门口懒散地朝我们张望，样子像刚刚从梦中醒来，或是严重睡眠不足。太阳的光线投在她的侧面，造成明暗鲜明的效果。她一动不动地侧着身看我们，似乎在追忆流失的岁月。

二豆从画布上抬起头，打量从她身上缓缓移动的太阳光线，时间就这样欢愉地走过。

二豆注视女人的时候，那只灰色狼狗也虎视着二豆，后来似乎从二豆的目光里嗅出异样的味道，于是这畜生狂吠两声，并向二豆龇了龇牙。

看见了吧？你很难走近。二豆说。

她咋在这儿开店呢？我问。

还不懂？公路上每天都有运木材的卡车，这儿距离小镇有几十公里，别无其他店。

她不害怕？一个人……

有狗，她墙上还挂了一支枪，就在门口那儿。她有男人，过几天你会见到的，十天八天的来一趟，骑着摩托车送货，住一夜就走，不过，谁知道是不是她男人呢。

二豆伏下身子，凑在青草地上嗅了嗅，脸上浮出恬静的神态。阳光开始热烈起来，青草的嫩叶闪出油光的亮，湿热从青草地上蒸发着，弥漫开青草的馨香。二豆的眼皮渐渐垂下，似睡非睡的样子，悬挂群山之巅的那方蓝天显得愈加高远。

我试探着问，你说我们这叫什么兵？

什么兵？兵就是兵呗。二豆说，反正不守铁轨就要守机场，不守机场守仓库，不守仓库守大门，总得守点什么。

我听到女人低语声，扭头看去，雄健的狼狗伸出舌头舔着女人的手指，女人的肩头微微颤动两下。

2

山里太阳落的匆忙，刚刚浮出几片晚霞，天就暗下来。女人说要回小镇办点事，小店托给我照看几日。当时我就站在店前的青草地上，青草地已经变成灰白色。

听完她的话，我就瞅瞅从四周山谷里升腾起来的暮色，然后打量着眼前的小店。店门上挂着一把黑锁，出售食品的小窗户也紧闭了。小窗口通常总是敞开着，那些跑夜车的司机便从窗口递进票子，然后又从一双娇小的手里，接过罐头、花生米和高度白酒。我记得老兵二豆复原的时候，小窗户也曾关闭了半天。

女人手提着个包裹，站在公路旁，像是等待班车的乘客，不安地朝山口方向眺望。暮色浓浓地涂抹在她娇弱的身上，远处的群山沉没在暮色里了，小店只留下残缺的轮廓。深秋的风一浪一浪地推动着暮色涌来，她的秀发便在风里飘忽不定。

终于有几辆大卡车开过来，强烈的灯光劈开一道道山岭，很快扫射了女人的全身。女人朝一辆卡车扬扬手，卡车司机跳下来，好像没说什么话，就两手卡了女人的腰肢，向上猛地一提，女人钻进了驾驶室。卡车开动的时候，女人又从车门探出头，像是看我又像是打量她的小店。天已经黑了，我没看清楚她的目光里所含的内容。

当天夜里，秋风在山脊上走得很急，时常发出凄厉的尖叫，有时候还朦朦胧胧地听到狗的叫声。小店女人的那只狼狗，在老兵二豆复员那天就死去了，我知道山里不会有狗叫了。

来接替二豆的新兵，惊恐地看着我，静听山籁的鸣声。他这模样使我想起自己刚进山时的心境。

说不准小店要毁于这秋风里了。我想。

半夜里起身去看小店。小店的门前，发出均匀的凿击声，我站定了。尽管我知道深山中除去卡车司机，不会有人涉足，但我的心依旧跳得慌张。我举起手电筒晃了晃，看到店门被风吹得前仰后合，不停地撞击着沉默的黑锁。

两个惴惴不安的夜色过去了，女人的男人从小镇赶来。男人见了那把黑锁，就着实吃了一惊。他耐着性子听完我的讲述，说一声，毁了。

男人撬开门，发现小店里的钱不见了，那支猎枪还挂在门旁的墙上。男人扫了一眼，转身朝公路跑去。不多会儿，他又跑回来了，嘴里喷着热气，显得很疲惫的样子。

看清司机长相了吗？长着个大鼻子对吧？男人问我。

我努力地去想司机的模样，但那天我根本没有看清司机的鼻子。男人所说

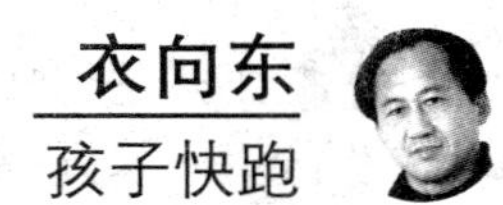

的大鼻子司机，我是见过几次，从大鼻子司机和小店的女人的对话中，我想男人的判断是准确的，于是就点点头。

男人凑近我说，你信不信，我早就预料到了，大鼻子司机打她的主意，咋样？准是这狗日的拐了去！

男人目不转睛的盯着我，那眼神倒有些自豪，仿佛他是个出色的预言家，而女人的出走正中了他的预言。但这神态保持了几秒钟，男人脸上便露出了懊恼与恼怒。

很有可能。我回答。

3

中午，盛夏的太阳有些恶意地烘烤着山区深处，重重的山岭，屏障般拒绝了外来的风。山里寂静的怕人，天空和山坡上听不到一声鸟叫。这时候，小店前那条不可一世的纯种狼狗，也躲在房檐下阴凉处，垂下的舌头荡来荡去。

狼狗的目光柔和了许多，略带忧虑地注视着青草地。

大鼻子和几个司机，钻进卡车投下的阴影里，光了脊背席地而坐，喝一口啤酒，填一粒花生到嘴里，然后不慌不忙地看着店门口的女人。最初，女人仍旧把脸贴在售货的小窗口上，后来或许耐不住寂寞，或许店里太热，就走出来，坐在门口的石板上，身上穿一件像裙子又像睡衣的筒子服。

当时我和二豆坐在她的侧面，二豆仍旧画着青草地，画布上的几丛青草是五月份生长的，嫩草芽上还涂抹了鹅黄色。如今眼前的青草地已经是浓绿浓绿的，于是他的画布上又生长了一丛夏季的青草。

女人的目光在我们和大鼻子一伙人之间腾挪，女人的脚不停地蹭着干燥的地面，蹭一下就有一股白烟状的尘埃腾起。躺在她脚下的狼狗便用力眨动了几下眼皮，长舌头也抽动的厉害了。

卡车下的大鼻子司机，将一个喝光的酒瓶抛到公路上。酒瓶在公路上滚动数尺后，静静地躺着了。女人、大鼻子、二豆、纯种的狼狗以及我的目光，都停留在酒瓶上。现在的酒瓶，很像时间的休止符。

大鼻子抛下酒瓶后，就对着女人喊道，小乖乖，跟我走吧，别在山里受这份洋罪。女人翘了翘光滑尖圆的嘴巴，样子异常古怪地笑了笑。

看你的本事了。女人说。

二豆狠瞪了大鼻子一眼，轻声告诉我，说大鼻子不是个好东西，他在打女人的主意。说话的时候，他撇撇女人，又说，女人也不是正经货。

车坏了，怕是走不成了，看你肯不肯留宿。大鼻子笑嘻嘻地说。

女人就答，你瞧见狗了吗？难说它能喜欢你。

好了，小乖乖，今夜绑了你，丢在卡车上，看你能耐。

这不难办到。女人瞅着我和二豆，又说，只怕这儿的兵，碍你手脚。

我听了女人的话后，忽然觉得女人在这儿开店，已经考虑了执勤点所能带来的安全系数。女人或是女人的男人相当的精明。

大鼻子说声真有趣，笑眯眯地瞥一眼我和二豆。他站起来，向前晃几步，背朝着我和二豆以及女人，悠然地小解了。小解的时候，他的头不安分的左晃右拧，环顾四周。他转过身来之后，朝我们笑一笑，从他坐过的地方拎起一件衬衫。

之后，大鼻子和几个司机上了车，这也是我最后一次见到大鼻子了。

几辆卡车突然从山区里消失，路面上留下一堆空酒瓶。于是，眼前的无聊与寂静愈加浓厚。也就是这时候，二豆打起口哨，吹了一支曲子，寂静的空间划过一条条优美的曲线。女人眨了眨看似疲惫的眼睛，目光有些亮色了，昂了头，聚精会神地倾听曲子。渐渐地，狼狗的尾巴也摇摆起来，样子像打着节拍。狼狗的反常举动使二豆惊喜不已，他的口哨就更加的亢奋了。

一个下午很快过去了，一个月也是一晃即逝。

初秋的一天，狼狗终于从小店门口站起来，慢腾腾地朝青草地走来，吹了一个多月口哨的老兵二豆，已经用手触摸到狼狗的舌头了。他感觉到一股带着酥痒的热流。狼狗添了他的手，然后用头拱了拱他的膝盖，就一动不动地站在脚

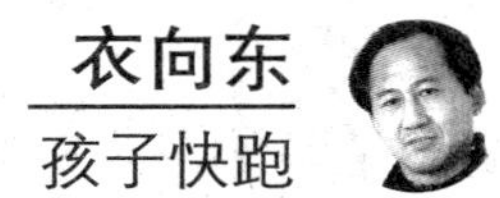

边，听他优美的口哨。

女人吃惊地望着二豆和狼狗。女人说，天哪！

天空下有几只鸟儿掠过，慌慌张张。初秋的天空瓦蓝瓦蓝的。二豆看着我，神色古怪。二豆说，是好狗，通人性。说着，抚摸狼狗光亮的毛发。

当心，别让它咬着。我说。

你真蠢。二豆笑了。

你是说……

我现在想到小店里瞅瞅。

二豆说着，从青草地上站起来，拎着他画了半年多的油画，朝小店走着，鼻翼还不停地翕动。狼狗就尾随在他的身后。

其实，小店内并无景致，简陋的货架上遍布灰尘，货架下有个类似于柜子的木屉，一件青色的上衣或是下衣，夹在屉门上。屋内的墙壁上抹着黄色的泥巴，墙根处因潮湿而酥软了。一张低矮的木床，比单人床宽，比双人床窄，床单和叠起的被子不算整齐。屋子的光线太差，看不清这些东西的颜色。挂在门口的猎枪好像一种摆设，但仍给阴暗的屋子涂抹上一层神秘的色彩。

二豆推我一把，朝小床瞥了一眼，低声说，她男人来送货的时候，就睡在这张床上。

然后，他静静地打量着小床，样子像是估计小床的最大载重量。

4

你最好别去对面的小店，当心陷进去，要记住，你是一名武警战士。老兵二豆复员前跟我握别，恳切地说。

老兵二豆的话是一种诱惑。老兵二豆复员后的第二天，我就站在小店内，专神地注视床头的油画。

瞧见了吗？他的画，说给我留个纪念呢，啧啧。女人瞥一眼油画，又说，你不觉得他傻乎乎的吗？一幅破画，换一个女人，他都不敢要。

给我吧，这张油画还挺有味道的。我说。

你看你，也是个傻子，别人送的纪念品，能再送人呢？扔掉也不能送人。

女人说完，目光柔柔的，又瞥一眼油画。油画的四个角上，都挂着一个用草梗编织的花篮，约有拳头的三分之一大。我想，女人给油画点缀花篮的时候，一定伴随了奇妙的心理变化。

如果给你个女人，敢带她出走吗？女人突然问我。

我感觉小店内的空气稠密起来，我的呼气异常艰难。女人的话使我的思绪混乱如麻，我不明白她的话的含义，但又清醒地意识到了以往发生过的事情，这件事只有女人和老兵二豆晓得。

我说，那个来给你送货的人，对你不好吗？

她叹口气，用力坐在小床上，小床就吱呀地叫。她说，他让我待在山里挣钱，他却待在小镇上，和那个骚婆娘鬼混，迟早有一天，他会撇下我。你瞪什么眼？不信？我在这儿可是待够了，你们那个二豆还说山里挺好，在这儿超期服役了一年。话又说回来，二豆死心眼，脾气犟，人却善良。

不觉暮色降临，天空的星儿一眨一眨的，又给山里带来一个风清月皎的夜晚。我知道该离开小店了，却不知道该怎么告离，于是什么也没说，傻傻地走出小店。

我回头看一眼昏暗的小店，女人静静地坐在小床上，两手抱住肩头，似乎费力地想着什么。

她对我的背影说，你不要再来了。

5

那个夜晚下了一场秋雨，凌晨时雨势不减。山谷响着哗哗的流水声。借着闪电的光亮，可以看到浓稠的云层缠绕在半山腰上。

老兵二豆已经备好了半自动步枪，高挽了裤筒。我被他从梦中推醒，看着他做好了上岗的准备。我说，反正不会有什么事，别去了。他看了看我，不声不响地走进迷茫茫的雨雾中。

我毫无办法，只能跟在他身后，不落一步。微弱的手电筒光线混沌恍惚。

还用走形式吗？我站在桥梁的一端说。

二豆说着就弯下腰，从铁轨上摸索着走。有几块碎小的石头，被山坡上流下的雨水冲到桥梁上，二豆捡起来抛下山谷。

当心，别踩滑了脚。二豆回头对我不停地絮叨。

还有半个小时，火车才能开来，二豆检查完了铁轨后，就站在桥梁上等待火车。我觉得有些寒冷，心里就怨二豆，默默听着桥梁下的流水声，一言不发。置身于这茫茫秋雨中，孤独便不知不觉地走近了。

我在执勤点待了四年，还从没出过差错呢。二豆说。他的声音听起来，仿佛是和秋雨一起从天上降下来的。

他听到我“嗯”了一声，又说，这地方刚来的时候，觉得倒霉，日子长了就习惯了，我好像听你说想考军校，对吧？你信不信，我当兵的时候，就想到部队学开车，嘿嘿，开个屁车，看看，一晃该复员了。

复员就复员呗。我不耐烦地说。

就是，当兵嘛就要有走的一天。

回去该找嫂子啦。

是该。我们那地方穷，找媳妇不容易，我妈让我当兵，就是想糊弄个媳妇。

我暗暗窃笑，努力地肩了肩枪。我想起他打量小店女人时的目光，痴呆中透出几分羡慕和爱怜。

这场秋雨之后，青草地很快衰老下去，渐渐粗糙起来的草叶泛黄了。二豆扫了眼有些凄冷的景色，涂完了油画最后的一丛枯干的青草，然后从青草地上站起来，伸手拽一根草梗，在嘴里慢慢地咀嚼。我就站在他身旁，审视着摆放在草地上的油画。显然，春夏秋冬都从油画上掠过，青草地染上了嫩绿、浓绿、泛黄、干枯的不同色泽。一丛一丛的青草，有的修长柔弱，有的粗狂奔放，有的傲骨凛凛，都显示出勃勃旺盛的生命力。

二豆瞅瞅小店前的女人，喉头蠕动几下。我觉得他有些干渴了，他却又吹起了优美的口哨，声音润滑鲜亮。伸着半截舌头的狼狗就一颠一颠跑来，女人跟在狼狗后面，也走来了。

画不好，画着玩吧，你瞅瞅。二豆含蓄地对女人说。

女人站在油画前看得很仔细，近看一会儿，远看一会儿，有时瞅住某个部位琢磨半天，偶尔还点点头，样子像个鉴赏行家。二豆小心地陪在一边，也探了头瞅油画，女人绕着油画走动的时候，很随意地碰了碰他的胳膊。

画上的青草，像蚯蚓。女人肯定地说。

二豆长长地喘了一口气说，你不懂。

还有错？像蚯蚓。

骗你不是人，你不懂。

你懂，你家的青草这模样？瞧瞧这片草地，像你画的一样吗？

好吧，蚯蚓就蚯蚓。

二豆说完这话，就无可奈何地收起油画，眺望远处的山巅。

远处山巅上的云层很低，密度很稠。又要落一场秋雨了。

6

男人说要撤走小店，我告诉他也只有这样了。

男人突然想起大鼻子司机，于是就狠狠骂了几句，然后又埋头整理店内的物品。我想起二豆送给女人的那张油画，却发现油画从床头失踪了。我就在小店内四处翻寻。女人出去了几日，店内便散发着潮湿的霉气，居然还有一个老鼠洞，从店内通向店外的什么地方。

我寻找的时候，男人从一大堆食品中抬起头，狐疑地盯住我。你找什么？

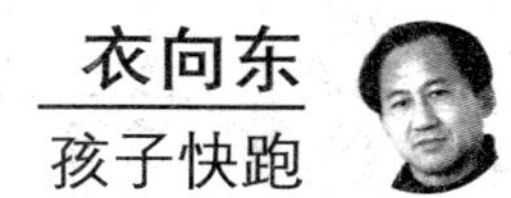

他问，目光在屋内扫来扫去。

帮你收拾东西，我说。

我顺手摘下墙上挂的猎枪，男人看到猎枪就朝我走过来，一把夺过去，瞅了瞅枪管。

狼狗呢？我那狗呢？男人突然想起狼狗，目光逼视着我。

我说，很有可能一起走了。

男人有些狐疑地摇摇头，男人说他的狼狗是经过训练的，不会离开小店。

除非我带它走。男人肯定地说。

男人的狐疑是有道理的，但也不完全准确。狼狗是要跟着二豆走出山去，却被女人用猎枪就地处决了。那是一个沾满露珠的早晨，山后的雾气还在袅袅飘散，空气中混杂了青草枯败的气味，阴冷潮湿的空气仿佛能攥出一把水来。我送二豆去路边搭乘过路的卡车，走到小店前的时候，二豆就停下来，掂了掂背上的行李，拧头去瞅小店。店门前的狼狗立即跑上来，二豆伸出手掌让它舔了，狼狗便发出沉闷的呜咽声，粗长的尾巴摇来摆去。随着狼狗的呜咽声，小店出售食品的小窗口，露出女人的半张脸。女人没有像我预料的那样，走出小店为二豆送行，女人只露了半张脸，冲二豆晃了晃。

二豆一直站在那里犹豫着。他锲而不舍地用口哨征服了眼前这条畜生，却无法跨越过内心那条看不见的沟壑。

我知道这条沟壑的名字叫纪律。

回来，你这个贱种！女人带着哭泣的声调喊叫。

二豆和狼狗同时朝小窗户看去，窗口的半张脸努力地向外凑了凑。二豆见我的目光朝他的脸扫来扫去，就不再犹豫了，毅然向前走去。狼狗朝小店吠两声，尾随在二豆身后。

很快地，我们走出青草地，沿着粗糙的公路朝前挪动，狼狗走走停停，落在后面。

后来就听到一声枪响，我和二豆回头看到狼狗卧在地上抽搐着。二豆愣了愣，然后轻轻地吹起口哨，狼狗艰难地抬了抬头，然后猝然落下。贴在窗口上的半张脸消失了，窗口已经关闭了，周围有丝丝黑烟散出。

二豆眼里闪烁着泪花。也就在这时候，他握着我的手，对我说，你最好别去对面的小店，当心陷进去，要记住，你是一名武警战士。

这时候，山里的雾气散尽了，一座座山，像浮出海面的岛屿一样，从雾中清晰地显露出来。

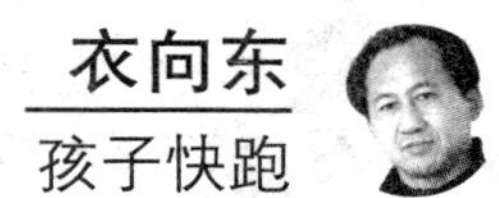

养父养母

1

十六年前，烟台“大世界”商场对面，有一家“鸿福”羊肉馆，老板娘佘梅是个大美人，客人当中就难免有那么一些男人，是奔着老板娘的容貌来的，也就难免发生一些温情的故事。一方水土养一方人，烟台山青水秀，海风拂面，是个出美人的地方。

自然，地域文化不同，认定“美人”的标准千差万别。烟台这地界认定的美人，不能小鼻子小眼，也不能人高马大；不喜欢风吹杨柳腰，也不喜欢丰乳肥臀。烟台的美人善眉慈目，大眼睛双眼皮，嘴唇丰润，面部轮廓分明，身材胖瘦适中，想来应当是当今演员蒋雯丽的尺寸。

羊肉馆的老板娘佘梅就是这么一个大美人。

佘梅的男人叫沈鸿福，曾经是烟台地毯厂的职工，下岗后开了这家小馆子，维持一家人的生计。羊肉馆都是一些家常菜，葱爆羊肉、刚出锅的羊肉蘸蒜汁……最有特色的是羊肉汤，用山羊头、山羊骨头和一些碎羊肉熬出来的，乳白色的汤，撒上一些葱花和香菜，加些许白醋，就别有一番滋味了。这种吃法，出了烟台地界并不多见。

夏天羊肉馆的生意比较清淡，入秋后客人才会多起来。不过有一个叫憨四的人，是本地派出所的民警，春夏秋冬都喜欢来喝羊肉汤。按说民警的身份，找个老婆并不难，可憨四已经三十好几了，仍没有家室。憨四姓李，兄弟中排行老四，人并不憨，他在派出所的破案率最高，还被评为先进民警。

憨四不娶老婆，是在跟自己较劲儿。他跟佘梅是邻居，一直暗恋着佘梅，可就是没有勇气向佘梅表白。应该说憨四的个头矮了些，五官也不英俊，兄弟姐妹又多，家境不好，要想把佘梅娶回家，自己心里就觉得没谱儿。不过跟沈鸿福相比，憨四还是有优势的，至少他的职业是警察。沈鸿福是一个普通工人，也就是个头比憨四高了十公分。高了十公分能当饭吃？高了十公分能摘到天上的星星吗？高十公分……在憨四看来，高十公分实在算不得什么优势。但是沈鸿福脸皮厚，不像憨四有那么多顾虑，认识佘梅后就穷追不舍，有了跟佘梅单独相处的机会，不管她怎么挣扎反抗，抱进怀里又亲又啃，终于有一天趁着佘梅稍有走神的时候，把该做的事情都做了，佘梅也就认了命，把自己交给了沈鸿福。

佘梅出嫁那天，憨四站在门口看着沈鸿福把她接走了，他回到家里就抽自己的嘴巴，左边抽一巴掌，右边抽一巴掌，边抽边骂自己窝囊废，说你他妈也配叫男人，你他妈也配找老婆？这辈子我就让你干熬着吧！

憨四说到做到，以后不管什么人给他提亲，他都一概摇头。只要想起结婚的事，他眼前就出现佘梅出嫁的场景，想起佘梅上车前回头的一瞥。不管佘梅那一瞥是不是送给他的，反正那一瞥像锥子一样，戳破了他的心。一晃六七年过去了，憨四已经习惯了一个人生活。

沈鸿福开了羊肉馆后，憨四就把“鸿福”羊肉馆当成了自家的厨房，每天下班后，他从派出所直奔羊肉馆，喝两碗羊汤，外加两个馒头，吃得像神仙一样滋润。憨四喝羊肉汤的时候，眼睛总是瞟着佘梅，喝一口瞟一眼。如果佘梅被客人的身子遮挡住了，憨四就要抻长脖子去看；如果佘梅去后厨忙别的什么营生，憨四喝羊肉汤的嘴就不动了，一直等到她出来后，才又呼噜呼噜喝起来。

沈鸿福算是一个大气的男人了，但瞅见憨四的表情，心里仍忍不住恼火。别人不明白憨四为什么一直不结婚，可沈鸿福慢慢明白了。你憨四闭着眼睛就喝不下羊肉汤了？你是来喝羊肉汤还是来看我老婆的？

沈鸿福的愤怒是可以理解的，换了哪个男人都会有些想法的，毕竟憨四是花一份钱得到了两份享受。

佘梅却满不在乎，每次听到沈鸿福的唠叨，她就说，看就看吧，他眼睛又不能剜掉我身上一块肉。

沈鸿福说，是不能剜掉一块肉，可你瞧他那眼神，那算、那算干什么呀？！下次他再这样，我把他的眼珠子挖出来！

佘梅就有些生气了，朝沈鸿福瞪眼，说，你还来劲儿了你！咱们开饭店做生意，你还能让人家吃饭闭上眼睛？就这点出息你！

沈鸿福说，你知道他心里怎么想的？他恨不得我走路一个跟头摔死了，你就归他经营了。哼，让他等着吧，这辈子他是没指望了，下辈子我还把你娶回家，气死他！

其实沈鸿福也就是在老婆面前唠叨几句，也不能真把憨四的眼珠子挖出来。再说了，憨四管辖这一片的社会治安，羊肉馆也在憨四管辖之内，说不定哪一天有什么事情，还需要憨四照应呢。

2

这天晚上，憨四照例坐在羊肉馆，一边喝着羊肉汤，一边瞅着佘梅。已经是初冬天气了，热气腾腾的羊肉馆内聚集了不少客人，座位有些紧张了。这种时候，饭店老板最讨厌那些一个人占着一张桌子，又吃不了几个小钱的客人。憨四喝完了两碗羊肉汤，并没有离去的意思，仍旧坐在那里瞅着佘梅。沈鸿福忍不住上前催他结账，他说憨四呀，你吃完了就走人，店内羊膻味太重，眼珠子瞪的时间长了，容易害上烂眼病。

憨四听出沈鸿福话里的刺儿，心里说你想让我腾出座位就直截了当地说，别扯到眼珠子上。憨四笑了笑说，孙大哥，再给我来一碗羊汤，少加白醋，你这儿的醋劲儿太大了！

这憨四，嘴皮子一点儿不饶人。沈鸿福恼了，他伸手指着憨四的鼻子，让憨四结了账滚出去。憨四坐着不动，说自己还要喝羊汤。憨四说，我没喝够呢，我还要喝一碗。憨四的样子很可爱，好像一个馋嘴的孩子。但在沈鸿福眼里，憨四这副模样带有挑逗意味，他就失去了耐性，抓住憨四的胳膊朝外拖，憨四就挣扎，两个人扭在了一起。

佘梅跑上前拽开自家男人，生气地说，你这是干什么？滚一边去！憨四你别介意，有什么事情跟我说。

憨四说，我到这儿来能有什么事？我就是还要喝一碗羊汤，他不让我喝了，你说妹妹，凭什么呀？

沈鸿福冲着憨四嚷，你叫谁妹妹呀？嗯？别不知道自己是谁了，妹妹那是你叫的？

憨四故意气沈鸿福，说我跟她从小光着屁股长大的，从小就叫她妹妹，你说对不对妹妹呀？

佘梅剜了憨四一眼说，你就省点力气吧，没看到我这会儿忙着呢，你觉得还不够乱腾呀？

佘梅去端来一碗羊肉汤给憨四，为了表达歉意，特意给碗里捞了几块碎羊肉。憨四喝了一口，觉得醋味有些淡，掉转身子去邻桌寻找醋壶，等到他转过身来，发现桌子上的羊肉汤不见了。正纳闷的时候，听到一阵呼噜呼噜的声音，抬头瞥见有个乞丐站在一侧，端着他的羊肉汤疯狂地喝着。他慌忙喊叫，干什么干什么给我放下……喊着喊着，乞丐已经把碗底翘上天了。邻桌的客人就哄笑起来。

憨四一把夺下了乞丐手里的碗，想教训一下乞丐，却发现站在面前的是一个半大孩子，嘴里满不在乎地嚼着一块羊肉。憨四咽了一口唾液，朝沈鸿福喊，你怎么把叫化子放进来了？这碗羊汤我不付钱了。沈鸿福说你凭什么不付钱？咱

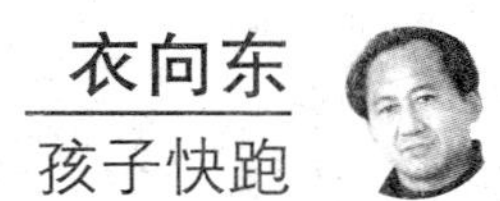

们这片的治安归你管，你咋能让叫化子满世界跑？憨四说，我不让他满世界跑咋办？还能把他们关进看守所？你有能耐把他领回家当儿子呀？！

两个人争吵的声音越来越大，佘梅就忍不住朝他们喊了一声，说，你们两个大男人，扯着嗓子叫驴一样，光荣呀？还没个完了！

听佘梅的口气，是生气了的，沈鸿福不吭气了，憨四也不吭气了。憨四瞅了一眼佘梅，看她身子扭在一边，根本不想搭理他了，于是掏了三碗羊肉汤的钱拍在桌子上，气呼呼地走了。

这时候，那个乞丐还在饭店内四下瞅着，害得很多客人都捂紧了手里的羊汤碗，担心被他一把夺了去。沈鸿福上前抓住乞丐拖出饭店，说小崽子你再进来，我打断你的腿！沈鸿福口气恶狠狠的，其实他是个心肠特软的男人，嘴里发着狠，手里却把两个馒头塞给了乞丐。

到了晚上十点多钟，羊肉馆的生意散场了，佘梅不等打扫完桌椅，就要先走一步。6岁的儿子放在她父母那里，一整天没见，她心里惦记着。自从开了饭店后，夫妻俩夜里就分居了，沈鸿福留在饭店看门，她回到娘家照顾孩子，夫妻也便荒废了许多夜里的好时光。不过他们从早晨忙碌到半夜，身体很疲倦，那种欲望也就很淡了。毕竟那也算是一种体力活，而且需要好心情。满脸油渍，一身臭汗，不适宜做那种耳鬓厮磨的事情。

可是今晚，沈鸿福突然有些想法了，他看着要出门的佘梅说，你就走吗？不待一会儿了？

说着，沈鸿福就去拽佘梅的衣服。佘梅明白男人的心思，可她实在没有心情，于是甩开他说，一边去！不知道儿子现在睡了没有，我心里火烧火燎的，急着回去呢。

佘梅甩了几下，没有甩掉沈鸿福的手，他死皮赖脸地拽开她的胸襟，把头朝她怀里钻。佘梅说，看你的馋相，不吃能憋死你。说话的工夫，沈鸿福的嘴已经拱到了乳房，把乳头含在嘴里了。佘梅心就软了，在沈鸿福的推搡下，进了临时休息的那间小屋里，任他撒野了。

因为耽搁了半个多时辰，佘梅出了饭店，就从后院的那条便道抄近路走。她刚拐过墙角，脚下被什么东西绊住了，低头看，有一团黑乎乎的东西蜷缩在脚下，忍不住惊叫起来。沈鸿福听到佘梅的叫声，从饭店后门奔出来，用脚踢了踢软乎乎的一团黑影，原来是那个乞丐。夜里天气凉了，乞丐选择了饭店厨房烟道的墙角安营扎寨，看样子这个冬天准备在这里度过了。

佘梅匆忙走后，沈鸿福闲着无事，又因为心情不错，就把乞丐带回饭店，问他多大了，叫什么名字。乞丐说叫春生，今年15岁了，滨州的家，父母从车上摔死了，他已经出来流浪了四五年。沈鸿福看着孩子脏兮兮的脸，叹了口气，心想这孩子睡在墙根下怎么过冬？干脆让他到饭店里住吧。

沈鸿福说，春生，你愿不愿意在饭店干杂活？愿意的话我管你吃管你住，每月给你100块零花钱，好不好？

春生斜眼看沈鸿福，半天才吭声说，你骗我，我才不上当！

沈鸿福说，兔崽子，我骗你干啥？

春生半信半疑。他虽然没什么文化，但距离一个成年人不远了，流浪的岁月让他经历了太多的风雨和磨难，因而比正常的孩子成熟要早。他知道自己在别人眼里像瘟疫一样，谁见了都躲着走，因为偷和抢，不知道挨过多少打骂，身上留下了很多伤疤。现在突然有人要收留他，管吃管住还给钱，自然觉得不可信。

他说，我什么也不会干，我就会吃。

沈鸿福说，你不会扫地？不会给客人端盘子端碗？兔崽子！

当天晚上，春生就住进饭店了。沈鸿福烧了一大锅开水，让他洗了个澡，洗掉了一身臭气，又找了两件旧衣服让他穿上了。等到春生再次站到沈鸿福面前的时候，沈鸿福眼睛都看呆了。他心里纳闷，春生整天吃住在街头，可他的皮肤还是粉嫩粉嫩的，大眼睛深眼窝，长睫毛高鼻梁，有些西洋人的模样。

妈了个腿的，好漂亮呀！沈鸿福骂着，伸手捏了捏春生的脸蛋。他的脸上露出父亲般宽厚的微笑。

3

沈鸿福收留了春生，佘梅是不赞成的。佘梅的理由是，春生是个野孩子，也不知道他的底细，放在饭店里不踏实。这些野孩子都是靠偷抢混日子的，一身的坏习性，不是一天两天能改好的。如果春生是个七八岁的孩子还可以，可春生已经15岁了，个子虽然比正常孩子矮了些，也是一米六的小伙子了，身上有了不少力气，万一夜里趁着沈鸿福睡熟，谋害了沈鸿福，抢走饭店的钱财，那不就招来大祸了？沈鸿福说不会的，这些孩子偷抢的目的，就是要混饱肚子，我让他吃饱穿暖了，每月还给他存些钱，他能不知足？

沈鸿福虽然嘴上这么说，可夜里也有防范，把当天收的钱让佘梅带回家，自己睡在小屋子，房门上面悬挂了两个酒瓶子，只要有人从外面推动房门，酒瓶子就会砸下来。

这样过了一周，并没有什么异样。春生干活很卖力气，给佘梅减轻了不少负担。这孩子唯一的缺点，就是性格内向，不怎么说话，脸上也没有什么表情。清闲的时候，佘梅就给春生做示范，教他怎么跟客人说话，怎么对客人微笑。你好，欢迎光临。对不起，请您稍等一会儿。教了几次，佘梅放弃了努力。这些客气话从春生嘴里说出来，像是敲诈勒索。他不笑还好，笑起来了一脸怪相，挺吓人的。

客人们得知春生是饭店收留的流浪儿，对沈鸿福和佘梅就多了一分敬重，说他们夫妻是菩萨心肠，终究会得好报的。憨四干脆对他们夫妻说，你们收养春生当儿子算了，户口的事情我帮忙解决。憨四巴不得他管辖的居民区内所有的流浪儿都有吃有住，这样就少了很多隐患。

憨四说，这么大的儿子，白捡了，多划算。

佘梅对憨四说，我不要，要认养你认养好了，反正你没儿没女的。

憨四苦笑，说，我倒是想认养，可我没家没室的，派出所又一摊子杂事，整天忙得我晕头转向，哪有时间照顾他呀？

佘梅说，春生在我们这里管吃管住，用不着你费心照顾，就把户口落在你头上就行了。

憨四说，妹妹你怎么糊涂呀？你让我挂着当爹的名分，却不承担当爹的责任，那怎么行？

不管憨四如何说，佘梅就是不答应收养春生。不过沈鸿福倒是动心了，他觉得认养春生也不费力气，就是多几碗羊肉汤多几个馒头的事情。这些天他跟春生接触，倒真喜欢这孩子了。沈鸿福问收养春生有什么条件，憨四说你给春生老家政府写一封信，让他们出个证明，证实春生确实父母双亡，没有监护人了，烟台这边的手续我给你办理。

沈鸿福抱着试试看的心态，按照春生说的地址，给春生老家政府写了一封信，政府那边很快给了答复，证实春生所说情况属实，并给办理了户口迁移手续。烟台这边也没费什么力气，憨四跟居委会打了招呼，把春生的户口落在了沈鸿福名下。

家里添了个儿子，算是一个大喜事，沈鸿福在饭店办了两桌酒席，让亲戚朋友来喝喜酒。沈鸿福满心不喜欢憨四，邀请的客人当中故意漏掉了他。客人们都到齐了，佘梅发现少了憨四，就问沈鸿福，憨四怎么没来？

沈鸿福不咸不淡地说，我忘告诉他了。

佘梅有些生气了，说，你忘了？你怎么就把他忘了？小肚鸡肠你！

沈鸿福在很多亲友面前自知理亏，这件事情是憨四促成的，理当邀请憨四参加，于是他忙差人去派出所叫憨四。

憨四气喘吁吁跑来，一看满屋子的客人，就明白怎么回事了，但却装出傻乎乎的样子，嘴里一个劲儿道歉，说自己来晚了，让大伙儿久等了。

酒席开始前，憨四拉过春生的手，说春生你记着，从今天开始，他们就是你的亲生父母，你要好好听他们的话，长大了还要孝敬他们，听清楚了？春生用力点了点头。憨四又说，你现在给他们鞠躬，把称呼改过来，叫他们爸爸妈妈，去吧。

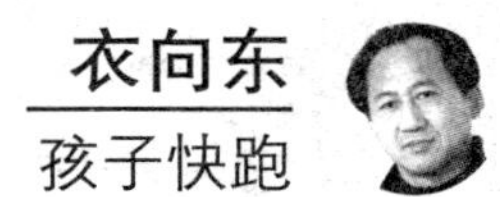

春生走到沈鸿福和佘梅面前弯腰鞠躬，叫了一声爸爸妈妈。沈鸿福笑呵呵地答应了，可佘梅不答应，她才比春生大9岁，有些不习惯。佘梅说，我怕他把我叫老了，还是叫我大姨吧。烟台这地界，大姨也是一个很亲热的称呼。

那天中午，憨四喝醉了，怀里搂着春生一个劲儿叫儿子。有人就说，憨四你既然想儿子，还不找个老婆生一个？就你现在的条件，找个黄花大姑娘也不难。

憨四嘻嘻笑着不作答，眼睛去瞟佘梅。沈鸿福心里不舒服，立即差人把憨四拖走了。

憨四出门的时候说了一句话，差点儿把沈鸿福气死。憨四说，妹妹，我走了，你可要把咱家的孩子照顾好呀——

4

酒席后没几天，有位妇女到派出所反映情况，说他们居民楼的楼梯下面，住了一个流浪儿，经常趁着居民不注意，翻窗入室偷东西。妇女说，我家楼道里储存的大白菜，被他搬到路边卖了，你说我这个冬天吃什么？我们楼层还有一户的咸菜缸放在楼道，也被他5毛钱卖了。

憨四跟着妇女去居民楼查看情况，正好遇到有人在拳打脚踢一个孩子。妇女说，喏，就是这个孩子，肯定又偷别人东西了。憨四快步跑过去，从几个人手中夺下了孩子。憨四说，你们要打死他呀？有事说事！一个汉子说，这小崽子趁我家里没人，撬开我家厨房的窗户，进厨房偷吃的。

这栋五层高的楼房是那种老居民楼，门洞裸露着，什么人都可以出入。楼内居民的厨房窗户，又都是面向楼道的，很多厨房的窗户平时都敞开着，很容易翻越进去。流浪儿发现这里很适宜他生存，因而不管楼内的居民如何打骂他，就是赖在这里不走了。

身边的几个居民央求憨四，说你赶快把这小崽子弄走，他在这儿把我们折腾死了，我们总不能把他绑起来吧。憨四打量孩子。这孩子又瘦又小，虽然脸上挂着泪水，却一声不吭，大概知道哭叫也不会换来别人的同情。

孩子看到穿警察服的憨四，警惕地向后缩了缩身子，趁憨四不注意撒腿要逃，被憨四一把抓住了。憨四蹲下身子，问孩子哪里的家，叫什么名字，问清楚后准备跟孩子家里的亲友联系，让他们把孩子领回去。可憨四问了半天，孩子一个劲儿摇头，他只知道自己10岁了，去年春天的一个晚上，因为被喝醉酒的父亲暴打一顿，于是离家出走，在附近火车站偷偷爬上一列货车，一觉醒来就到了烟台火车站。

憨四粗略推算了一下，孩子出门的时候，也就8岁多。憨四叹了口气，拖着孩子就走。孩子一个劲儿挣扎，用嘴咬憨四的手。孩子喊叫，你放开我，我不去坐牢。憨四骂道，兔崽子，谁让你去坐牢了？我带你去个有饭吃的地方。

憨四把孩子拖进了“鸿福”羊肉馆，对佘梅说，你看这孩子多可怜，给他碗饭吃吧。佘梅没听明白，以为憨四只是要让孩子吃顿饱饭，于是盛了一碗羊肉汤，抓了两个馒头放在桌子上。憨四跟孩子说，快吃吧，以后这儿就是你的家了，这阿姨心眼好，你跟着她就不会挨打了。

佘梅这才觉得不对劲，瞪眼看憨四。你说啥话？咋就是他的家了？让他吃完了，你赶快带走，弄个脏兮兮的孩子在这儿，我的生意还做不做了？憨四咧嘴笑，说反正你一个也是养，两个也是养，羊肉锅里再加碗水就行了。佘梅说，甭废话，我这儿不是收容站，你把他带走！

正说着，沈鸿福从后厨走出来，憨四忙把孩子的情况跟沈鸿福介绍了。憨四说，鸿福弟，我知道你是个善良人，就收留这孩子吧，他在外面挨打受冻，怪可怜的，你是当了爹的人，比我更知道心疼孩子，把他留在这里帮你扫地择菜什么的，给孩子一个吃饭的地方……不等憨四说完，沈鸿福就跳起来骂憨四，说你他妈脑子神经了？满世界都是流浪孩子，我可怜得过来吗？你都送到我这儿，我饭店的生意做不做了？骂着，一把夺下了孩子手里的羊汤碗，把孩子朝饭店外推搡。憨四一看情况不妙，趁着沈鸿福推搡孩子的时候抬腿溜了。

佘梅发现后，喊叫着追出院子。憨四，你这头驴，你给我回来！憨四跑得比驴快多了，转眼间没了踪影。

这时候沈鸿福刚好把孩子拖到院子当中，他冲着大街骂，憨四你他妈什么东西，拔腿跑了就没事啦？我给你送派出所去！说着，抓起孩子的胳膊朝大街拖。孩子却突然蹲在地上不走了，这小子别看岁数不大，脑子却很机灵，已经从刚才几个人的对话中听出了子丑寅卯，知道这地方是饭店，是可以吃饭的地方。

沈鸿福踢了孩子一脚，说，你蹲着干什么？起来跟我走！

孩子说，我不走，你打死我也不走。

沈鸿福说，嘿，小崽子跟我来这一套，我把你扔进大海里喂王八！

沈鸿福举起孩子朝院外走去，孩子在他头顶上四肢挣扎着，杀猪一样尖声喊叫，招引了很多路人的目光。佘梅就喊沈鸿福回来，说你跟孩子较劲儿干啥？等见到憨四的时候再理论。沈鸿福似乎没听见佘梅的话，仍然举着孩子朝前走，佘梅就生气了，顿了顿脚说，鸿福你耳朵聋了？没听到我的话？！沈鸿福就不敢去派出所找憨四了，气呼呼地把孩子放到院子中央。

孩子双脚刚站稳，瞥眼看到春生蹲在院子东墙角择香菜，他就忙跑过去，说大哥哥我帮你择菜。说着席地而坐，抓起香菜择起来。佘梅心里一酸，眼窝就湿润了。这么小的孩子，就知道讨别人欢心，真难为他了。佘梅走到孩子身边，问他叫什么名字，孩子抬眼看了看佘梅，摇头。

佘梅说，你跟我说实话，我就不赶你走。

孩子咬了咬嘴唇说，白板。

白板？哪个白板？

再仔细问，孩子终于说实话了。原来他爹喜欢赌博，娘生他的时候，爹还在外面打麻将，正好有亲友来报老婆生孩子了，他爹手中是一副清一色的牌，叫绝张白板，竟然自摸上来了，于是就给他起名白板。后来白板的母亲跟着外地一个商贩私奔了，爹赌博输了钱就喝酒，喝醉了就打骂白板，吓得白板很少在家里待着，从小是在邻居家长大的，东家西家地蹭饭吃。

佘梅有些心酸，叹息一声。她给了春生两块钱，说春生，你带白板去大澡堂洗个澡，剩下的钱你俩买零嘴吧。那时候大澡堂洗澡才两毛五分钱，两块钱能有不少剩余，春生满心欢喜地带着白板走了。

路上，春生把一些事情告诉了白板，两个难兄难弟惺惺相惜，彼此有很多共同语言，很快就熟悉了。一个多小时后，两个孩子成了亲兄弟，手拉手说笑着回来了。

这时候，沈鸿福和佘梅已经择完了菜，正跟一个送货上门的羊肉贩子闲聊。烟台的羊肉大多是从外地贩运进来的，质量没有保证。眼前的这个羊肉贩子是从莱阳过来的，莱阳是烟台地区下面的一个县，距离烟台市也就一百公里，沈鸿福跟羊肉贩子闲聊，是要摸清了莱阳那边羊肉市场的情况，准备过些日子亲自去那边看一下。

白板走进院子，看到站在院子的沈鸿福，走上前就叫爸爸，把沈鸿福搞懵了。佘梅看了一眼旁边的春生，明白是春生给白板指点了一二，于是瞪了春生一眼说，春生，你跟他瞎咧咧什么了？显得你能耐是不？春生低头不说话。白板赶忙转身，冲着佘梅叫了一声妈妈。

佘梅“嗨嗨”了两声，说，你个傻孩子，别这么叫，你就叫我大姨行了，哎哟哟，刚才还是小泥萝卜一个，洗巴洗巴这么水灵哟。

的确，洗完澡的白板，是一个很漂亮很透灵的孩子，只是头发显得有些长了。佘梅就对沈鸿福说，鸿福，你带白板去理个发，再给他买身衣服。

理发馆就在饭店旁边，沈鸿福带着白板理了发，又去对面的“大世界”商场，从头到脚给白板换了一身行头，白板简直就是另一个人了，沈鸿福有些喜欢，干脆把白板扛在肩上走回来了。

白板就暂时留在羊肉馆，帮着择菜扫地的，给春生当帮手了。

佘梅从心里没打算收养这个孩子，准备等到憨四来了后，把憨四臭骂一顿，让憨四带走完事。憨四大概知道佘梅肯定会等他算账，索性一连五六天不去羊肉馆喝羊汤了。佘梅让人给憨四捎了几次口信，仍不见憨四露面。佘梅心里就骂，好你个狗憨四，有能耐你一辈子别见我，有能耐你从地球上消失了，你只要

让我看见了，看我咋收拾你！其实咋收拾憨四，佘梅心里也没个盘算。

白板虽然不如春生那么能干活，但白板的小嘴比春生会说话，一口一个爸爸大姨地叫着，挺惹人喜爱的。有一天，佘梅弯腰干活久了，站起来的时候直不起腰，只好弓着背慢慢坐在一把椅子上歇息。白板瞅见了，忙跑过去说，大姨你腰疼吧？我给你捶一捶。说着，用两个小拳头捶打佘梅的肩背，捶得佘梅身上酥酥痒痒的。佘梅就笑了，说小崽子真有眼色儿，比养条小狗管用。

慢慢地，佘梅喜欢上白板了，她甚至对沈鸿福说，明年夏天咱儿子沈远就上学了，到时候让白板也去读书，跟沈远做个伴儿。这样想着，佘梅心里也就不那么记恨憨四了，随他什么时候露面吧。她知道，憨四这辈子不可能不见她。

5

冬季里羊肉便于运输也便于储藏，沈鸿福就从外地购买了一批羊肉。这天，他骑着摩托车去长途汽车站接货，在车站遇到一位熟人，聊了几句后刚要走开，熟人突然想起什么，说鸿福你要不要孩子了？有个孩子在车站混大半年了，整天被这个打那个骂的，可怜死了，我家里没条件领养，你心慈善，又开饭店，多养一个也不费力气。

沈鸿福爱面子，心里虽然不想要孩子了，可嘴上却说，是吗？在哪里我去看看。

熟人把沈鸿福带到了车站候车室，那个孩子正在用力拖地板。熟人说，孩子才十一岁，给车站拖一天地板，人家给他两个馒头，晚上在候车室地板上铺一个纸箱子睡觉，我跟他聊了几次，好聪明的孩子。沈鸿福走过去，问孩子叫什么名字，孩子拄着拖把，抬眼打量着沈鸿福说，你给我一支烟抽，我就告诉你。

沈鸿福瞪他一眼，把自己嘴里正抽着的半截子香烟递给了他。孩子捏着香烟一本正经地抽了几口说，我叫康凯，康熙皇帝的康，袁世凯的凯。沈鸿福笑了，说你他妈挺会选词的，你直接叫康熙大帝多好？老家是哪儿的？

康凯说，你给我五毛钱，我就告诉你。

熟人拍了孩子的后脑勺骂，你个傻货，跟谁都要钱，告诉你，这位叔叔是个大好人，他开饭店，家里已经收养了两个像你这样的流浪儿了，你好好说话，他把你带回家，你就有饭吃有衣服穿了。康凯听说有饭吃，就乖巧了许多，说他是安徽黄山那边的家，父母离婚后把他丢给了爷爷奶奶，今年爷爷奶奶不要他了，让他去找爹妈，他就一个人跑了出来。康凯说完后，把手里的拖把远远地抛出去，上前拉着沈鸿福的手说，叔叔，你带我走吧。

沈鸿福把康凯放在摩托车上，一路上心里就琢磨见了佘梅怎么说。佘梅肯定要跟他发脾气，骂他是个二百五。骂就骂吧，他也没有办法了，大男人已经把话说下了，反悔不得。

佘梅听到院子里的摩托车声，就忙喊春生和白板出屋搬羊肉。她走到院子的时候，正好看沈鸿福把康凯拽下摩托车，就觉得奇怪，说你从哪儿又带回个孩子？沈鸿福吭吭哧哧地说，在汽车站捡的。佘梅说你没什么捡了，往家捡孩子？你缺心少肺的，家里存了一个还没推出去，你又捡回来一个，你要这么多孩子成立儿童团呀？佘梅数落沈鸿福的时候，春生和白板已经走过来搬羊肉了，瞅见傻站着的康凯，两个家伙心里倒是高兴了，白板张嘴就说，又多了一个兄弟，太好了，快搬羊肉。白板推了康凯一把，康凯也机灵，随手抓住蛇皮袋子帮白板搬羊肉，三个小哥们三下五除二，就把一百多斤羊肉搬回了饭店。

当天晚上，饭店客人散场后，佘梅没有急着回家，而是跟沈鸿福商量孩子的事情。沈鸿福心里虽然恨憨四，但还是想收养白板和康凯。他对佘梅说，就是一条猫儿狗儿的，现在也不能把他们撵到大街上了，他们现下帮不上什么忙，可过个三两年，他们都是好帮手了，咱开饭店还差这一口饭？衣服好说，我的旧衣服给春生穿，春生穿过了，再给白板和康凯穿。

但是女人跟男人想的不一样，女人想的是一些很细致很具体的事情。佘梅说，吃饭穿衣是小事，将来怎么办？将来他们要娶媳妇成家，哪来的钱娶媳妇？哪来的房子住？沈鸿福说，你想那么远干什么？眼下就是让他们吃饱肚子穿暖身子就行了，总比他们在大街上流浪好吧？佘梅说这是两码事，在大街上流浪，是社会上的事，到了咱们家里，就是咱们做父母的事情，责任不一样。两个人争吵到半夜，也没争吵出个结果，夫妻还闹得很不愉快。

第二天午后，佘梅就亲自去派出所找憨四商量对策。憨四这些日子不敢去羊肉馆喝羊汤，就只能在办公室泡方便面吃。佘梅进屋的时候，憨四正在跟几个民警打扑克，手里端着一盒方便面，因为输了很多牌，脸上几乎贴满了纸条，只留出一张嘴吃方便面。有人看到佘梅进屋，就说憨四别吃方便面了，“鸿福”羊肉馆的老板娘给你送羊汤来了。憨四头也不回地说，她给我送奶汤我都不喝。憨四不相信佘梅能到派出所找他，话说得有些粗。身后几个民警就哈哈笑了，憨四觉得不对劲儿，回头一看，佘梅站在他身后，手里果然捧着一个砂锅，正用眼睛剜他。

憨四慌了，磕磕绊绊地站起来，嘴里连声说，真的是你，你咋来了呢？

佘梅气得把砂锅朝桌子上一放说，我来报案，有人拐骗孩子，你管不管？

憨四嘿嘿笑着不吭气，伸手掀开砂锅，忙着喝羊肉汤。有人在后面打趣说，憨四你不是说送来奶汤都不喝吗？憨四急眼了，恨恨地说，闭上你的狗嘴，唯恐天下不乱！

佘梅看着憨四喝完了羊头汤，才说自己有正事找他商量。憨四一看佘梅犹豫的样子，就带她到了隔壁套间，听她把事情说完了。憨四说，我觉得沈鸿福的话有道理，先别想将来的事情，对吧？先解决孩子温饱问题，将来孩子娶媳妇，我帮着张罗，孩子没房子住，把我那套房子腾出来给他们。佘梅说，腾出你的房子，你到哪里住？憨四说，我去养老院待着。

佘梅忽然心里有些酸楚，用眼睛剜憨四，说你还真要单身一辈子？有合适的就找一个，别一根筋撑到底！

憨四低头一个劲儿搓揉自己的手。憨四说，你们积德行善，将来一定有好报应的，现在提倡独生子女，能有这么多孩子是福分了，户口的事情我来操办，我这就给孩子老家写信调查情况，唉，说不定以后孩子长大了，我也跟着沾光。

憨四说得很动情，佘梅也就不好再说什么了。

佘梅离开派出所的时候，又用眼睛剜憨四，说，我能让你气死！

那口气，像是训斥自家的孩子。

6

半个多月后，白板和康凯的家乡派出所分别给憨四回了信，证实孩子确实无人监护了，并出具了户口证明，憨四马不停蹄地给白板和康凯办理了落户手续。

一切办妥后，憨四松了一口气，竟然对佘梅和沈鸿福心存感激，似乎是他们帮了他的大忙。这样想着，憨四就给报社打了个电话，希望报纸好好宣传一下佘梅和沈鸿福。

后来的事情是憨四也没有料到的。这家报社以“大爱无边”为标题，热情洋溢地报道了此事，电视台和其他几家媒体也接连派记者到羊肉馆采访沈鸿福和佘梅，他们很快成了烟台的新闻人物。再后来，区委领导专门到饭店看望了三个孩子，对沈鸿福和佘梅的善举给予肯定。领导握着沈鸿福的手说，只要人人都献出一点爱，这人间将变得更加温暖。

沈鸿福从来没有被领导握过手，现在被领导握了，他激动得浑身发抖，嘴里一个劲儿说，更加温暖、更加温暖。

领导说，希望你今后一如既往地为社会奉献爱心。

沈鸿福使劲儿点头说，我一定奉献爱心。

沈鸿福成了新闻人物，“鸿福”羊肉馆自然也被人们记住了，羊肉馆的客人天天爆满，生意兴隆。到饭店的客人一定要把春生、白板和康凯叫到眼前看一看，有人还要塞给孩子们几块钱。佘梅再三叮嘱孩子们，不管哪位叔叔阿姨给钱，都要说一声谢谢，但别人的钱一分不能要。

生意火爆了，沈鸿福忙不过来，私下里跟佘梅商量，想让白板和康凯帮忙端盘子端碗的，佘梅不答应。佘梅说两个孩子太小，不能让别人说咱们使用童工。沈鸿福就说，那咱们就雇用两个漂亮小嫚儿当服务员，我现在是名人了，不能亲自端盘子端碗的，要拿出主要精力接待一些重要客人。佘梅挖苦他说，你收养几个流浪儿就成名人了？是不是我还要给你配个女秘书呀？把尾巴夹紧了，别不知道自己姓啥了！

挨了佘梅一通训斥，沈鸿福就暂时放弃了招聘服务员的想法。实际上饭店也就火爆了十几天，之后又回到了原来的经营状态，沈鸿福也又是原来的沈鸿福，电视台和报社的记者不再追着他采访了。

再后来，烦恼就来了，有人只要在菜市场、火车站和大街上遇到流浪儿，就给沈鸿福送来了。在市民眼里，沈鸿福成了所有流浪儿的爹，羊肉馆成了所有流浪儿温暖的窝。沈鸿福不能拒绝，只能一个个收留下来。

佘梅见了憨四，忍不住骂他了，说憨四你这头驴，我算是让你害苦了。憨四一脸委屈，说他也不知道会是这样，要知道就不会给报社打电话了。憨四说，要不我再给报社打电话，让报社再报道一下，就说咱们这儿人满为患，谁再把什么流浪儿送来，就让他领回家。佘梅恨恨地说，报道你个头！

沈鸿福收留了12个孩子后，突然有些上瘾了。事情就是这样，当你专注地做一件事情，就会进入一种境界。沈鸿福看着身边的12个孩子在一起打闹说笑，听着孩子一声声喊他爹，心里涌起一股自豪感。嘿，这都是我的儿子，正好一个班，看看吧，一个是一个的模样，哪一个都挺漂亮。沈鸿福甚至想到将来儿子们都娶了媳妇，一大家人围在他身边，那叫幸福呀！这样想着，他就每天巴望有人给他送儿子来，恨不得收养一百个，搞一个混编连。

但是佘梅的想法跟沈鸿福完全相反，她看着一堆儿子，心里敲小鼓。这些孩子可是流浪惯了的，能安心跟着他们生活吗？再说了，就算他们都听话，这么多孩子以后吃穿怎么办？娶媳妇怎么办？做母亲的总是要为儿子娶媳妇的事情操心，尽管孩子们都叫她大姨，她心里依然要承担着这份责任。不说远处，就说眼下快过年了，总要给孩子每人买一身衣服吧？羊肉馆是小本生意，也就能养家糊口，实在承受不住这些额外的花销。

再艰难，新衣服还是要给孩子们买的，烟台这地界很讲究过年穿新衣服，要是让孩子们穿着破旧衣服过年，别人看了肯定会说，喏，不是亲生儿子就是不心疼。

佘梅狠了狠心，带着儿子们进了商场，周围的人都看呆了。加上她的亲生儿子，大大小小13个，都跟在她身后，她走在前面就像老母鸡带小鸡，呼呼啦啦一大群。

当天晚上，客人们走尽了的时候，孩子们都把自己的新衣服拿出来，又试穿了一遍，羊肉馆被孩子的笑声塞满了。看着儿子们的笑脸，在一边看电视的沈鸿福和佘梅，也露出了笑容。

夫妻正幸福着，电视里播出了一条新闻，一个小孩子被一辆拉砖的拖拉机撞伤，肇事者逃匿，路人把孩子送到了医院，孩子生命垂危，医院进行了紧急抢救。根据医院的了解，孩子是一个流浪儿，因此呼吁目击者提供线索，尽快找到逃匿的肇事者，解决孩子手术必要的医疗费用。看完这条新闻，夫妻相互看了一眼，突然沉默了。过了好半天，沈鸿福才气愤地骂了一句，撞了人就逃跑，不是什么好东西！

一连几天，电视台都在播放这条新闻，佘梅也沉不住气了，说医院也真死心眼，这辈子找不到逃跑的车主，孩子的手术就不做了？鸿福，咱们明天去医院看一眼吧？你看那孩子躺在病床上，眼巴巴地瞅着医生，多可怜。

第二天，佘梅和沈鸿福去了医院，找到了病床上的孩子。孩子神志清醒，知道自己8岁，老家是东营的，父母离婚后，跟随改嫁的母亲到了烟台，继父对他不好，经常遭到继父的打骂，他就离家出走了。佘梅问孩子叫什么名字，孩子摇摇头。沈鸿福说，你听听，他母亲要是在烟台的话，从电视里不知道自己儿子被车撞了？知道了却不管孩子，这样的母亲还是人吗？佘梅你说句话吧。

佘梅明白了沈鸿福的意思，就对医生说，你们赶快给孩子动手术，所有费用我支付。转过头又对沈鸿福说，就叫他十三吧，这可是最后一个了。

这年的春节，十三是在医院病房度过的，他的十二个哥哥和弟弟沈远，都在病房陪着他，警察叔叔憨四还给他送来了一个毛毛熊玩具。十三从来没这么快乐过。

憨四把毛毛熊玩具塞给十三的时候说，十三，你记着，以后每年的年三十，就是你小子的生日了。

7

沈鸿福收养的十三个儿子，从8岁到15岁哪一年份的都有，但是他们并不是按照年龄排行的，而是按照被沈鸿福收养的先后排定座次，因而被称作哥哥的，并不比弟弟的年岁大。

孩子们当中年岁最小的，是十三和老二白板，一个8岁一个10岁。到了夏天，沈鸿福的儿子沈远要上学读书了，他就让十三和沈远去一年级读书，让白板上了二年级，让老三康凯和老五上三年级。那几个十四五岁的儿子，死活不肯去读书，沈鸿福也觉得他们岁数不小了，上高年级跟不上成绩，上低年级又被人取笑，也就没有强迫他们。

白板也不喜欢读书，央求了沈鸿福半天，说爸爸你让我干什么活都行，就是别让我读书。沈鸿福说不行，你正是读书的岁数，脑子又聪明，好好上学，将来说不定有些出息，给爹争光呢。

白板就上二年级读书了。他学习不算坏，可就是老毛病改不掉，看到班里的同学有什么稀奇玩意，就想弄到自己手里。有一次他偷了别人的钢笔，还有一次偷了同桌的一个小皮球。入学一个多月，白板被老师抓了三四次了，老师就把沈鸿福招呼到学校谈话，希望沈鸿福教育好白板。

沈鸿福回家狠狠地骂了白板一顿，可是没过几天，白板的毛病又犯了。这天晚上，饭店最后一桌客人要离去的时候，突然有一个妇女叫了起来，说她的钱包不见了。妇女觉得跟自己一起吃饭的朋友不可能偷她的钱包，饭店里没别人了，肯定就是刚才围着他们转的几个孩子。佘梅问妇女钱包放在哪里，妇女说放在裤兜里。佘梅说钱包放在裤兜里，小孩子哪能偷走？是不是你出门的时候没带钱包呀？妇女气愤地喊叫起来，说我刚才摸裤兜的时候钱包还在，放了个屁的工夫就没了，你们要是不承认，我就给派出所报案了。

佘梅把屋里几个孩子集中起来，问谁拿了客人的钱包，没有一个孩子吭气的。沈鸿福走过来，盯着孩子一个个看，觉着白板的眼神不对劲儿，就一把抓过白板，在他身上仔细摸索，终于从白板的裤兜里摸出了一个小钱包，里面有27块钱。沈鸿福和佘梅一个劲儿给妇女道歉，并把这顿饭钱给免了。但妇女并不领情，出门的时候嘴里咕噜一句，说，什么行善积德呀，简直就是收养了一窝贼！

这句话把沈鸿福气了个半死，却又不好说什么，毕竟是孩子偷了人家的钱包。沈鸿福看着客人走出院子，转身抓住白板就打，边打边说，你以后再偷，我把你的手剁了去！

本来父亲打孩子，是极自然的事情，就连他的亲生儿子沈远，他也发狠地打过。但是沈鸿福疏忽了一件事，白板从小就挨父亲的打，就是因为躲避父亲的打骂才离家出走的。白板挨了沈鸿福的一顿打，就觉得天下的父亲都一样，于是当晚趁着沈鸿福睡熟了的时候，偷偷跑掉了。

沈鸿福晚上睡在那间小屋子里，孩子们睡在拼起来的餐桌上。第二天早晨醒来，沈鸿福走到餐厅瞅了一眼睡觉的孩子们，并没有发现少了白板，那么多孩子少了一个，打眼一看是觉察不到的。他扯着嗓子喊，都起来了，起来把桌子摆开。

孩子们朦朦胧胧爬起来，叮叮当当地拉开了桌子，然后去院子洗脸。这时候老大春生清醒了一些，突然喊了一声说，爸，老二呢？白板呢？咋不见了？

沈鸿福愣了一下，说赶快找找，是不是出去撒尿了？他这么说着，心里已经突突跳了，感觉情况不妙。孩子们围着饭店前前后后找了几遍，就是不见白板的影子，沈鸿福明白了，白板是因为昨夜里挨了一顿打，跑掉了。他心里一阵懊悔，恨自己太大意了。

佘梅从家里来到饭店后，沈鸿福把白板的事情说了，让佘梅在饭店张罗着，他到外面找回白板。沈鸿福觉得白板跑不远，很可能又回到了原来守候的居民楼。

像白板这么小的乞丐，有个活动规律，第一次来到烟台活动的地方，就算是自己的家，总是在这个范围内活动，不管挨多少打骂，一般不会走出这块地盘。

沈鸿福去了那栋居民楼，却没找到白板，他心里慌张了，实在想不出好主意，就骑着摩托车满大街寻找，但是找了两天没有任何消息。佘梅觉得这样找下去不是个办法，就去派出所找憨四帮忙。憨四毕竟接触了太多的案件，处理这种事有经验，他去火车站和码头转了一圈，目标锁定了一个流浪团伙。这个团伙有七八个十四五岁的孩子，经常一起逃学到外地流浪，父母根本管不住他们。

憨四找到团伙当中的一个孩子询问，就得到了准确信息，两天前白板跟着他们一伙野孩子，偷偷上了一艘货船去大连玩耍，当天晚上回到烟台码头的时候，就没看到白板，也就是说，他们把白板丢到大连了。

沈鸿福得到消息，简单安排了家中的事情，背上一袋干粮和咸菜，搭乘熟人的船只去大连寻找白板。按照孩子们的说法，他们就在大连码头玩耍，没敢去别的地方。沈鸿福分析，白板发现自己掉队了，肯定一直守候在码头，寻找机会搭乘返回烟台货船，于是他寻找的重点就放在大连码头一带。沈鸿福白天在大连码头寻找白板，夜里为了省钱，就找个犄角旮旯蜷缩着迷糊一会儿，码头货场的工人把他当成了流浪汉，要赶他出去。后来知道了他的情况，都主动帮他寻找白板。十多天过去了，沈鸿福的干粮早吃完了，却没找见白板，因为惦记着饭店里的事情，就返回了烟台。

佘梅看到沈鸿福的第一眼，根本没认出他来，十多天里他瘦了一圈，衣服脏兮兮的，一身污浊。佘梅的泪水一下子涌出来了，说鸿福看你成了什么样子？佘梅给沈鸿福端了洗脸水，又给他热了一碗羊汤，尽管她心里很难受，但毕竟男人安全回来了。这几天没有沈鸿福的音信，她在家里提心吊胆的，就怕有个什么意外。

憨四听说沈鸿福回来了，忙跑过来打探情况。佘梅见了他，转身去了一边，看都不看他一眼。憨四知道佘梅生他的气，可他不怪她。当初是他把白板带到了羊肉馆，现在白板惹麻烦了，他心里挺内疚的。

憨四对沈鸿福说，对不起老弟，让你受罪了，都是我惹的事，其实我特想跟你一起去找白板，可我实在走不开……

沈鸿福没好气地说，我的儿子，我受罪是应该的，用不着你同情。

憨四说，家里的事情，我倒是能帮你打理一些……

沈鸿福白了憨四一眼，打断他的话说，哎哎，家里的事更不用你操心，狗拿耗子！

憨四咽了一口唾液，就不好再说什么了。

沈鸿福把饭店的事情打理了一下，准备了干粮和露宿街头的用具，又搭乘轮船去了大连。这次他扩大了寻找的范围，去了码头附近的菜市场和公园，跟扫马路的清洁工和戴红袖箍的街道老太太打听信息，半个月过去了，还是没有结果。

就这样，沈鸿福在烟台和大连之间不停地奔波着，一晃就是两个月，不但没找到白板，还荒废了饭店的生意。熟悉的朋友劝他说，算了鸿福，你已经尽心了，看样子是找不到了，就别折腾自己了，好好开饭店吧。沈鸿福很倔强，说那不行，我收养了他，就是他的监护人，就要对他负责任，跟自己的亲生儿子一样，这辈子找不到他，我就别想能睡个安稳觉。

沈鸿福在外寻找白板的时候，家里多亏憨四照应，他除去在派出所上班时间外，都待在饭店那边，白天张罗饭店的生意，晚上看护孩子。佘梅跟往常一样，饭店关门后，就回家照顾儿子沈远，日子过得倒也有条不紊。憨四觉得这么多孩子，不能总是睡在饭店的餐桌上，于是就跟有关单位联系，申请在饭店院子的一侧，盖起两间小房子供孩子居住。

憨四没白没黑地折腾，人明显瘦了。佘梅嘴上不说，心里是疼的，就在给他的饭菜上用了心思。看到憨四满脸汗水，也会用毛巾给他擦一把。憨四从佘梅的眼神和举动上，感觉到了佘梅对他的温情，却也装糊涂，只是干起活来更加卖力。

有一天晚上，憨四把孩子们圈拢到新盖的房屋里躺下来，他一个人呆在饭店里修理一个坏了的椅子。佘梅已经穿戴好衣服准备回家了，却不知为什么突然坐在对面的椅子上，看着憨四干活。

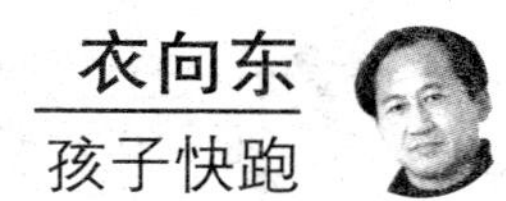

憨四就说，不早了，回去睡吧，明天还要早起送孩子上学。

佘梅没答话。憨四又说，你没听见呀？这都几点了你还坐那里卖呆？

佘梅长长地出了一口气说，憨四，你不能这么混下去了，赶紧找个合适的成家，你老是这么耗着，我心里越来越不踏实。

憨四说，你有什么不踏实的，跟你不搭界，我嫌结婚累，一个人多清闲。

佘梅说，憨四你心里咋想的我知道，这世上没有卖后悔药的，咱们烟台不缺少好姑娘，你不能老是跟自己过不去。

憨四眼睛盯着佘梅，突然问，妹妹，我就是想知道，要是当初我向你求婚，你会不会答应呢？给我个实话。

佘梅忽地站起来说，你现在问这些废话有什么用？！

佘梅走出屋子很久了，憨四仍旧瞅着门口发呆。

8

白板跟一群孩子走丢后，在大连又回到了从前的生活状态，每天偷抢和乞讨，少不了挨打受骂，自然让他怀念起佘梅和沈鸿福，怀念他那个家。然而他毕竟才十多岁的孩子，即便后悔了也不知道如何化解眼前的局势，而且想家的念头也只是那么一闪念，之后又像一粒随风飘散的草籽，听凭命运摆布了。

白板是10月份离家出走的，那时候天气还很暖和，但是到了冬天，日子就难熬了，晚上要费很多脑筋，才能寻找到一块避风取暖的地方。

腊月初的一天晚上，外面下起了大雪，白板实在无处可待了，就流浪到了火车站，想混进候车室过夜，可是候车室有工作人员把守，没有车票一律不准进入。白板混了几次没混进去，就转到了候车室后面的墙角处，那里有一个背风的死角。白板走过去发现，墙角处恰好堆放着几块纸箱，他就想利用纸箱子做地铺，没想到刚拽纸箱子，就听到一声呵斥，吓了他一跳，原来纸箱后面遮挡着一个人。

白板忙松开手转身走开，走了十几步远，后面传来一声轻轻的呼喊，白板?

白板愣住了，回转身子呆呆地看着对面的男人。

白板，真的是你？！男人跌跌撞撞扑过来，一把抱住了白板。由于扑得太猛了，白板仰身倒在雪地上，同时他也看清了，抱住他的人是养父沈鸿福。

白板突然咧嘴哭了，哭着喊，爸——

沈鸿福也忍不住哭了，说白板，我可找到你了，没想到在这儿遇到你，我以为这辈子见不到你了，正准备明天回家呢。

父子在雪地上抱紧了，好半天一动不动。

又落雪了，雪花飞扬着，落在一对父子的脸上，随即又被滚烫的泪水融化了……

沈鸿福带着白板回到烟台后，一大家子团聚了，十几个兄弟围着白板问寒问暖，那种喜悦是可以想见的。在一边的佘梅，被这场面感动得落泪了。

有了上次的教训，沈鸿福管教孩子们的方式有了改变，对孩子的看护更加严格了，他把自己的铺盖搬进了新盖的大屋子里，跟十三个孩子们睡在一起了。这些孩子没有良好的卫生习惯，脚丫子臭烘烘的也不洗，屋子里气味难闻。沈鸿福搬进去后，每天晚上把洗脚水端到孩子们面前，一个一个逼着他们洗脚。有几个年龄小的孩子，不等沈鸿福端来洗脚水，困得倒头睡了，沈鸿福就一只手抱着孩子，另一只手给孩子洗脚丫子。有时候，孩子们的衣服刮破了，沈鸿福就找来针线，趁孩子们睡熟的时候，给他们缝补一下，尽管针脚大了些，可也能对付过去。

沈鸿福做这一切的时候，没有几个孩子在意的，但老大春生却看在眼里，他16岁了，已经学会了用自己的眼睛观察事物，学会用自己的脑子想问题，虽然话语不多，但养父养母点滴的辛劳，他都记在心中了。

沈鸿福把白板从大连带回来的时候，就已经是腊月了，按说临近春节的这些日子，饭店的生意应该很火爆，可“鸿福”饭店有些反常，客人跟淡季差不多，每天也就二三十人。沈鸿福出门寻找白板的时候，羊肉都是从二道贩子手里进的，又比往常贵了不少，饭店几乎没有盈利，家中经济有些捉襟见肘了。沈鸿福就决定亲自跑一趟莱阳，进一批物美价廉的羊肉，趁着春节前后人们请客吃饭的机会，让饭店的生意兴旺一些。

沈鸿福半上午就骑着摩托车出发了，正常情况下最晚应该在下午三点赶回家。可天色已经暗了，还不见沈鸿福回来，佘梅就有些焦急了，屋里屋外来回走动。春生看出佘梅的不安，就走过去安慰她说，大姨你不用焦急，我爸走的时候跟我说，他可能顺便在莱阳采购一些年货。

佘梅说，烟台什么年货没有，他要在莱阳采购？傍年靠节的，天又不好，他买齐了羊肉就应该早些回来。

天气是不好，阴沉沉的，接近傍晚时分，又飘起了小雪，佘梅的心就一直紧缩着。

春生想把佘梅劝回家，说大姨你别等了，我小弟还在家里，你先回去吧。佘梅站在院子的大门口张望着，说我再等等，天都黑了，他能在外面过夜？春生就陪着佘梅站在门口等候着。风很硬，春生担心佘梅受凉，把自己身上油腻腻的军大衣，脱下来给佘梅披上。佘梅没拒绝，目光一直注视着远处的马路，脑海里始终有沈鸿福的身影，正一步步走近她。

大约晚上8点多钟，佘梅的神经绷到了极限，沈鸿福的身影终于出现在前面的路灯下，他推着摩托车走得很吃力。佘梅和春生奔了过去，两个人都惊呆了。沈鸿福满脸是冰血，眼睛和腮帮都变了形状。

佘梅喊，鸿福你咋啦？

春生喊，爸你咋啦？

十几个孩子都围上来，七嘴八舌地喊，爸，爸你的脸怎么流血了？你没事吧？爸，谁打你啦？我们去打他！

沈鸿福听到了呼喊，想张嘴说话，他的嘴却被冻僵了，怎么用力也张不开。佘梅有些恐惧，嘴里叫着沈鸿福，忍不住哭起来。孩子们看到佘梅哭了，也都跟着哭。沈鸿福虽然浑身冰冷冰冷的，但看到眼前的场面，心里却是一热，想安慰他们，却说不出一句话来。慢慢地，沈鸿福的眼角流出了泪水。

春生倒还冷静，忙招呼弟弟们说，都别哭了，赶快把爸搀回家。

孩子们小心翼翼地把沈鸿福搀扶进了饭店，七手八脚地给他拍打雪花，给他擦拭脸上的血迹，给他清理衣领衣袖里的积雪……折腾了好半天，沈鸿福的嘴终于缓过来了，哆哆嗦嗦地说，没事，我就是摔了一跤。

沈鸿福是在半路摔倒的，摩托车摔坏了，他只好一瘸一拐地推着摩托车走了五六十公里路。一路上他就想，佘梅一定在家等急了，儿子们一定在家等急了，他咬着牙不敢停歇，在风雪中一步步朝家靠近。现在他看着佘梅和身边的儿子，满心的幸福，觉着家真是好，佘梅真是好，这么多儿子们真是好。他不顾自己伤口的疼痛，把给孩子过年买的鞭炮拿出来，还给十三和白板几个小孩子买了礼物。

孩子们得了礼物，再看到沈鸿福也没事了，于是又叽叽喳喳说笑开了。但此时春生却一直沉默着，目光落在沈鸿福肿胀脸上。他心里说，这个人很不容易，为了养活我们这些流浪孩子，吃了这么多苦，弟弟们都还小，我以后要多帮他操心，做他的好儿子。

从这以后，春生就特别注意关心体贴沈鸿福，自己能做的事情总是抢着去干，并且对几个弟弟也加强了管教和照料，尽量减轻沈鸿福和佘梅的负担。沈鸿福和佘梅也很快感觉到了春生的变化，渐渐把他当成大人使用了，一些饭店的经营事项，沈鸿福还会跟春生商量一下。佘梅看到其他孩子不听话，也会对春生说，春生，管教一下你弟弟，越来越不像话了。

显然，在沈鸿福和佘梅眼里，春生一天天长大了。

有一次，佘梅的玉镯放在饭店收银台的抽屉里突然不见了，这只玉镯是结婚的时候沈鸿福送她的定情物，也是沈鸿福祖上传下来的宝贝，佘梅非常珍重它。佘梅觉得奇怪，饭店里的客人谁会知道收银台这边有只玉镯呢？十有八九是被孩子拿走了。她不敢吭声，担心让沈鸿福知道了，又要跟孩子发脾气了。佘梅就悄悄跟春生说了，让春生暗地里寻找一下。她叮嘱春生，不管找到找不到，都不要声张。

春生明白了，就在几个弟弟当中暗自调查，发现白板手里拿着零食，就问白板哪里来的，白板说别人给的。春生就疑惑起来，说别人给的？别人为什么给你？谁给的告诉我。白板支吾半天说不出来，春生心里就有数了，暂时没有声张。到了晚上，佘梅回家去了，沈鸿福在饭店清理一天的账目，春生就把弟弟们都关进了屋子里，开始审讯白板了。十几个兄弟都围在白板身边，眼睛都等着他，没用几句呵斥，白板就招了。原来白板看到附近几个孩子吃零食，跟别人讨要碰了钉子，就把佘梅的玉镯拿出去换了5块钱，买零食吃了。

春生气得摁住白板就打，边打边说，不准叫唤，你今天敢叫唤，我们几个就打死你！其他几个哥哥说，让他喊，他只要敢喊一声，就给他嘴里塞一泡屎！

白板真的害怕了，一声不敢喊叫，嘴里一个劲儿说，大哥我不敢了，以后再也不敢了！

春生说，以后以后以后，你说了多少个以后，上次你从大连回来，咱爸就饶了你一次，你还不改正。

白板说，哥、哥，这次真的，真的不敢了！

春生说，那你以后再犯了呢？

白板说，再犯你把我的爪子剁了。

春生说，这可是你说的。我问你老二，咱爸和大姨对咱们怎么样？

白板说，好。

春生说，咱们是不是以后要报答他们？

白板点了点头。

春生说，这就对了，咱爸和大姨收留咱们，咱们要给他们争口气，以后谁要是再惹他们生气，我就收拾他！

正说着，沈鸿福在外面敲门，说你们闩门在屋里干什么？春生忙说白板跟康凯在屋里摔跤呢，有力气没地方使了，吃饱了撑的。沈鸿福当真了，就问白板，谁赢了？白板抿抿嘴说，我输了。

沈鸿福轻轻踢了白板一脚说，你这个熊货，快洗脚睡觉去！

9

沈鸿福陪儿子们睡大通铺，一睡就是五年，荒废了夫妻很多功课。有时候沈鸿福想佘梅了，就趁饭店没客人的时候，拽着佘梅去临时休息的小房间里，紧紧张张忙活一阵子。有一次沈鸿福疏忽大意，忘记了闩门，春生一头闯进去，搞得佘梅藏都没地方藏，那场面十分尴尬。春生嘴里结结巴巴地说，对不起，我不知道你们在里面，你们、你们忙吧，我给你们带上门。

春生给他们把门关得严严实实，可佘梅全无兴趣了，边穿衣服边骂沈鸿福，说他是猪脑子，进屋竟然忘了闩门。佘梅说，你让我以后怎么见春生？臊死我了！沈鸿福说咋没法见了？咱们又不是嫖娼，再说了也不是别人，自己的儿子，有什么害臊的。佘梅气愤地说，我没你脸皮厚，能当汽车轮胎！

佘梅从小房间出来后，见了春生躲着走，连头都不敢抬。沈鸿福倒是一副无所谓的样子，竟然对春生咧嘴笑笑。春生呢，也会心地一笑，事情也就过去了。

春生毕竟是大人了，非常体贴沈鸿福和佘梅，到了晚上，春生就不让沈鸿福跟他们一起睡了。春生说，爸你回家睡觉吧，我会照顾好弟弟他们的，你跟我们睡了好几年，现在我们都长大了，不用你操心了，回去照顾我大姨吧。

沈鸿福一想也是，孩子们都比自己高了，用不着每天晚上看守着，于是就结束了跟佘梅分居的日子，把饭店这边的事情都交给了春生。但是他回到佘梅身边，夜里却睡不好觉了，眼前总是晃动着儿子们的身影。这几年儿子们像地里的萝卜一样，并排齐刷刷长起来了。儿子们大了，吃饭就成了问题，十几个大小伙子呀，正是能吃能喝的时候，半箩筐馒头眨眼就没了。穿衣服更是问题，过去新衣服旧衣服都可以对付一下，可现在不行了，他们都知道爱美了，知道在女孩子面前脸红了，都想跟着时代走，把自己打扮得时髦一些。而这几年羊肉馆的生意，又总是不死不活的，只能勉强维持着，日子过得很艰涩。

沈鸿福心里犯愁，却又不跟佘梅说，常常一个人躺在床上发呆，情不自禁地发出长一声短一声的叹息。其实这种事情躲不过佘梅的眼睛，一天夜里，她靠在沈鸿福怀里，轻声责备他说，现在知道自己几斤几两了吧？当初我不让你收养这么多，你不听我的，就你这点本事能养活十几个儿子？跟你说吧，操心的事还在后面呢，他们要是找不到媳妇，这么一群光棍在你面前晃荡，能把你的眼珠子胀爆了，就算他们能找到媳妇，你总不能还跟现在一样，让他们十几个兄弟带着媳妇一起睡大通铺吧？沈鸿福安慰佘梅说，不用你操心，我会有办法的，十几条汉子还能饿死了？我带着他们出去打工，都能挣出一份家业。

既然羊肉馆不挣钱，沈鸿福就开始琢磨要带着儿子们干点别的。

春生体谅到了沈鸿福的难处，饭店清闲的时候，他就带着几个弟弟到山上捡拾树枝，也去工厂外捡拾煤渣，给羊肉馆省下一些买煤的钱。孩子们辛辛苦苦的样子，反而让沈鸿福看了心里更难受，总不能靠捡煤渣打发日子吧？

有一天，沈鸿福到宾馆办事，看到几个人朝大堂里搬运一些花草，摆放在大堂当中。宾馆经理跟送花草的人在一边讨价还价，其中有一盆绿叶植物300多块钱，让沈鸿福暗暗吃惊。送花草的人走后，沈鸿福就跟宾馆经理打探消息，说这盆花叫什么？这么金贵？经理说，这是巴西木，广州那边来的货，就这个价钱还是给我面子了。

沈鸿福本能地感觉到花卉生意的利润很大，他立即跑遍了烟台的花卉市场，探听花卉的各种信息，之后带着春生去了广州，并没费多少周折就找到了巴西木的栽培基地，打听到当地的巴西木，便宜的一盆才50多块钱，按照这个价钱运到烟台，一盆最少能挣一二百块钱。我的天呀，这简直是暴利！沈鸿福就像发现了金山一样，当时眼睛都放光了。

从广州回到烟台，沈鸿福不敢声张，暗地里四处借钱，对别人只说想做点生意。可沈鸿福没几个有钱的亲戚朋友，费了半天劲才凑了两万多块钱。就在沈鸿福发愁的时候，憨四把3万块钱放在了沈鸿福面前。憨四已经升任派出所长了，仍旧单身一人打发日子，这些年暗中给了沈鸿福很多帮扶。

憨四说，鸿福老弟，听说你凑钱要做点生意，怎么也不跟我说？就这么看不起我这个当哥的？

沈鸿福吭吭哧哧地说，我没看不起你，可你的钱我不用。

憨四突然急了，瞪眼骂道，咋啦？我的钱不是钱？我的钱咬你手？我招你惹你啦？真他妈不是东西你！

佘梅说，憨四你甭跟他计较，驴，他就是犟驴！这钱我们先用了，你放心，要是赔进去了，我佘梅用命来抵！

憨四说，净说些傻话，我要你的命干啥？！

说实话，最初佘梅对于沈鸿福做花木生意，心里并没有底数，毕竟这个行当过去没干过，万一把这么多钱赔进去，这个家就算塌了天。然而事情没像佘梅想得那么复杂，沈鸿福带着5万块钱返回广州，从那里雇用长途货车贩运巴西木，第一次就挣了两万块钱。那天夜里夫妻俩高兴坏了，在床上把两万块钱数了几遍，到后来就滚在了一起，竟然找到了新婚的感觉。

沈鸿福是一个善于动脑子的人，他跑了几次广州后，在广州的花圃基地受到了启发，于是在烟台建起了一个花圃基地，自己培育奇花异草，租赁给各大宾馆和政府机关，每天派儿子们分头去宾馆和机关养护这些花草，按月收取租赁费用。第一年沈鸿福靠花圃收入50多万元，第二年效益翻倍增长，很快成为烟台最大的花圃基地。

沈鸿福搞起了花圃基地后，那个羊肉馆就关门了。最失落的大概就是憨四了，他见了佘梅仍旧习惯地问一句，哎妹妹，羊肉馆什么时候还开张呀？

10

不管什么生意，只要有人发了家，很快就会有一群人蜂拥而上，这是没办法的事情。沈鸿福的花卉生意做了三年，烟台的花圃就有几十家了，市场竞争非常激烈，几乎没有太多的利润了。

有一位外号叫“飞鼠”的小伙子，也做花卉生意，沈鸿福无意中抢了“飞鼠”一笔买卖，惹恼了“飞鼠”，他就纠集十几个小痞子，喝完了酒去沈鸿福的花圃基地找碴儿。那是个星期天，沈鸿福去广州出差了，儿子们都在外面打理生意，只有佘梅带着沈远在花圃基地玩耍。“飞鼠”带着一伙人进了花房，说是要挑选一批货，在花房折腾了一个多小时，故意损坏了许多名贵花卉。

佘梅一看这伙人酒气熏天，不像要买货的意思，就拦住他们说，你们都出去吧，我不卖你们了。

“飞鼠”说，你凭什么不卖？我今天就是买定了。

佘梅生气了，说，你们走不走？不走我报警了！

“飞鼠”抱起一盆花摔在地上，说，你报警吧，老子在大牢里待过两年，再去待两年就算是故地重游了。

“飞鼠”又要摔第二盆花，佘梅扑上去抱住他的胳膊，“飞鼠”用力一推，就把佘梅推出几米远，一屁股蹲在地上。十几个小痞子呼呼啦啦围住佘梅，污言秽语地辱骂她。一个秃头子一手抓住佘梅的头发，另一只手捏着佘梅的脸蛋儿说，你今天敢跟爷爷叫板，爷爷就强奸了你！

佘梅觉得事情不妙，这伙人喝醉了酒，什么事情都做得出来，于是就强忍怒火，一声不吭了。

“飞鼠”一伙人欺凌佘梅的时候，儿子沈远偷偷跑出去给春生打了电话。春生带着弟弟们赶过来，“飞鼠”一伙人已经离去了。春生问佘梅，说大姨他们把你怎么啦？佘梅担心儿子们把事情闹大了，就轻描淡写地说，没什么，就是争吵了几句。

沈远在一边气愤地说，他们摔我们的花，把我妈妈摁在地上，说要强奸了她。

佘梅给了沈远一巴掌，说，让你胡说八道，哪有的事？！

沈远咧嘴哭了，哭着说，等我爸爸回来，我告诉我爸爸，让我爸爸杀了他们！

春生心里明白了，上前抱起弟弟沈远，说弟弟你别哭，等爸爸回来了，咱们让爸爸跟他们算账。身边的十几个兄弟叫嚷起来了，说大哥你这么窝囊？还要等爸爸回来跟他们算账？咱们现在就走，去把那鳖儿的脖子拧断！佘梅忙去阻拦儿子们，说你们不要去闹腾，这事让派出所出面处理最好。可是儿子们气得快要疯了，她拦了这个拦不去那个，最后急得哭了，说你们都不听我的话，你们眼里根本没有我。其实这时候，春生的肺都要气炸了，恨不得马上去把“飞鼠”打个鼻青脸肿。可他不想惹佘梅生气，不想让她担惊受怕的，于是就朝弟弟们吼一嗓子，说你们谁不听大姨的话，我先把他的脖子拧断！

弟弟们都站住了，咬牙切齿地瞪着春生，恨不得吃了他。春生不理会他们，对佘梅说，大姨你带弟弟回家吧，我们把这儿收拾一下。

佘梅觉得把儿子们稳住了，就急着去派出所报案，带着沈远离开了。佘梅的身影刚刚消失了，春生猛地抄起一根木棒，对弟弟们说，跟我走，这辈子谁敢动咱爸和大姨一根汗毛，我们就让他后悔一辈子！

春生兄弟们去了“飞鼠”的花圃基地，把那伙人堵在屋里，什么话也不说，一个个瞪着血红的眼珠子，抡起木棒就打。尽管“飞鼠”花圃基地有二十多人，但根本抵挡不住春生兄弟们的攻势。这十三只“猛虎”是不要命的，在他们看来，自己的命是沈鸿福和佘梅给的，他们活着就是为了报答沈鸿福和佘梅恩德的。

佘梅去派出所把事情经过告诉了憨四。佘梅说，我不让春生他们去，是害怕他们惹出乱子，可这事你要给我出这口气，你看着办吧。憨四听完佘梅的话，忍不住“哎哟”叫了一声，说不好不好，要出乱子了，妹妹啊，你怎么聪明一时糊涂一时，你遭受这么大的委屈，你那些儿子能咽下这口气吗？快跟我走！

憨四喊上两名民警，开着警车就朝“飞鼠”那边奔去。这时候春生已经把“飞鼠”一伙人打得人仰马翻，把花圃基地砸了个稀巴烂。佘梅一看那场面，吓得张大嘴却说不出话了，好半天才反应过来，冲到春生面前抬手给了他一个嘴巴。春生也不躲闪，说大姨你打我吧，反正我已经出了这口恶气了，就是坐大牢我都心甘情愿。憨四上前劝佘梅，说你别生气了，我心里觉得万幸了，总算没出人命。

春生兄弟们和佘梅，还有“飞鼠”那边的人，被憨四一起带回了派出所。春生对憨四说，这事跟我大姨没关系，让我大姨回家吧。憨四骂，你懂个鸡巴？！你大姨是这件事情重要的当事人，没有她能说清楚前面的事？说不清前面的事，你们不就是平白无故打人了吗？

沈鸿福得知家里发生的事情后，立即赶回烟台，从机场直接去了派出所，找憨四了解情况。这时候憨四已经对当事人做完了笔录，完成了所有取证，他告诉沈鸿福不要焦急，一会儿就可以让佘梅回家了。憨四说，这事其实很简单，“飞鼠”一伙人酒后滋事，是事情的起因，他们不但损坏了很多名贵花卉，还对佘梅有调戏举动，应当负主要责任，而春生兄弟们头脑简单，找上门去把人打伤了，难逃其责。沈鸿福问憨四准备怎么处理，憨四说他已经跟佘梅和“飞鼠”私下商量了，各打五十大板，双方互不追究法律责任，只是春生他们应该负担对方两个人的医疗费，好在伤得并不重，也就几千块钱。

沈鸿福摇头，说，憨四你这么处理不行。

憨四说，怎么不行？我是派出所长，必须站在公平的立场上解决问题。

沈鸿福说，你必须拘留我。

憨四愣住了，他不明白沈鸿福什么意思，以为他在说气话。沈鸿福跟憨四解释，说现在我们家日子好过了，这些曾经受过穷的孩子突然有钱后，很容易头脑发热，如果这次不好好给他们上一课，以后可要出大乱子。憨四说我不能这么干，这不符合规定，就算要拘留人，那也要拘留春生，凭什么拘留你呀？

沈鸿福说，憨四你怎么猪脑子？春生能干出这事情来，他就不怕拘留，你真要拘留了他，反而让他觉得心安理得了，你拘留我，他才会心里觉得有愧，再说了，我管教不严，理所当然受到处罚。

憨四说，这不符合规定呀？我找不到理由拘留你，这不是让我犯错误吗？

沈鸿福说，这事就算我求你了，找理由还不简单？你就说是我给其中的一个儿子打电话，让他们去打架的，这样我不就是主谋了吗？至于给谁打的电话，你不说名字就行了，十三个儿子呢，他们也搞不清我给谁打电话了。这事不能让佘梅知道，也要隐瞒她。

憨四苦笑说，真有你的呀，给我出了个大难题，好吧，难得你一片苦心，我就配合你演这出戏。

憨四把两拨人马叫在一起，宣布了派出所的处理决定。“飞鼠”听到要把沈鸿福拘留15天，当时就觉得自己赢了，得意地朝春生挤挤眼睛。春生被弄懵了，跟憨四理论，说我爸爸给谁打电话了？是我带着弟弟们打架的，跟我爸爸有什么关系？要拘留你就拘留我好了。沈鸿福气愤地训斥春生，说你给我惹的乱子还少吗？老老实实回家打理生意，你要是再闹腾，就是成心要把我逼死！

憨四当场让民警把沈鸿福押进警车，送拘留所了。

佘梅没想到事情会是这个样子，等到她醒过来，沈鸿福已经被警车拉走了。她愤怒了，朝憨四扑上去，去撕憨四的脸。憨四你这头阳奉阴违的驴，我今天算是看清你的嘴脸了，你心里怎么想的我知道，这是趁机报复，也算男人呀你？！憨四一看佘梅要拼命的样子，知道今天不说实话，恐怕佘梅是不会放过她了，就忙对佘梅说，你别闹腾了，要是有什么意见，咱们到屋里面说话，我告诉你为什么拘留沈鸿福，你要是再闹腾，恐怕沈鸿福要罪加一等，就不是拘留15天的事了。

佘梅被憨四镇住了，跟着憨四去了里面的小屋子里。憨四把真相告诉了佘梅，说我原来以为你比沈鸿福有脑子，现在看来你不如他会谋事，他想得比你远多了。

佘梅从里面屋子走来后，阴着脸对春生说，你们还愣着干啥？回家做事情去，早晚有一天，你爸爸要让你们折腾死！儿子们一头雾水，一个个乖乖地回家了。

沈鸿福在拘留所的这些日子，佘梅去了两次看望沈鸿福，儿子们也都想跟着去，被佘梅瞪了一眼，谁都不敢吭声了。他们一个个小心谨慎地做自己的事情，唯恐惹佘梅生气。

半个月后，沈鸿福从拘留所出来的时候，佘梅和儿子们都站在外面等候他。按说沈鸿福在拘留所的待遇不错，可他还是瘦了很多，而且半个月没刮一次胡子，头发也很长了，儿子们看到后自然一阵揪心，刚叫了一声爸爸，就忍不住哭了。沈鸿福看着儿子们说，你们哭什么？我的儿子没脑子，当爹的就要受罚，

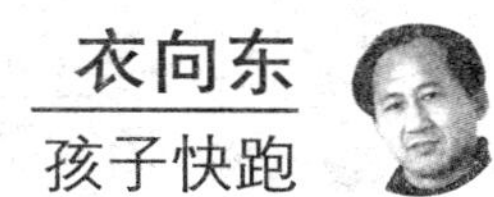

我养你们不是让你们给我惹事生非给我丢脸的，是希望你们好好生活好好做人，给我沈鸿福脸上贴金，逞一时威风图一时痛快，算什么好汉！

春生说，爸，我们知道错了。

沈鸿福说，春生呀，你是家里的老大，以后不管遇到什么事情，要学会动脑子，帮我把这个家撑起来。

春生含泪点头说，我记住了，我会记住一辈子的。

11

沈鸿福从拘留所出来后，突然决定放弃花圃基地，去做餐饮生意。佘梅不理解，劝他慎重考虑，花圃做成现在的规模很不容易，轻易不要折腾。佘梅说，你是不是被“飞鼠”闹腾了一次，就吓怕了？咱们十四个儿子立在这里，怕什么？好好的花圃生意不做了，你还要去开羊肉馆呀？

女人毕竟是女人，想事情总是那么感性。沈鸿福当然不会还去开羊肉馆，他要经营一家很有规模的大饭店。其实在花圃生意红火的时候，沈鸿福就知道这个行当干不长久，必须想办法投资一个永久性项目，作为一份家族产业经营下去，毕竟他有十四个儿子，如果总是做一些投机的生意，就像没有根的浮萍，永远漂浮着，说不准哪一天就要消失了。

过去沈鸿福脑子里只是胡乱琢磨，究竟做什么产业并没有准确的目标，但这次在拘留所的半个月里，他有时间清理了思路，最后选定了餐饮行业。在他看来，餐饮行业是永久性的，而且随着经济的快速发展，人们生活水平逐步提高，餐饮行业也会越来越火爆。当然做餐饮行业的人很多，但只要做出特色来，就一定能争取到生存空间。

沈鸿福在一个山脚下选定了一片空地建造饭店，这地方看起来有些僻静，其实距离海边步行也就十几分钟的路程，可谓依山靠海，风景秀丽怡人。眼下这里比较荒凉，但从烟台的整体规划来看，再过五六年这里就可能发展起来。沈鸿福的判断是准确的，其实三年后这里就成了烟台开发的重点区域，门前修了一条宽阔的马路直通海边，饭店的位置就是寸土寸金了。

遗憾的是，沈鸿福没有看到这一天，他在饭店快要完工的时候，突然住进了医院。当时他只是觉得身体不舒服，佘梅说可能这些日子太累了，去医院检查一下身体，安心休息几天就好了。可是医生给他做完了检查后，单独把佘梅叫去谈话，说沈鸿福的病需要进一步检查确诊，但目前初步判断，病情很重。佘梅说，是不是需要住院？那就让他住吧，要不他在家里总是闲不住。医生明白佘梅误解了，于是又提醒她说，你要做好充分的思想准备，一旦这个病确诊了，恐怕……

佘梅这才觉得不对劲，看了医生半天，才小心地问，是不好的病吗？

很不好。比你想象的要坏很多。

医生你给我个准话，到底是什么病，我好有个思想准备。

初步诊断是小细胞未分化癌，不过还要再确诊。

佘梅听到“癌”字，脸色就变了。但她还不知道，这种“小细胞未分化癌”是最严重的一种癌症，一般不容易发现，但是发现后也就是三四个月的存活期了。医生婉转地给她做了解释，那一刻她仿佛掉进了冰窟窿，手脚都冰凉麻木了，站在那里一动不动。最后还是医生提醒她，说你抓紧回家跟亲友商量一下，但最好对病人保密。

当时沈鸿福把几个儿子都送出去学习了，学厨师、学餐饮管理、学营销之道，以便让他们在管理经营饭店的时候，能各自独当一面。佘梅急忙把儿子们都喊回来，秘密召开了家庭会议。这时候佘梅已经六神无主了，脑子里一片空白，只能依靠春生了。春生尽管心里很难受，可他知道这时候自己不能乱了方寸，该撑起这个家了。他安慰佘梅，说该发生的事情躲是躲不掉的，我们现在要做的事情，就是让我爸爸在剩下的日子里生活快乐，不能让他有丝毫觉察。因为饭店即将竣工，接下来围绕饭店开张，有很多事情需要去料理，春生就给几个弟弟做了分工。医院那边，十三个兄弟轮流去值班。

春生说，你们听好了，不管是谁去陪咱爸，都要让咱爸快乐，让他笑得开心，谁如果做不到，就是对爸爸不孝顺。

起初对于佘梅和孩子们的隐瞒，沈鸿福没有任何察觉，但是住了一个星期的医院，他觉得自己的病没有转好，反而越来越重了，心中就产生了种种疑虑。这天轮到白板值班照料沈鸿福，因为心情抑郁，沈鸿福的目光总是落在窗户上，几乎很少说话。他心里惦记着饭店开张的事情，千头万绪都等着他去张罗呢。

白板不管沈鸿福心里在想什么，反正他觉得自己值班的这一天，不能让沈鸿福不开心，于是把所有的招数都使出来了，可就是没能换来沈鸿福开心的笑。白板焦急了，忍不住在地上翻跟头、打猴拳、学驴叫，折腾了一身汗水，沈鸿福只是淡淡地瞥了几眼，仍旧把目光投向窗外。

白板突然很伤心，想到过去自己给爸爸惹的麻烦，让他操了那么多心，现在想让他开心笑一声，自己都做不到，真是太没用了。这样想着，白板就哭了。沈鸿福愣了愣，问白板怎么啦？怎么突然就哭了。白板焦急地说，我真没用，想让你笑一声都做不到，想尽最后一点孝心都做不到……

沈鸿福听着不对劲儿，再一想这些天儿子们来陪同他的表现，心里就咯噔了一下，似乎预感到了什么。沈鸿福故意不动声色，很平静地对白板说，老二呀，我知道自己的病很严重，不过你们兄弟们都懂事了，我就是死了也踏实了。

白板吃惊地说，爸爸你什么都知道了？爸有件事情你不知道，前几年我把大姨的玉镯偷出去卖了，大姨一直没告诉你，就是怕你骂我，爸我对不住你，你今天打我吧，你打我两下我心里好受一些。

沈鸿福的泪水一下子流出来了，他把白板抱在怀里，说老二我不打你，你这么懂事，爸爸为什么要打你？我知道你们都对我隐瞒了病情是吧？其实我从医生那里了解到了，你告诉我实话，我最多还能活几天？白板说，最多几个月，我们兄弟们都以为你不知道，想让你快乐一天是一天。沈鸿福明白了一切后，被佘梅和孩子们感动了，他抚摸着白板的头说，白板呀，你跟谁都不要说我知道病情了，好吗？你一定替我保密，就当我还不知道，你要是我的好孩子，就听我的话。白板点点头，说我不跟别人说，我是你的好孩子。

佘梅和那些儿子们一直以为他们隐瞒得天衣无缝，沈鸿福对他的病情没有任何察觉，因此每次去病房，他们都显得很快乐，说一些开心的话逗沈鸿福笑，而沈鸿福也特别配合，经常因为一句话笑得非常开心。他们都在演戏，都在让对方感到快乐。只是，当他们单独待着的时候，沈鸿福一个人偷偷哭了，孩子们也偷偷哭了。

沈鸿福住院期间，憨四三天两头到医院看望他，两个人依旧都在演戏。沈鸿福甚至开玩笑说，憨四你是不是听到我住院就高兴了？你等了这么多年终于有机会了？憨四也笑着说，我是盼星星盼月亮，就盼着这一天。沈鸿福说，你恐怕还要继续盼星星盼月亮，我这身体结实着哩，你把你熬死。两个人说笑的时候，佘梅在一边很不是滋味，可又不能表现出来，就故意生气地说，你们开什么玩笑不好，偏偏拿我开心，再说我就生气了！

佘梅说完了，自己又故意笑了。这时候沈鸿福不说话了，打量着佘梅和憨四，把憨四和佘梅看得有些不好意思了。

憨四最后一次去看望沈鸿福的时候，沈鸿福感觉到自己没有几天日子了，就对佘梅说，你们都出去，我有几句话要跟憨四说。佘梅和儿子们有些疑惑，慢慢地朝屋外走去。佘鸿福叫住了春生，说春生你留下，我也有话跟你说。

屋里就剩下憨四和春生了，沈鸿福说了实话，说自己早就知道病情了，只是不想让大家的努力失望，才故意装出快乐的样子。他说憨四呀，我死了后，你要好好照顾佘梅，我知道你一直惦着她，算你孙子有福气，终于让你等到了。憨四忙打断沈鸿福的话，说鸿福弟，你这话说哪里去了？好像我憨四巴望你得病似的，我是后悔当年没追求佘梅，可这么多年过去了，我早就对她没了心思，一直不成家，是因为我习惯一个人生活了。

沈鸿福骂道，你狗孙子说什么？对她没心思了？你不该有心思的时候，心思那么大，该有的时候你又没心思了，什么意思？告诉你憨四，我把佘梅交给谁都不放心，就是交给你放心。

憨四说，你放心吧，春生他们都长大了，能把佘梅照顾好。

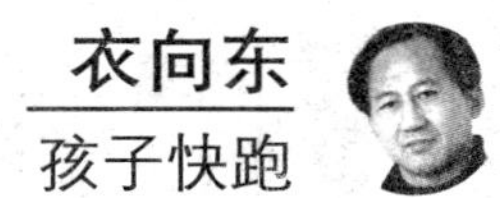

沈鸿福说，这个我放心，儿子们都会对佘梅很好的，可有些事情不是他们能照顾的，他们将来都结了婚，就是对佘梅再好，也不会一直陪在她身边，至少要有个人白天夜里都陪她说说话，你明白吗憨四？

憨四说，鸿福弟我明白你的意思，可是……

沈鸿福说，你甭给我可是但是然而的，我沈鸿福临死前就这么一个心思，你看着办吧。春生你听到我的话了？对憨四要跟对我一样，这个家以后就交给你了。

一周后，沈鸿福平静地离开了他的爱妻和十四个儿子。佘梅带着十四个儿子为他送行，那场面很是壮观。熟悉的人都说，沈鸿福没有白养这么多儿子，他走得很风光。

12

三周后，“鸿福饭店”开业了。开业典礼没有张灯结彩，也没有鸣放鞭炮，只是办了十几座酒席，宴请了亲戚朋友和政府官员，饭店就正式运转了。

春生处事非常得体，尽管饭店的经营管理都是他在操心，他却把所有的权力交给了佘梅。他对弟弟们说，咱爸不在了，一切就是大姨说了算，我们都要维护大姨的威望。

每天早晨，饭店一百多员工都要集中在饭店大堂，听佘梅安排一天的工作。人员都到齐后，佘梅就迈着很有韵律的步伐走到队列前，这时候十几个儿子站在两侧为她“护驾”，那阵势不言自威。

沈鸿福活着的时候，用不着佘梅出头露面，沈鸿福不在了，她就走到了前台，跟方方面面面面的人打交道，竟然从容淡定，章法有序，显示出不凡的外交能力，很快给饭店聚拢了足够的人气，生意越做越火红。一年后，饭店抓住时机成立了餐饮集团，儿子们都成了股东，佘梅担任董事长，春生担任总经理。饭店按照正常的轨道运转后，大多数事情都让春生去打理了，佘梅把主要精力用在儿子们的婚事上，看到懂事漂亮的女孩子，就想拽回自己家里当儿媳妇。

饭店餐厅的经理董娜，是从商业学校招来的，不但长得漂亮，也有修养，很讨佘梅喜欢。春生对董娜的印象也不错，几次在佘梅面前夸赞董娜，说董娜责任心强，做事情扎实。佘梅觉得董娜跟春生挺般配的，于是就找董娜聊天，直截了当地问，董娜你愿不愿意给春生当媳妇？

董娜从来没敢想自己可以嫁给春生，听到佘梅问她，当时脸红了，说，董事长你别拿我开玩笑，春生总经理怎么会要我？

佘梅说，我就问你愿不愿意，愿意的话我给你当红娘。

董娜垂下头小声说，我是愿意的……

春生跟董娜恋爱了一年，佘梅就对春生说，你们恋爱的时间够了，选个日子结婚吧。

其实春生早就想把董娜娶回家了，只是不好意思开口。佘梅请人翻阅老皇历，选定了一个好日子，就给春生张罗结婚了，当时她并没有在意这个日子有什么特别。晚上憨四来吃喜酒，看着佘梅慢悠悠地问，你知道今天是什么好日子？佘梅说我不管别的什么日子，就知道今天是我儿子结婚大喜的日子。憨四说，也是你结婚大喜的日子。佘梅愣住了，仔细一想，当年她跟沈鸿福也是这个日子成亲的。

佘梅突然有些伤感，对憨四说，你告诉我这个干什么？显得你能耐？！

本来佘梅在那里忙着接待客人，一滴酒没喝，得知今天也是自己出嫁的日子，她就开始喝酒了，不管谁走到她面前敬酒，她都一饮而尽，很快就喝醉了，晕倒在桌子下面不省人事。儿子们急忙把佘梅送到医院抢救，折腾了几个小时，总算醒了过来。医生给她打了吊水，儿子们守在病床旁边，一步也不敢离开。

白板觉得纳闷，问憨四说，你跟我大姨说了什么？让她喝成这个样子？

憨四后悔地说，今天是她跟你爸结婚的日子，她没记起来，我这破嘴，提醒了她。

憨四说着，抬手给了自己一个嘴巴。

春生那边的婚礼到了晚上10点多钟，客人才散尽了，春生和董娜因为惦记着医院的佘梅，没心思进洞房了，从婚礼现场直接赶到医院。这时候佘梅已经清醒了，看到春生和董娜站在身边，就说你们怎么来了？赶快回去！春生说，我今晚和董娜在这里陪你了。佘梅生气地说，哪有新婚之夜待在病房的？你们不走我生气了。憨四也劝春生，说你大姨现在没事了，有这么多人守在这里，你们回去吧。春生说，今晚我和董娜就把这里当洞房了，正好弟弟们都在，我现在宣布，从今天开始我就把大姨的称呼改了，叫妈妈了。

春生说完，注视着佘梅叫一声，妈——

佘梅急忙摆手说，还是叫我大姨吧，叫妈我不习惯，反正叫什么都一样，我不在意这些……

不等她说话，董娜走过去拉住她的手，也轻声地叫了一声妈。紧接着，儿子们都七嘴八舌地叫妈了。她“哎哎”地答应着，一脸的泪水。

憨四也流泪了，他站起来擦了一把泪水说，你们大家都在，我就先回去了，派出所那边一堆事。

春生看着憨四的背影，就又想起了沈鸿福临死前交代给他的事情，于是就跟佘梅说了沈鸿福的愿望。佘梅却摇头，说我不用你们操心，等你们都结婚后，我再考虑自己的事情。

春生觉得这事情不能拖得太久，于是请一位阿姨出面做红娘，希望早日让佘梅和憨四合伙过日子。红娘去问佘梅怎么想的，佘梅说你去问憨四吧，看他怎么想的。红娘去问憨四，憨四也说你去问佘梅吧，看她怎么想的。两人就这么推来推去的，等到儿子们一个个都结婚了，佘梅和憨四还是单打独斗。

谁都不知道他们心里各自想了些什么。

棉花被子

有些物品被我们珍藏着，成为我们生命的一部分，并不是因为它们多么稀奇贵重，而是其中融入了我们太多的情感。比如一支钢笔，一本书，一枚发卡，等等。马宁珍藏的是一床棉花被子。

马宁二十年前跟妻子赵薇结婚的时候，他的家乡马湾镇还不是风景旅游区，街道狭窄屋舍落败，一砖一瓦都显得那么寒酸。有一条水路和一条旱路通往马湾镇，水路不宽，旱路崎岖，把满眼的青山绿水，封闭在山峦叠嶂的一团宁静中。南方湿润的空气和缭绕的山雾，使得门前青石板上的苔藓，一年年滋蔓着。每年入冬之后，日子就阴冷得很了。

赵薇是北京部队大院出生的女子，她所生长的所有冬季都是在温暖的楼房内，遭遇南方阴冷的天气，难免有些不适应。赵薇最初就明白这一点，因此建议她跟马宁的婚礼在北京举行。马宁却说不行，我们必须回去！马宁使用了“必须”两字，而且口气坚决。因为父亲去世早，母亲把马宁和哥哥姐姐拉扯大，现在哥哥姐姐都成家了，母亲就等着他娶了媳妇，就算完成人生使命了。他知道马湾镇的亲朋好友，都瞪着一双双渴盼的眼睛，等待他这个中尉连长，携新娘回去风光一把。

马宁说：“你别担心那边冷，我早就写信告诉我妈，让她缝做一床新棉花

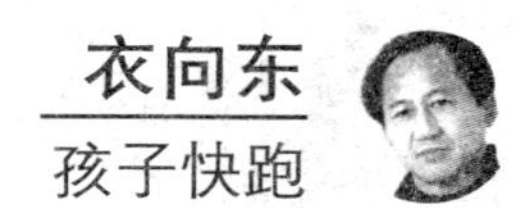

被子，冷不着你。”

马宁很少在赵薇面前使用这么强硬的口气。赵薇感觉到这件事情对马宁的重要性，她就不再说什么了，跟随他走进南方阴冷而灰暗的天气里。

火车，汽车，渡船。

赵薇一路惊讶着走进马湾镇，她本来就生情的一双大眼睛，被那里的水光山色洗濯得愈加明亮生动。走在小巷青石板路上，她也就成为小镇风景的一部分。

马宁的母亲按照儿子来信的要求，选用了上等的新棉花，缝做了一床棉被。白棉布的被里，大红的缎子被面，密密实实的针脚，看上去非常讲究了。她怕冻着了北京来的儿媳妇，被子里絮了厚厚的棉花。马宁和赵薇第一次的夫妻功课，就是在这床加厚棉被的覆盖下完成了。自然，棉被也承受了他们激情澎湃的冲撞，接纳了他们似火的喃喃细语。等到风平浪静之后，赵薇拥着被子，就闻到了新棉花的气息，还有白棉布的糨香气。

她侧身对马宁说：“这厚被子真暖和。”

睡在外屋的母亲，却一夜没怎么合眼，不断起身朝儿媳的房门张望。她不知道自己缝做的加厚被子，能不能给儿媳带来踏实的睡眠。

第二天早晨，母亲看到从屋内走出的马宁，上前问的第一句话就是：“儿子，你媳妇夜里冷吗？”

马宁说：“妈，不冷。小薇说这床被子真暖和。”

母亲脸上笑容灿烂了，她等的就是这句话。

但是暖和的棉被子，并没有让赵薇在马湾镇多留几天。本来他们有半月的新婚假期，但新婚第五天，赵薇就对马宁说：“家里站没站地，坐没坐地，咱们早点回去吧。”马宁在基层部队带兵，赵薇在银行上班，两个人都很忙。

母亲听说他们要走，略有紧张地问赵薇：“媳妇，是不是棉被薄了，夜里冷？”

赵薇说：“不是，我急着回去上班。妈，你做的这床棉被真软和，放好了下次我们回来还盖。”

母亲连连点头说：“好好，一定给你们存好了。”

其实赵薇就是安慰马宁母亲，让她相信自己不是因为棉被子薄才离去的。但母亲却把赵薇的话当作一生的承诺记住了，等到儿子儿媳离去后，就很细心地收起棉被，保存在厚重的木箱里。南方的屋子潮湿，遇到好天气，她总要把棉被放在阳光下晾晒，让棉花一直保持着蓬松细软。

马宁的嫂子是本地人，逢年过节往来走动的亲戚就很多。有一年春节，嫂子娘家来人留宿，家中被子不够用了，想起马宁母亲那里有一床加厚棉被，就去借用。母亲没有丝毫拖泥带水，断然说："被子是你弟媳的，用不得。"

嫂子耐着性子说："用一夜，损不坏。"

母亲摇头，还是那句话："被子是你弟媳的，用不得。"

嫂子说："妈，你甭害怕，我不要，就是用一夜。"

母亲说："你弟媳是北京人，讲究。"

嫂子说："搞不脏，真要脏了，我给拆洗。"

母亲说："屋里什么东西你都可以用，这被子用不得。"

嫂子生气地说："你放着生霉吧。"

从此，马宁的嫂子就恨上了母亲，撞了面都不跟母亲搭腔了。母亲并不后悔，也不生气，她觉得这是没办法的事情。对于母亲来说，她专心做的事情，就是在有阳光的天气里，晾晒加厚棉被，静心等待北京儿媳的再次归来。有时候，马宁的嫂子遇到母亲晾晒棉被，心里的怨气就会涌上来，说一些指桑骂槐的话。母亲仿佛没有听到，目光落在棉被子上，脑子中闪回着北京儿媳仙女般的面容。

马宁结婚的第二年，家乡发了一场洪水，环绕马湾镇的河流水位暴涨，淹没了屋前的石阶。母亲屋内的水漫过了床铺。她用塑料布缠裹着那床加厚棉被，抱在怀里，站在客厅的方桌上，整整站了六个小时。马宁的哥哥试图帮她接过棉被，她却不肯松手。

马宁的嫂子后来略带嘲弄地跟邻居说："那床棉被，是我婆婆的命根子。"

马宁的母亲六十多岁了，患有肺气肿病，面色清瘦而蜡黄，遇到阴冷天气就不停地咳嗽。她担心自己在哪一个黄昏或凌晨会突然辞世，渴盼北京的儿子儿媳早些回来的那种心情，就可想而知了。

屋前的柿子树绿了又黄，黄了又绿，一晃五六年过去了，北京的儿媳始终没有回来。这当中也有好消息传来，就是北京的儿媳给她生了一个孙子，让她在寂寞的时光中，又多了一分幻想和思念。

马宁也曾想带着出生的儿子，回老家看望母亲，但赵薇总是说孩子太小，回老家不方便。马宁就没有坚持，他已经调到机关当了宣传股长，属于自己的时间也就越来越少了。自从结婚后，他就没跟赵薇在一起过个年。部队越是节假日越忙，机关干部要跟基层官兵在一起同欢乐。

再后来，马宁家乡的马湾镇，被开发成观光度假的旅游地，有大批的游客从山外涌进来，马湾镇的一草一木都抖擞起来了。街道小巷修饰一新，镇上盖起了三星级宾馆。马宁的嫂子从游客兜里赚了不少票子，富裕起来后也就忘却了那床棉被的陈年旧账了。她给母亲屋里安装了电话，更换了陈旧的木床和散发着霉味的被褥子，并多次给北京的赵薇打电话，邀请他们一家子回家乡看看。

嫂子说："弟妹，有空带孩子回来看看，马湾镇现在搞旅游了。"

这一年国庆节，马宁和赵薇带着儿子小雨回到了马湾镇。他已经是团政委了。往日马湾镇经常有官员到北京，他对家乡的父母官都热情接待了，因此家乡政府得知他们一家要回故乡，就做了细致的安排，直接把他们从火车站接到宾馆，陪同喝酒观光，再喝酒再观光。马宁好容易挤出时间，带着赵薇和儿子小雨，回家跟母亲在一起待了两个小时。

离开家时，母亲问儿媳："你们不在家住吗？那床棉被子，我一直给你们保管着，还挺软和。"

赵薇最初愣了一下，好半天才明白母亲说的是新婚时的棉被。赵薇就半开玩笑地说："妈，你可要给我们保管好了，有时间我们一定回家住。"

母亲连连点头："放心放心，不信你摸摸，软和呢。"

母亲要去木箱内拿出棉被子给赵薇看，赵薇说就不要拿了，我知道肯定保存得很好。

然而，马宁和赵薇在马湾镇只住了四天，都是在宾馆度过的。离开马湾镇的时候，政府派车把他们从宾馆直接送到了车站。赵薇和小雨这一走，再也没有回过马湾镇。

不过赵薇回到北京后，没少给马宁母亲打电话。现在通信发达了，遥远的距离变成了似咫尺之间。赵薇打电话主要是问候马宁母亲的生活情况，母亲每次的回答都是那几句话："我好着呢，有吃有穿，你们都别惦挂了。"

但是有一个夏天的晚上，母亲突然主动把电话打到北京，问赵薇和小雨什么时候能再回老家，说她想他们了。马宁说："这好办，你到北京来住些日子吧。"

马宁就让哥哥把母亲送到了北京。

马宁身为政委，几乎每天都有会议，大多数晚上是在办公室度过的。母亲来后，他让自己的司机拉着母亲，在北京城转了两天，然后就把母亲交给赵薇了。赵薇推掉很多事情陪同了母亲几天。但赵薇也是银行的中层干部了，不能长时间不上班，后来只能把母亲一个人留在家中。母亲不会使用煤气灶，赵薇就让马宁的司机每天中午去部队机关食堂打饭，开车送回去。这样折腾了一周，赵薇觉得太麻烦了，干脆把母亲送进了部队卫生院，说是要给她治疗肺气肿病。

卫生院对政委的老母亲，肯定要特殊照顾了，专门派了一位卫生员在床前服务，给母亲打水打饭。卫生员的态度比亲生儿子都和蔼。但母亲还是想念自己的儿子，每天早晨卫生员刚走进病房，母亲就问："宁儿忙什么？"

卫生员说："大妈，我们政委今天还开会，有什么事情您跟我说。"

母亲摇头说："没事，他就是忙。你见了面告诉他，别累坏身子。"

很多人听说政委的母亲住院了，都跑到病房看望她。病房就每天堆满了新鲜的水果和鲜亮的花篮。母亲不认识来人的面孔，有时也听不明白大家对她说了些什么，但她知道这些人都跟自己的儿子在一起工作，因此送他们出门的时候，总不忘说一句："见了宁儿的面，告诉他别累坏身子。"

母亲在卫生院住了二十几天，就再也住不下去了，吵着要回老家。眼下南方正是梅雨季节，她老是担心木箱内存放的那床棉被潮湿生霉了。马宁弄不懂母亲的心思，见母亲坚决要走，以为她想家了，就让哥哥来京把母亲领了回去。

母亲到家的当天，就把棉被从木箱内倒腾出来，果然挨近木箱底部的棉被子，有些潮湿，她急忙把被子展在阳光下晾晒。

这样又过了两个春秋。有一天母亲晾晒被子的时候，因为胸闷气喘，竟没有力气将被子搭在铁丝架上了。母亲心里就恨自己不中用，知道自己活不太久了，禁不住抱着棉被子，蹲在地上哭了。

也就是这个冬季，母亲在一个阴冷的雨天走了。在母亲生命最后的日子里，马宁的姐姐一直守候在病床前。母亲对女儿说的最后一句话是："别忘了经常把木箱里的被子拿出来晾晒。"

马宁赶回家处理了母亲的后事。马宁的姐姐就把关于棉被子的一些细节，详细告诉了马宁。姐姐说："妈说，要是以后赵薇回来，让她放心地盖那被子，还软和呢。"遗憾的是，赵薇没有跟马宁回去奔丧，她留在北京照料儿子小雨。小雨到了升初中的时候了，一分钟的学习时间都不能耽误。

母亲去世后留下了三间房子，哥哥嫂子就把马宁和姐姐叫在一起，商量处理方案。要在过去，这三间房子没什么用处，但现在马湾镇成为观光度假的旅游胜地了，地价一天天上涨。据说母亲居住的这一带要拆迁，变成豪华的别墅度假村。嫂子就跟姐姐说，母亲生前的生活大都是她照料的，因此她要分得两间房子才合理。姐姐不答应，说弟弟马宁应该分得两间，理由是马宁结婚的时候什么都没有。嫂子就跟马宁的姐姐争吵起来。

一直沉默的马宁突然说话了："你们都别说了，房子我一间不要，哥哥两间，另一间给姐姐，我就要木箱内那床加厚棉被。"

哥哥嫂子和姐姐都愕然了。

马宁把棉被带回了北京。尽管他居住的楼房一年四季都很干燥，但他还是经常在阳光充足的时候，把棉被子放在阳台上晾晒。有时候他也陪伴着棉被，坐在温暖的阳光里，想一些很久远的事情。想到愧疚处，他就把自己的脸埋在棉被里，静静地流一些泪水。

棉被因为吃足了阳光，贴在他脸上的时候，就更加柔软而温暖了。

傻人满仓

满仓是当兵复员回来的，据说当兵的时候是首长的勤务员。这人有一米八的个子，略瘦，长得挺秀气。如果没有一副英俊的模样，在部队就不会被挑选为首长的勤务员了。

这么说，满仓过去是不傻的，后来怎么傻了呢？似乎没有人知道。他是个孤儿，父母被一场大火收走了，村子里把他养大，送去当了兵。按照村人们原来的说法，他在部队混得很像回事儿，准备留在部队，但是不知为什么突然回来了。因为他身边没有亲人，所以谁都不了解实情，只是觉得回来后的他，与先前的满仓有了变化，整天躲在屋里不出来，像个鬼魂一样。

对于他的复员，有两种说法，村干部们说，满仓在部队偷听了敌台，犯了政治错误，这算是官方的消息。所谓敌台，就是台湾的电台广播，那年月这种错误，是要被打成反革命的，好在满仓是一个孤儿，给了他个处分，把他开回来了。还有一种流传在街头的说法，是满仓爱上了首长的女儿，首长不答应，满仓带着首长的女儿准备私奔，被首长发现了。根据满仓复员后的表现，村人们大都相信后一种说法，也就是说满仓犯了男女问题。这个错误也不小，你怎么能带着首长的女儿私奔呢？

满仓复员回来，仍由村子里负责安置了住处，把生产队的三间仓库腾出来，认真粉刷了一番，垒了锅灶，添置了锅碗瓢盆，让他踏实地过日子了。当然，要让他踏实地过日子，还要给他屋子里添置一个女人。论条件，满仓在村子里可是上等的，三间房子粉刷的新亮，灶具都是新买的，囤里有生产队送来的粮食，据说他从部队回来的时候，兜里还积攒了二百多块钱，这在当时可是不小的数目。

最让人羡慕的，是满仓无牵无挂的一个人，没有任何拖累，谁家的姑娘添置到他屋子里，姑娘的爹娘实际上就是白得了一个壮年儿子，比捡了一头小公牛都划算。

许多婆娘就去给满仓提亲，姑娘有本村的，也有外村的，满仓都摇头不应。后来，村里最漂亮的姑娘小菊，因为与本村被认为愚呆的金锁约会，被她爹抓获，一时在村子里闹得沸沸扬扬的。金锁虽然跑了，但是她的爹娘总担心金锁在什么地方等待着小菊，说不定哪一天小菊也会突然不见了，于是她的爹娘就想尽快寻个好婆家，打发了她。

村里的一个婆娘就想到了小菊，去问小菊的爹娘，把小菊许给满仓，好吗？小菊的爹娘都说："好，再好不过了。"

婆娘把事情对满仓说了，问满仓小菊如何，满仓慢悠悠地说："她倒真像一个人。"

"像谁？是你们首长的女儿吧？"婆娘猜测地问。

"她真是像那个人呀。"满仓一直没有说出究竟像谁。

看来满仓对小菊还是很有些中意的，尽管他也是摇头不应，但是婆娘告诉小菊的爹娘，只要小菊经常过去走动走动，帮着满仓做一些女人做的事情，满仓迟早会答应的。"他说你家小菊很像他们首长的女儿。"婆娘把自己的推断作为满仓的话说出来。

小菊的爹娘就格外留意满仓，时常凑到满仓面前想说一些话，满仓却仿佛不认识他们似的，并不理睬。小菊去他屋子里的时候，他竟把小菊推出去，然后闩死了门。

“这满仓，傻啦？送到嘴边的肉都不吃。”

“还想他们首长的女儿，想顶个屁用，能当饭吃？”

“就是，天上的月亮倒是好看，能摘到手里吗？”

“没错，挖到篮子里的才是菜呀！”

……

村人们这时候说满仓傻，还是气话，但是后来就觉得满仓真是傻了。最初，他不开锅做饭，却是把生产队送给他的麦子和玉米，放在锅里炒熟了，揣在口袋里，饿了就抓一把塞进嘴里嚼。再后来，他把自己的门封了，从窗户里出入。

小菊的爹娘再见了满仓，只是叹息一声，他们已经把小菊许给十里外一个村子的男人了。

满仓真的傻了，时常有一群小孩子跟在他屁股后大呼小叫的，他并不理睬，很陌生地看看眼前的孩子，径自走路。孩子们可以跟随了他，从窗户爬进他的屋子里，去偷吃他炒熟的麦子和玉米。他屋子里的东西一天天地被孩子们掠夺走了，只剩下墙上挂着的一张照片，那是他在部队留下的。从照片上看，他的确干过勤务员之类的差事，斜背着大盒子手枪，里面穿呢子衣服，外面穿呢子大衣，很是威风。

满仓的呢子衣服都带回来了，很让村里的年轻人羡慕了一阵子，这种质地的呢子，在乡下是看不到的。满仓复员后，身上一直穿着的呢子衣服，后来天热，他把上衣脱了，把呢子裤剪掉了两条腿，当作短裤穿了，许多人都为糟蹋了的呢子裤叹息。

生产队里不再过问满仓的生活问题，也没法过问。他复员后没有参加劳动，送给他的粮食都被糟蹋了，这样个糟蹋法，给他再多的物品，也要被糟蹋个片甲不留。不过，满仓去生产队的田地里拔一个萝卜，或者挖一块红薯，却没有人去计较，他一个傻子，你能把他怎么样？我们是社会主义国家，总不能饿死他吧？当然，如果别人这样做了，一定要被绳子绑了游街示众的。所以，满仓的日子过得也倒无忧无虑。

满仓很少在街面上晃荡，他多是去山里，去那些无人去的僻静之处，谁都不知道他都干了些什么。从山里回来，他的手里总要从山里索取点什么，或者一束山花，或者几棵青草。生产队不必担心他从山里带回玉米棒子、花生之类的粮食作物，这些东西他在山里就放进肚子里了，肚子之外多余的，他都扔在田边地头上，从不带回家里。

有一次，满仓从山里带回了一条蛇，他把蛇搭在脖子上，一摇一晃地回来了。村人们见了，都睁大眼睛，倒吸了一口凉气，为他捏着一把汗水。那蛇有两尺多长，似乎跟满仓很友好，昂着头，吐着芯子，身子缠住他的脖子。

从窗户爬进那个空荡荡、黑乎乎的屋子，满仓便把蛇放在地上，任蛇自由地来去。

村人们觉得满仓活不长了，但是他一天天还是活着，没有什么异样，并且常看到他把不同颜色的蛇带回家，于是都说：

“看来蛇也知道他是个傻人。”

“傻人嘛……都有点儿特别功能。”

他屋子里究竟有几条蛇，都藏在什么地方，谁都说不清楚，小孩子们再也不敢随意从窗户钻进他的屋子了。

满仓去山里，去得最多的地方，是麻风女人的草屋子。村里有一个女人叫桂花，长得漂漂亮亮的，却突然得了麻风病，怕传染了不相干的人，生产队就在釜甑山上的一个沟谷里，用松枝和茅草搭了一个棚子，把桂花送了过去。生产队有交代，她不能到处走动，不能和外人接触，不能生儿育女，她的生活问题由生产队解决，也就是到了秋后，差人送去一筐萝卜、一筐土豆、一筐红薯、一筐白菜，还有半口袋玉米和半口袋大豆。平日里，也就没有人去桂花的草棚子，害怕传染了麻风病。有时候，村人们站在村头朝山上的草棚子眺望一眼，会看到桂花的红绿衣裳在树林里晃动的影子。

桂花的用水，是去山坡下的一个泉眼里取的，那泉眼从山里流出来，流成一条小溪，从村子后面绕过，村人们就不再用溪水洗衣洗菜了，把一条好端端的溪水河闲置起来。

满仓不怕传染，似乎也不知道什么叫传染，他觉得桂花草棚子前的阳光格外明媚，格外温暖，他在山里转悠累了的时候，就喜欢躺在那些阳光里困觉。桂花在山里闲来无事，把草棚子四周用篱笆围起来，养了一群鸡，还种植了许多鲜艳的花草。满仓躺下的地方盛开着鲜花，来回走动着一群咯咯叫的母鸡。

桂花难得有满仓这么个人来陪陪她，她就想和满仓聊天，问满仓一些部队的事情。但是满仓很少回答她，回答的时候也是不着边际，傻笑，傻说。有一次，满仓看着院子里的母鸡，问桂花："这些都是你生的？"

最初桂花不能适应满仓的问话，她只是胡乱地随着满仓说，有时两个人的对话根本不是一回事儿，各自说着各自的话题。桂花觉得对牛弹琴总比没有牛要好多了，于是他们东一榔头西一棒子地聊着。但是时间久了，桂花似乎听懂了满仓的话，虽然他们两个人说的话仍是南辕北辙，却似乎能衔接起来。

"花花花，飞飞，飞飞，我吃我吃哩，嘻嘻。"满仓说。

"云飞来，你飞来，飞飞，你吃我吃，吃吃吃。"桂花说。

山上的树丛中，传出来桂花的笑声。桂花的笑，让村人们感到不安，担心这个麻风病女人和傻人满仓做出越轨的事情，就向生产队长建议，说该管一管这个女人了。

队长觉得村人们的担心是有道理的，他从草棚子走过的时候，就曾看到桂花和满仓四脚八叉地睡在阳光下，那景象也实在太张狂了，好像这世界就剩下他们两个人，这世界都成了他们家里的了。

一天，队长专门去了草棚子，正好看到满仓和桂花躺在山坡上酣睡，队长就用力咳嗽一声，但是他的咳嗽没有任何反应，他就很生气地踢了旁边的母鸡一脚，母鸡惊叫着，张牙舞爪地从桂花和满仓身上飞过去，桂花就缓慢地睁开了眼睛。这时候，队长故意不说话，狠狠地瞪着桂花，想让桂花有些恐惧。

桂花睁开眼睛，朝着队长笑了笑，不说话。队长无奈，自己就先说话了，说：“桂花，你成什么样子了？”

“嘻嘻，你的眉毛好漂亮哟！”

“桂花！我告诉你，往后不要跟满仓这么弄，你们两个别弄出事来。你懂我说的那种事吗？”

“要花吗？这花好像你的妈妈，你要吗？”桂花掐了一枝花递给队长。

队长急忙后退几步，担心桂花鸡爪似地手碰到自己身上。队长大声叫道：“桂花！你再胡闹，生产队就断了你的口粮！”

满仓被队长的声音吵闹醒了，他看看队长，起身在一边撒尿，身子正对着桂花。

桂花就笑，对队长说：“你看，发水了——发水了，大水冲了龙王庙，一家人不识一家人，咱俩是一家人呀！”

队长摇了摇头，下山了。到了村子，队长就把桂花的情形对村人们说了，大家都说桂花是被满仓拐带傻了。

到了冬天，满仓的日子艰难起来，山里没有供他吃的食物了，屋子里也没有取暖的柴火，他就在饥寒交迫中打熬着，人明显瘦了一圈。其实，生产队那里有很多玉米秸子，他完全可以搬回家烧火取暖，不会有人阻拦的，但是他不知道可以这么做。

天冷了的时候，满仓穿的还是呢子短裤，只是在短裤外面，又披上了那件已经弄得脏兮兮的呢子大衣。

冬天的农闲日，是农业学大寨的好时机，天蒙蒙亮，生产队长就在村头吹响了铜号，人们披星戴月，扛了红旗和铁锹，去开劈村后面的一座秃山，要把秃山变成梯田。

有一天，铜号吹响后，人们扛着家伙走到村头，才觉得不对劲，队长吹号怎么吹到釜甑山顶上了？再一看时间，娘呀才过半夜，于是都嚷嚷着找队长算账。这时候，队长提着他的铜号走过来，问谁在山顶上吹号，说，我没吹谁在乱吹？

大家都愣在那里，既然队长没吹号，哪个人有这么大的胆子吹号了？

队长指派几个壮小伙子朝釜甑山上爬去，看看吹号的是什么鸟人，这是搞破坏，是干扰农业学大寨，是阶级斗争的新动向。

所有的人都在村头等候了将近一个时辰，爬山的几个人回来了，垂头丧气地说："操，是满仓，狗日的满仓只穿了一条短裤，站在山顶吹号哩，我日满仓他妈！"

满仓吹的铜号，远比队长手中的号精制，那是部队标准的冲锋号。满仓复员的时候，就带回一身呢子衣服和这把铜号，现在他屋子里什么东西都丢光了，就剩下这两样东西，一样穿在身上，一样拿在手里。

一些人急忙散开，抓紧时间回去睡觉。既然是满仓，你还有什么办法？总不能打他一顿吧？就是打他一顿也没有用，他不知道你为什么打他呢。

到了第二天的半夜，铜号又在山顶吹响了，一些人起床走到院子里，听了听号声是从山顶传过来的，就不去理睬，回屋子继续睡了。到了清晨，队长站在村头吹号，号声失灵了。睡梦中的人们听到号声，干脆连起来都不起了，估计又是满仓在折腾。队长在村头等了半天，不见一个人出来上工，就急了，挨家挨户地敲门。

队长觉得这样下去，满仓能把村里上工的人折腾垮了，队长就去把满仓的铜号夺下来，用石头砸扁了。

满仓的铜号虽然吹不成了，但是他半夜又拎着一个破铁脸盆，沿着街巷叮叮当当地敲打，实在是烦人。队长就开会商量处置满仓的事情，最后有人说："把他的门窗都堵死，不让他出屋子里，里面扔进些吃的东西，就算是在圈里养了一头猪。"队长觉得这样做不是太好，但是想了想暂时也没有好办法，就派人去做了。

但是，把满仓封锁在屋子里的当天夜里，大街上又响起了敲打脸盆的声音，队长气呼呼地爬起来，去了满仓的屋子一看，就骂起来了："操他妈的满仓，跟我搞地道战呀。"

原来满仓把屋子的后墙壁掏了一个洞，爬出来了。

第二天，队长吩咐铁匠，说打一副铁环，拴了满仓的脚腕子，看他怎么跑出屋子。铁匠就照做了，当天打了一副铁环，在天黑以前固定在满仓屋子里，然后拴了满仓的脚腕子。

这个晚上，村人们都踏实地睡下了。让他们恼怒的是，半夜里大街上又响起了敲打脸盆的声音。队长第一个从屋子冲出去，他想狠狠踢满仓两脚，但是抓住敲打脸盆的人一看，不是满仓，却是满仓邻居的一个汉子。队长气愤地说："哟哟，咋啦你也傻了呀？！"

满仓邻居的汉子结结巴巴地说："快救火、救火呀！"

队长朝汉子手指的方向一看，这才看到满仓的三间房子着火了，就急忙抓过汉子手里的破脸盆，沿着大街边跑边狂敲，喊叫："快起来救火——"

睡梦中的人，都以为又是满仓在折腾，并不理睬，等到火光映红了窗户纸，才觉得蹊跷，起身出屋子看个究竟。

大家赶到满仓屋子前已经晚了，眼看着屋顶的木梁塌下去。屋梁塌下去的瞬间，村人们看到火光中的满仓，带着铁环站在屋子中央，又蹦又跳地舞蹈着，很快乐的样子。顷刻，那个舞蹈的影子就被屋梁和碎瓦覆盖了。

满仓是自己把屋子燃烧了。

火光渐渐淡下去的时候，村人们才想起寻找队长商量怎样处理眼前的事情，却找不到队长了。后来，村人们在一条小巷里扶起了昏迷的队长，原来队长敲打脸盆的时候，不知从谁家的院子里飞出一块砖头，正砸在队长头上，那砖头还拖着长长的愤恨的声音："你这个傻子，没完没了地折腾，想折腾死谁呀！"

这砖头把队长当满仓打了。

天亮后，头上缠着白布的队长，指挥村人们清理满仓的屋子，满仓像被烧焦的烤鸭似地被清理出来。

"也别费木料做棺材了，用块白布裹实，埋了吧。"队长说。

"埋了，给几个工分？"一个男人问队长。

“去两个人，每人两个工分，行吧？”

两个男人把满仓剩下不多的身体，用白布裹了，送到釜甑山坡的一个旮旯里埋了。两个男人刚从山坡上回来，就听到那里响起了女人的哭泣声。

在满仓坟前哭泣的女人是桂花。队长眺望着桂花哭泣的方向，叹息一声。队长五十多岁了，满仓的父母死后，一直是队长张罗着村里的人把满仓养大了，现在这孩子像他的父母一样，也被大火收走了，队长的心里不太好受。

队长听着桂花的哭泣，也禁不住唏嘘了一阵子，最后说：“这孩子，总算有个女人为他哭灵了……”

2002年9月8日上午写于北京稻香园犁月斋

吹满风的山谷

1

大西北的风总是这样粗粗拉拉的，没有一点儿温柔，尤其是三月的风，野了巴叽。我不知道大西北的人是怎么一年又一年在这种鬼风里生活过来的。自然，我是南方人，从江苏常州入伍的。南方的风是什么样子，你们看看我的脸就知道了，被柔和的风抚摸得白嫩的脸就是个活广告。其实南方不只是风比大西北乖巧而细软，别的也自有优势。南方的山眉清目秀，植被浓郁苍翠，大西北的山却袒胸露背，或灰暗或紫红。南方的河水叮咚清丽，温文尔雅，细语缠绵，大西北的河水却总那么放荡不羁，激流澎湃。

但是，我在大西北结束了3个月的新兵连生活后，这张南方脸就没了模样，怎么看都像马路边蹲着的大西北男人，没有办法，我只能骂野蛮的风真他妈不讲道理。没想到骂完了，却又被分配到人称“野风谷”的深山军用物资库1号执勤点。虽然我没去过野风谷，但是在新兵连几次听班长讲那里的故事，讲得我们几个新兵私下里开玩笑的时候都说：“你不老实，把你发配野风谷。”

我当然没想到自己被分到野风谷，我觉得在新兵连的时候和班长排长的关系还不错。班长抽了我一条烟，排长拿走了我一个喝水杯，他们平时对我都挺和蔼的。但是据说正是班长排长向中队推荐我去野风谷的，说我能吃苦能耐得住寂寞，不知是培养我还是整治我。报到那天下午，执勤点的点长陈玉忠下山接我，一个长没长相站没站相的小个子。中队派出唯一的毛驴车送我，并顺便拉去了一桶水。毛驴车是专供给每个执勤点送水的，别的事情一般不允许劳驾毛驴。

毛驴车载着我们从半山腰上的小路走，风就在山顶上盘旋，鬼哭狼嚎的。而且越往山的高处走，风声越紧，黄黄的尘土一拨又一拨地在我面前飞扬，而且没有任何章法，一会儿横着走，一会儿竖着走，怎么侧转身子都躲不开它的蹂躏，好像这世界都是它家的。

赶车的兵是去年入伍的，在我面前算是老兵了，他很想表现出个老兵的样子给我看，就抡着树条抽打毛驴，嘴里还骂："驴东西，不打你就偷懒，想跟我耍心眼，你还嫩了点儿。"我心里很不是滋味，倒不是因为赶车的兵说了些指东道西的话，我是可怜毛驴因为我一个新兵的缘故，莫名其妙地挨了抽打。

毛驴弓背沉重地走，车上的大水桶发出咣当的水声。我瞟了瞟远处层层叠叠的群山，又看看眼皮底下拉出吃奶架势的毛驴，问点长："班长，快到了吧？"

点长没有看我，目光仍在山与山之间腾挪，说："还远呢。以后不要叫我班长，我不是班长是点长，一点点的点，3个人的执勤点，用个班长太浪费。"

点长说话的时候，伸出小拇指甲比画着，掐出了小拇指甲的二分之一形容自己。

我又看了一眼毛驴，就跳下车，说："我走一会儿，腿坐麻木了。"

毛驴车的速度立即快了，我的步子跟得很匆忙，肥大的军裤兜满了风，鼓胀着。山路弯曲，毛驴车的干轴发出吱嘎吱嘎的声响，在一道又一道山弯上缭绕。

山谷尽头，出现了3间破败的平房，平房的对面，石头砌成的哨楼像个煤气罐粗矮地矬在山腰上。哨楼的背后，一条窄窄的小路，像一条细细的小溪从山的这边挂到山的那边。哨楼前，一个哨兵持步枪站立，毛驴车还没有走近时，哨兵就举手敬礼。

点长陈玉忠对我说："那就是第二年的老同志普顺林，他给你敬礼了。"

我慌忙向老兵举手还礼，样子很笨拙。这时候，突然的狗叫把我吓了一跳，举起的手哆嗦着落下，视线从哨楼一下子就切换到狗叫的地方。我看到一条黄狗昂首在平房前，居高临下地虎视着我，凶叫。点长呵斥一声，说阿黄别叫，黄狗哼唧两声，摇摇尾巴追过来。

毛驴车停在了平房前的平地上，平地不大，还搁不下胖人的半拉子屁股，却是山谷唯一平展的地方。我刚站定准备从车上搬下自己的行李，黄狗已经追到我的脚下，很耐心地嗅着我的脚，然后是腿，再之后是臀部。黄狗嗅到我的臀部时，两只前蹄就翘起来，却没有搭在我身上，而是成站立姿势，看样子还要顺着我的脊梁向头部搜索。我吓得身子僵硬着，不敢有一丝的动弹。等到黄狗检查完我的臀部，我才怯怯地说："点长，狗、狗。"

点长的做法真让我失望，他温和地看着黄狗笑了笑，说阿黄没见过几个新人，见了你高兴呢，瞧这个亲热劲。点长没有责备阿黄，好像有意给它个机会，让它从我身上高兴一会儿。于是阿黄依旧亲热着，我就又叫："点长……"

点长才拉了拉脸，说："行了阿黄，一边稍息去。"

这个畜牲，好像真的没见过什么世面，见了生人还脸红似的，一缩脖子，不好意思地走到旁边蹲下。点长从车上拿下一捆青菜和一块猪肉，赶车的兵已经把一根皮管接到水桶上，朝水窖里抽水。水窖的样子像水井，窖内用水泥抹成个圆形，葫芦状，窖口盖着一块铁皮。我趴在窖口，屁股朝天一撅再撅，把整个头伸进窖内，终于看明白了，问点长："这水是喝的？"

点长说："洗脸洗衣服做饭，都用。"

"几天送一次水？"

"半个月。"

"这能吃，还不臭了？"

"有一点，吃习惯了一样。"

我立即感到嘴里有酸臭的味道，像过期了的啤酒，张了张嘴没说出话，呆愣着目送毛驴车返回下山的小路，在昏黄的风中颠簸着消失了。山谷一下子坠入寂静，四周只听到风的声音，风把我们包裹起来，与外界隔绝。

这时候，点长拎起我的背包准备进屋，我忙问厕所在哪里。离开中队部的时候，我听说野风谷的水奇缺，就多喝了两大杯水，这时候觉得沉甸甸地往下坠，急需疏导掉。点长微笑着，说除了屋前的院子，整个山谷都是。面对着这么开放的厕所，我竟不知在哪儿小解合适了，瞅瞅对面的山根，什么地方都在站哨的老兵普顺林的监视范围内，于是就拐了个弯，朝平房后跑去。点长在我背后喊："别跑远，当心让狼叼了你去。"

我闪到平房后面，回头看不到山坡上站哨的老兵了，就哆嗦着对准一蓬灰绿的草划出亮亮的抛物线。山上的草稀稀拉拉，像皮肤病患者，绿一块裸一块的，而且面黄肌瘦。我的目光正满山遍野地游荡，有一阵强劲的风迎面吹来，把我划出的亮亮的抛物线吹得七零八落，飘洒到我的裤子和鞋上，我不由得哎哟哟的叫两声，山谷立即有"哎哟哟"的声音回响。我愣了一下，觉得有趣，就又用力咳嗽两声，山谷也便学着我的样子咳嗽着，声音由近而远，一浪一浪地波去。

我忍不住"咯咯"地笑了。

2

1号执勤点只有我们3个兵，像3颗钉子一样楔在山谷尽头通往山外的入口处。我们看守的山谷下，沉睡着一个接一个的山洞，过去储藏着NTN炸药，后来都运走了。有关单位曾想把闲置的军用物资库租赁给老百姓储存粮食，但离库区最近的村庄也有20多里路，老百姓嫌太远，说白给都不用，物资库就一直闲置下来。我听了点长陈玉忠给我介绍哨所周围的这些情况后，就一撇嘴，说："啥也没有，还看守什么？"我们南方的兵就是这个样子，说话满不在乎的，而且总是显得很聪明，喜欢问几个为什么，在部队不如北方兵的名声好。部队的干部都喜欢带北方兵，说北方兵不说不讲，老实肯干。我不是替南方的兵打抱不平，其实我们不是说说讲讲的，是喜欢动脑子。

点长一脸的不高兴，说你这个新兵，毛病，上级让我们看守就一定有看守的道理，这些物资库还没有废弃，说不定哪一天打起仗来又派上了用场，你敢说战争永远停止了？点长的目光直截了当地盯在我脸上，滚烫滚烫的。我不习惯别人有意识地看我，我像被灼伤了般摇头，表示赞成点长的观点，点长才收回目光，继续介绍哨所周围的情况。点长说在1号执勤点附近的山群里，还有5个执勤点，都是我们排的，排长住在3号。点长说你看见了吧？就那座最高的山峰下面。我的目光顺着点长的指尖尖投向远处，在那座雾气朦胧的山峰上逗留了很久。

这是我刚到哨所的第一天，点长带领我在屋前屋后简单地转了转，告诉我宿舍左边的一间屋子是仓库，右边的一间是厨房，之后点长就去换岗了。由于点长下山接我，老兵普顺林已经在哨上站了4个多小时了。点长对我说："按说你到执勤点，我们应该给你举行个欢迎仪式，但我们的人太少，就免了。"

点长扎着武装带，在屋子前的平地上整理了服装，然后给自己下达了上哨的口令："向后转，齐步——走！"

我被点长认真的样子弄懵了，你说在这深山谷里，还这么正规干什么？我惊讶地看着他朝哨楼走去，他爬山的时候仍保持着齐步的要领，腰直挺挺的，结果脚下一滑，差点儿跪倒。我禁不住咧嘴笑。点长走到老兵普顺林面前站定，庄严地敬礼，老兵还礼后，用洪亮的声音说："1号执勤点勤务正常，哨兵普顺林。"我的目光像舞台追光一样追随着点长和老兵的一举一动，端枪、交接、敬礼，不知不觉中，我的身子也站得笔直了。

老兵走下哨位时，点长说："晚饭，加个菜。"

老兵没有回头，齐步走下山。说是齐步，其实只是拉出个齐步的架势，两只胳膊用力甩着，而下面的两条腿却在一弯一曲地走路。我开始觉得他们是故意走给我看的，其实不是，后来我们一直都是这么走的，时间久了，我就觉得挺正常的。

老兵走到我眼前时，我急忙挺了挺身子，说道："老同志好——"

“新同志好。”

“老同志辛苦了！”

老兵突然笑了，拉长声音说：“为人民服务——”

我垂了头，有点儿不好意思了。老兵把紧绷绷的身体松弛下来，说：“走，帮我做饭。”

太阳开始朝西边的山顶着落，老兵的身子走在圆圆的太阳里，显得很高大。一阵又一阵的风吹来，却吹不走洒在老兵身上的阳光，只掀动了老兵的衣襟，一甩一甩的，使太阳和老兵所构成的画面富有动感。我紧跟在老兵身后走，用力甩着胳膊，走得很踏实，走出了几分幸福感。

我们走进厨房，老兵拎起铁条捅了捅火炉子，添加了煤块，炉子里的火苗就蹿出来。我说，怎么现在还生炉子？老兵说火炉是两用的，夏天做饭，冬天还可以拎到宿舍取暖。

老兵开始收拾一堆菜，问我：“你叫什么？哪儿的？”

老兵和新兵聊天，首先聊的大都是这个话题。我说叫蔡强，江苏常州的。江苏？江苏人爱吃大米，你不会蒸馒头吧？我连忙摇头，说不会，也不会蒸别的，在家没有做过饭。老兵说谁在家里做过？我也没有，但是执勤点就我们3个人，一个人站哨，一个人训练，另一个就要做饭，我们早晚两顿吃馒头，中午吃米饭。我最害怕他们把做饭的任务交给我自己，就说我吃什么都行，就是不会做。

老兵说：“去，端半脸盆土来。”

“干什么用？”

“毛病。”老兵瞥了我一眼，说话的口气和点长一样，当然比点长好看多了，说话总是笑眯眯的，让人看了很亲切。他样子虽然生了气，但是嘴角仍挂着笑意，说：“你毛病。”

我急忙去端，把半脸盆土递给老兵。老兵不接，说“加水搅和，跟我学揉面”，见我傻愣着没动，老兵就又说：“我刚来的时候，也是这样练的。”

我就学着老兵的样子做，说实话，我在家里真的没有做过饭。老兵加两勺水，我加两勺，老兵揉面，我揉土，很卖力。老兵把揉好的面拍得乒乓响，我也急忙拍土，但是泥土没有面那么柔韧，溅了我一脸泥水。老兵嘿嘿笑，我也笑。

老兵在案板上切菜，丢给我一块肉，说："切成细条。"

我拎起肉嗅嗅，问什么肉，老兵说猪肉。猪肉？我闻着像猪肉，于是就把肉扔回案板上，说你切肉我切菜。老兵说你毛病，让你干啥你就干啥让你切肉你就切肉。

"我是回族。"

老兵"哎呀"一声跳起来，说天哪，又来了个少数民族。老兵是云南哈尼族的，点长是贵州彝族的。老兵说："咱们1号执勤点应该叫民族哨呀，来来来，你切菜，我切、切、切这个东西。"

夜幕笼罩了山谷的时候，我们1号执勤点宿舍的灯忽悠一亮，给黑暗的山谷画龙点睛了。宿舍内的灯光下，我们3个兵坐在马扎上，我和老兵并排而坐，点长坐我们对面。点长说话时先"吭哧"了两声作为前奏曲，样子像鼻子堵塞不畅通，然后才说："今晚开个点务会，算是欢迎蔡强同志……"

我猛地站起来。在新兵连开班务会的时候，班长点到谁的名字，谁就要站起来，点谁的名字，就是表扬谁，因为班长批评谁的时候，一般的不直接指名道姓，只说"个别同志要注意了"，弄得我们每个人心里都直敲小鼓，不知道自己是不是"个别同志"，所以我们都希望班长能直接点到自己的名字。如果你在新兵连待过，相信你也一定有这种感觉。我最多的被点到了12次。

点长见我猛地站起来，吓了一跳，说："坐下吧。蔡强同志来到……"

我又猛地站起来。

点长说："坐下吧，以后点到你的名字不用站起来了。蔡强同志来到1号执勤点，成为我们家庭中的一员，对他的到来，我们表示热烈欢迎。"

点长和老兵鼓掌，我独自坐着感到无所适从，于是也跟着鼓掌。点长和老兵停止鼓掌时，我仍把巴掌拍得呱唧响。点长瞅我一眼，瞅得我很尴尬，忙讪讪地收回了巴掌。

点长继续说：“我们3个人来自3个民族，大家要相互尊重各民族的风俗习惯，团结一致，坚守好1号哨所。”

点长的话音刚落，门“吱呀”开了，吓得我打了个哆嗦。不是我胆子小，其实如果换了别人，也一定会打个哆嗦，这深山野谷的，关好的门突然被推开，你不紧张才怪呢。我下意识地说谁呀，扭头看去，见黄狗挤进门缝，和点长并排蹲着，审视老兵和我，看这畜牲那气势怎么也是个副点长的水平。我正大惊小怪的时候，发现点长和老兵一动没动，自己却显得冒冒失失的，就立即红了脸，忙坐稳当，等待点长继续讲话。

点长说：“我的话说完了，普顺林同志有没有补充？”

老兵咽口吐沫，说：“我补充一点，咱们1号执勤点就像一个家庭，3个人彼此之间没有什么值得隐瞒的，我女朋友的来信，你们可以随便看。”说到这里，老兵看了点长一眼，使点长显得很不自在。后来我才知道，普顺林自来到1号执勤点后，就没有看过点长陈玉忠的一封家信，陈玉忠看别人的家信很积极，自己的家信却都藏起来，为此已经复员了的老点长都对陈玉忠很不满。老兵继续说：“既然是一个家庭，就有父亲、母亲和儿子组成，已经复员了的点长过去充当父亲的角色，我去年本来应该充当儿子，老同志陈玉忠却硬要我充当母亲，现在蔡强同志成为我们家庭中的新成员，我的意见，升为点长的陈玉忠老同志应该顶替老点长的位置。”

我很惊讶地看了看老兵，以为老兵正在开玩笑，但是老兵的表情却很认真，我就又去看点长的脸色，发现点长也那么正经，并且谦虚地说：“不，我还当儿子。”

老兵说：“你都当两年儿子了，虽然这只是充当角色，可也要有个顺序。”

这个时候我应该站起来表态了，我很有风格地说：“点长，我当儿子。”

老兵说这就对了，要不就乱了套。老兵似乎安慰我，说其实没有什么，平时我们不用这个称呼，只是在过节或是谁过生日的时候，我们为了弄出个家庭氛围，才用一次。

但是，点长还是坚持让我当父亲，说自己喜欢当儿子，当儿子有人疼爱。当时我心里很激动，觉得点长就是风格高，什么事情都甘愿吃亏，当了两年儿子了还争着当。即使是假设吧，你愿意总是当儿子吗？于是，我就红着脸说我是新兵，最合适当儿子。

其实，我当时并不了解点长的心情，老兵也不了解。直到点长要复员的时候，我们才知道了他家庭的特殊情况。一旦你了解了他的家庭，就相信他的话是真的，他真心渴望当儿子，希望生活在一个温暖的家里。点长当兵的那年，闹了几年离婚的父母终于分手了，父母把有限的家当很容易地一分为二，但是却不能把点长分成两半。父亲离婚的目的就是要跟另一个女人结婚，所以坚决不要儿子。母亲说离婚后，自己的生活还没有保障，带着儿子怎么过？父母推来推去谁都不想要点长，最后是法院把点长判给了父亲，所以父亲怎么看点长都觉得不顺眼。点长就是为了逃离父亲的目光，才虚报一岁当了兵。当兵的第二年，父母都又组成了各自的家庭，很少问及点长的事。后来，父亲给他来过一封信，总共58个字，说点长又改归母亲了。但是不管归谁，在点长的心里，自己已经没有家了，如果说有，部队就是他的家，1号执勤点就是他的家。点长平时和执勤点的兵们什么都聊，就是不提自己的家庭，有兵问他，他三言两语搪塞过去。别的兵谈论自己的父母和女朋友的时候，他坐在一边静静地听，别的兵有家信来，他总想看一看，却把自己很少的几封家信藏起来，兵们自然对他不满。这些情况是我和老兵偷看了点长的家信后，点长才给我们讲的。点长讲完了这些后，就永远地离开了野风谷，离开了他心中温暖的“家”。

后来，老兵普顺林懊悔地说：“已经复员了的老点长临走的时候告诉我，说陈玉忠这个兵，太深沉。深沉什么意思？我琢磨了半天没咂出味道来，猜想肯定不是什么好意思，因此对点长还多了几分戒备心。”

大概当时点长一再坚持要充当儿子的时候，老兵又想起“深沉”两个字，虽然弄不明白点长的意图，但是坚决反对点长继续当儿子。点长没有办法，忽然想起自己正主持召开点务会，于是用拍板的口气说，这个事情就这么定了，点务会结束。我不再争辩了，本来我就不喜欢当儿子，当父亲就当父亲。我谦虚地说自己当不好，请点长和老同志多指点。普顺林从马扎上站起来，瞪我一眼，说你真要当？好，我就给你当老婆，看你怎么当父亲。我被老兵激起了一些火气，嘴里就咕噜着说："反正不是真的，小孩子过家家闹着玩的事，又不是没当过。"

3

我到1号哨所的第二天就开始上哨、训练、做饭，之后的日子几乎没有什么大的起伏变化，因此我对自己到哨所后度过的第二天记忆最深，感觉后来的许多日子只不过是对这一天的修修补补。那天早晨，点长起床后就上哨去了，老兵在厨房做饭。我搞完了室内室外的卫生，端了脸盆在院子里洗脸，正刷着牙，黄狗从窝里出来，懒洋洋地伸个腰，一副踌躇满志的样子走到我面前，伸了嘴理直气壮地去脸盆喝水，等到我反应过来已经晚了。我气得"哎呀呀"叫一声，把脸盆里的水泼到院子里，刚要再去水窖取水，发现老兵站在了我眼前，不冷不热地笑，我一时没有弄明白老兵笑的内容，也只好陪老兵笑。

"哟嗬，就这么泼掉了？"

我茫然地眨眨眼。

"看到我的洗脸水倒哪里了？"

我的目光瞅着院子里唯一的一棵树，说是树，其实是灌木形的一株榆树，蓬松地生长着，虽然看上去像刚从被窝里钻出来的女人的头发，乱蓬蓬的，但是在这干旱的山谷里，竟成了香饽饽，我们有一滴干净的剩水都不浪费，要小心地滴在它的根部。现在，老兵浇在它根部的洗脸水已经渗下，泥土湿润着。老兵的目光落在湿润的泥土上，开始教训我，说洗脸不能用肥皂你懂吗？洗脸水可以浇树可以洗菜可以……你懂吗？我慌忙点头，说原来不懂，老同志一教育，我就懂了。老兵见我又点头又弯腰，就满足地走开。瞅着老兵的背影，我忽然觉得老兵是早就料到我要把洗脸水浪费掉，似乎在厨房窥视我很久了。

吃过早饭，老兵上哨，点长带领我训练正步走，走的是一步一动。点长下达一个口令，我就动作一下，他发现我踢腿的时候后，屁股蛋子左右扭动，他就喊了停的口令。他说你新兵连怎么训练的？扭啥屁股？看我踢，提胯，大腿带动小腿。他做完示范动作，又让我踢，我仍旧扭屁股。我在新兵连踢正步就扭屁股，新训班长都没有给我纠正过来，你点长有这个能耐？点长下达了连续动作的口令，我照样踢，屁股一直扭动到山根下。无路可走的时候，点长还不下达停止的口令，我就自动站住，一只腿仍旧举着，表示自己服从命令坚决。站在半山坡哨上的老兵普顺林就咧嘴笑了，远远地说："点长，你就让他扭，看他能扭出个花花来。"

点长走到我面前，说："行了，你上午就训练到这里，回去做午饭，不会做就问我。"

点长给自己下达口令，独自训练。我走进宿舍才松了一口气，从门缝看点长，嘻嘻笑，小声说："傻孩子，真乖，好好练，我给你做饭去。"

去厨房扎了围裙，淘洗完了大米，我端着铝锅跑到点长面前，说点长加这些水行吧？点长说少了。炒芹菜的时候，我又捏着根芹菜小碎步跑到点长面前，问熟不熟。点长含在嘴里咬了咬，说再炒一会儿。但是等到我返回厨房，芹菜干干的粘在锅上，我急忙加了一勺子水，就看到芹菜在水里漂起来。

虽然米饭和芹菜的水都加多了，点长吃饭的时候却表扬了我，说第一次做饭不简单，多做几次就有经验了。我心里喜滋滋的，匆忙吃完饭，去哨上换岗，并对下哨的老兵说："你去尝尝我做的饭，点长都说不简单呢。"老兵说是吗？老兵下哨直接进了厨房，一看我蒸的米饭，就"咦"地叫一声，对正收拾碗的点长说："这是米饭呀？怎么做成了稀粥？"

点长笑，说凑合吃吧，他还是实习生。老兵又看菜，皱着眉头夹了一筷子尝，立即吐掉，端着菜碗走到哨位上，对我说："你炒的什么菜？比盐水煮芹菜还难吃。"

我立正站着，认真地按照执勤用语回答："对不起，我正在执勤，不便回答你的问题。”

老兵顺手把菜倒在山坡上，说喂狗都不吃。我已经吃了那菜，难道我还不如一条狗？老兵的话真没有水平。但是，我不好直接反驳，就给他诵诗一首：“锄禾日当午，汗滴禾下土，谁知盘中餐，粒粒皆辛苦。”

老兵半天没有憋出一句话，气得扭头就走。

其实，白天我们3个兵轮流忙着，说话的机会并不多，只有到了晚上才能聚在一起，却又没有什么事情可做。老兵会下几步象棋，但是只有高兴的时候才走车架炮。那天晚上，我本来想和老兵下象棋，动员了老兵半天，老兵才答应星期天再下，说他今晚要看电视。由于周围山峦叠嶂，而且山高风急，电视屏幕一片雪花。我不停地调频道，弄得电视声音尖叫刺耳，老兵也不着急，仍旧很有兴趣地看，仿佛是在完成一种看的任务，至于看到了什么并不重要。点长歪在床上翻弄一本杂志，是我带进哨所的，已经被他翻弄一遍了，连上面刊登的女人治愈雀斑和隆胸术的广告，都一字不漏地看了。他的目光夹在杂志里对我说，你甭折腾，接收信号不好，没法看。老兵忙说：“要看也行，你去屋子顶上扶住电视天线，能清楚一点儿。”

“就一直扶着？”

“对，松了手我就看不清。”

我听明白了，老兵是想让我爬上屋顶调试电视天线。外面的大风呼呼叫着，还不把我吹成腊肉？于是我假装糊涂，说：“这么大的风，我扶着你看？”

“你是父亲，应该干最苦的差事。”

一提父亲的事情，我突然生气了。原来你是因为我当了父亲，想成心整治我呀，又不是我想当父亲，我不当了，还是让点长当吧。老兵听我一说，就让步了，说这样吧，咱俩每人上去15分钟，我先上。老兵这么一主动，我就不好意思咧了咧嘴，说我先上。我就上了屋顶，握住天线的木杆。风很大，眼前的山仿佛被风刮得旋转起来。

老兵在屋子里喊：“向右转——再转，好！”

一会儿，电视屏幕又是一片雪花，老兵又喊："向左转——"

我冻得缩着脖子，说时间到了吧？老兵正看得高兴，说还有两分钟。我估计两分钟早过了，又问。当电视屏幕上出现了广告的时候，老兵才爬上屋顶，说时间到了。我欢天喜地进了屋，对着电视上的广告认真看，并也学着老兵的样子，说向左转一点再转一点儿。正高兴着，电视上一片雪花，我说怎么弄的？后面的话没有说完，发现老兵已经站在身后了。还差4分钟呢，你怎么下来了？老兵说："不差一分两分的，斤斤计较啥呀。"

然而，当我再次回到屏幕前的时候，发现又是广告，这才惊诧说："哎，又是广告？"

点长在一边笑了，我明白了这是老兵的精明，就哼一声，说广告就广告，坐下继续看，依旧吆喝向左向右转。我总不能不看广告让老兵下来吧？再说了，能看看广告也不错，反正看什么都是模糊的。

深山谷里黄豆大的灯光下，围坐着的3个兵虽然弄出了一些动静，但是丝毫没有搅动山谷偌大的一团幽静。时光就这样静静地流逝着。

4

我在1号哨所待了三天，心里就堵得慌，胸口像塞了一团乱麻。我总想找个人说说话，可是点长没事的时候，常常静坐着，瞅对面的山峰。最初我以为山峰上有什么名堂，当点长站起来离去的时候，在泥地上留下一个屁股的轮廓，我急忙把自己的屁股放在轮廓里，然后模仿着点长看山峰的姿势，去审视山峰，却啥名堂也没有看出来，于是心里说，你整天看什么有什么好看的？而老兵闲下来的时候就趴在铺上写信，似乎永远也写不完。好在哨所还有条黄狗，不管它愿不愿意，我就缠住它不放，一会儿骑在它的背上拉出驭马驰骋的态势，一会儿追在它的屁股后面喊叫。黄狗高兴的时候还可以陪我玩耍一阵子，但是懒惰的时候，无论怎么摆弄它就是眯缝着两眼，躺着不动。

好容易熬到星期天，又赶上老兵不上哨，我就铺张开一副笑脸去请求老兵下棋。老兵正在温习女朋友过去的来信，处于一种沉醉状态，就摇头说："我不会下。"

我死皮赖脸地缠住他不放，说："我教你。"

"不下。"

"就下一盘。"

老兵终于被我磨得心烦，就与我下，只几步就输了。我觉得不过瘾，仍要老兵下，老兵说我下得臭，不下了不下了。我慌忙从棋盘上拿掉一个车和一个马，说："让你两个子。"

老兵仍摇头。我又拿掉一个炮，又拿掉一个小卒……棋盘上只稀稀拉拉剩下三五个棋子，老兵仍不愿下。我就说："你不是要看我女朋友的照片吗？陪我下一盘就给你看。"

老兵才来了兴趣，忙说行。但是我让出了许多棋子，已经组织不起有效的进攻，被老兵三加五除二收拾掉了，虽然明知道这不是老兵的真实实力，但是毕竟输了，心里觉得很窝囊，脸色也不怎么明朗。老兵却很开心了，追着要看照片，"说话不算数，就不是男人。"老兵这个人，就喜欢看女孩子的照片，看就看吧，还爱评头论足，所以我是不愿把自己女朋友的照片提供给他评论的。我很不情愿地从一本书里取出藏着的女朋友的照片，女朋友和我一样，出生在江苏小桥流水人家，眼睛里就多了几分灵气。老兵把照片捏在手里反复看，嘴里说哎呀新兵蛋子，看不出你还有两下子。我嘴上嘿嘿笑着，眼睛却很紧张地看着老兵的手反复摸弄照片，说："小心、小心，别折坏了。"

"瞧瞧你这个小气样子，好像世界上就你有个女朋友，你不觉得你女朋友的样子太拘谨了？好像被谁打了一棍子，脑袋快打进肚子里了，缩头缩脑的样子。"

"不是拘谨，你懂什么，她长得古典。"

老兵把自己女朋友的照片拿出来，递给我说："好，你的古典，我的就是浪漫。"

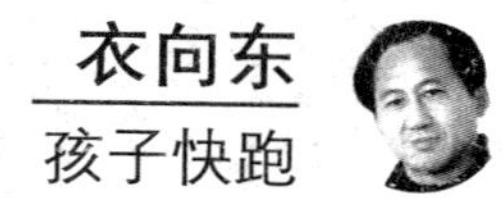

我们两个人开始吹自己女朋友的优点，吹得昏天昏地难分胜负的时候，我就突然问他："老同志，点长有女朋友吗？"

老兵从半敞的门缝朝哨位上瞟一眼，半天才摇摇头。老兵说，点长搞得神秘兮兮的，咱们宿舍谁的抽屉锁着？就他锁。我想也是，不就是防我和老兵吗？有什么值得防的。我和老兵的目光一齐纠缠住点长抽屉上的小锁，蓝色的小铁锁在我们的目光里越长越大。

按照部队的条令规定，星期天晚上要点名，所以吃晚饭的时候，点长就提醒我吃过饭不要乱跑，等待点名。我能跑哪里？还能跑出这个山窝窝？再说了，哨所就3个人，开个点务会就行了，还点啥名呀，真是脱了裤子放屁，多费一道手续。我心里这样想着，行动却很积极，早早地扎了武装带，站在屋子前等待点长点名。

点长抬眼看了看渐浓的夜色，说差不多了，集合吧，老兵普顺林也就紧挨着我站定。点长平时说话的声音不大，而且是慢吞吞的，恨不得把一句话拖成两句说。但是，他站在我和老兵前面整队的时候，声音却提高了八度，把隐入夜色的山谷喊得更加寂静。整完队，点长挨着老兵站定，一句话不说了。黄狗在我们身前身后转着，不时地嗅我们的脚，而我们3个人一声不吭一点儿不动地站着。我站得莫名其妙，不知道点长让我们傻站着干什么，要点名就点吧，我和老兵都站在他的旁边，有什么好点的，不就是走个形式。

几分钟后，我听到远处的山谷里突然传来模糊的声音："稍息——立正！现在开始点名。"我打了个激灵，激动地昂起头，朝远处那座最高的山峰眺望。我明白了，这一定是排长的声音，此时的排长就站在山尖尖上，凝视着我们1号执勤点的方向。远处黑黢黢的，没有一点儿灯火，我的头就极力向前探去，希望能看到些什么。点长和老兵都抻着脖子对山谷答"到"，后来我也似乎听到了由远处传来了自己的名字，但是却愣愣地对着山谷发呆，怎么也张不开嘴。

点长气愤地小声说："点你哩。"

我才结结巴巴地答了声"到"，那声音仿佛不是从自己嘴里发出的。点名完毕，我清醒过来，问点长，排长能听到我的声音吗？老兵抢着回答，说："能，你以后说话小用点儿力气，别让那边的排长听到了。"

点长和老兵进了屋子，我却在外面站着朝远处张望了很久。从此以后，每个星期天晚上的点名，就成为我的一种期待，我期待着一个没有见过的人的声音从远处传来。我甚至想看看排长长得什么样子，听听排长的真实声音……总之，我非常渴望能与排长对话。终于有一天晚上，当排长点到我的名字时，我再也控制不住自己的强烈欲望，竟对山谷喊道："排长——我是蔡强——"

当时，点长和老兵都傻了眼，呆呆地看着我说不出一句话。点名后的点务会上，点长和老兵把我像烙饼一样翻来覆去地批评，折腾了两个小时，最后我在会上做了检查，表示今后再不发生类似的问题，点长和老兵才长叹一声，似乎把胸口憋着的闷气算是顺出去了。事实上，就在我受到批评的两天后的上午，排长走了两个小时的山路，翻过了五座山峰，来到了1号执勤点查勤，并与我们共进了午餐。排长到哨所的具体过程就不必说了，谁都能想象出我们3个兵那种兴奋的样子，就连一向走路沉稳的点长，都由于过度兴奋，脚下一滑摔了一跤。应该说这样的日子在哨所并不多见。只是，后来星期天排长点名的时候，我却不像过去那么激动了，并且失去了过去那种等待星期天晚点名的心情，那是一种激动而幸福的等待呀！于是，我的生活就又平淡了许多。

有一天，我突然生气地对老兵说："排长来查勤干什么？"

当然，老兵听不懂我的话，也不可能理解我的心情，他反问我："你说干什么？你都不知道排长为什么来查勤？"

5

我发现太阳从东面的山峰上冒出的时间提前了20分钟的时候，才觉得天亮得早了。就这么个很平常的发现，让我惊奇了好半天，并琢磨着下哨后如何把这个发现告诉老兵。点长和老兵都不戴手表，太阳骑在东边山头上时，他们就说9

点30分了，哨楼的投影与两腿的投影重合时，他们就说该做午饭了……慢慢地，我也很少看手表了，也学会了从太阳的方位和一明一暗的投影里，看时光的流逝和阴阳的交替。对于我们来说，早几分上哨或者晚几分下哨都无关紧要，时间仿佛一直围绕着山谷旋转，永远流淌不出去，而这么多漫长的时间又并没有多少用途，所以总也挥霍不尽。按说，现在已经到了换岗的时间，点长和老兵还在训练擒敌技术中的“掏裆砍脖”，你掏我一动我掏你一动，交叉操作。我并不想提醒他们，目光很快从他们身上移开，去看周围一成不变的景物。阳光下，山峰上稀疏而灰白的小草仍是两寸多高，并没有见长。由于严重缺水，它们的身躯生长得干瘦而坚硬。风把它们吹得东张西望。那片陡然耸立的岩石仍是一副思想者的姿态，太阳的光线从它头顶上流泻下来，勾勒出它一阴一阳的面孔。从左边看，它是在平静的思索之中，但是换个角度，我的视线从阴影进入画面，它的表情就显得过分忧伤了。

当然，漫过山顶的小草再朝远处看，就是或明朗或灰暗的天空了，除此之外还能看到什么？我收回目光的时候，就自语道：“在这山窝窝里待三年，死人也能憋出屁来。”

我的话刚说完，就看到了山路上出现毛驴车的影子，立即有了不少的精神。我不急于告诉他们，盯住毛驴车不眨眼地看。毛驴车在我的目光里渐长渐大，隐隐约约听到驴蹄“嘚嘚”的声音了，我才喊道：“点长，送水车来了。”

点长和老兵停止了“掏裆砍脖”，一齐朝山下张望。老兵看清了毛驴车后，立即跑下山迎接。毛驴车每次送水，都捎来执勤点的报纸、信件和粮油蔬菜。当然，老兵迎接的是封存着他女朋友的甜言蜜语颠簸了几千里的来信。老兵的女朋友和老兵一样爱写信，有时一口气写几封，在信皮外标明序号，让老兵读起来就像读章回小说那么过瘾。

老兵在路上就把女朋友的信拆开，先是粗粗地浏览，目光跳跃在字里行间打捞着实在的内容。老兵看到点长站在路口等待毛驴车走近，老兵就直截了当地说：“没有你的，有蔡强的。”

点长虽然知道可能没有自己的信，但是他听了老兵略带讽刺的话后仍有些尴尬，就随手拍拍毛驴的脖子，去向水窖里抽水。

我听到有自己的信，就在哨上着急地问老兵：“我的信，哪儿来的？”

“不是你女朋友，放心站岗吧。”

因为看信心切，我就催老兵换哨，说你看看太阳都移到哪里了，还不换哨？老兵习惯地朝太阳瞟一眼，然后怀揣女朋友的信来换岗，脸上挂着笑眯眯的神色。我忍不住问：“又是你那个娜娜来信了？”

“不该问的不问。”

“又说想你了吧？”

“不该打听的不打听。”

我和老兵交接完哨，却不肯走开，要看看老兵的那个娜娜在信中说了些什么。老兵说没啥，真的没有说啥。但是我才不信他的话呢，没啥怎么不让看，看一看怕啥？又不是看一眼少一眼，你说点长自私得家信都不让我们看，你不自私你让我看呀，我就不信她能啥都不说，她总要说点儿什么，比如想你、梦到你……老兵经不住我唠叨，就拿出信交给我，说看去看去，不看能憋死你。我立即喜笑颜开地在阳光下看信，那副陶醉的样子让老兵很不舒服，老兵就说：“又不是看自己女朋友的信，带着这么多感情色彩干啥。”我没有理睬他，边看边声情并茂地读道：“每当夜晚，柠檬的月色从窗户透进来，我就思念远方的你，我的心就和你走到了一起。你说你们的军营绿树掩映，四周是高楼大厦和宽阔的马路，我多么想和你一起漫步在其中……”我停止读信，抬头看老兵半天，然后打量四周，苦笑着说：“乖乖，我怎么就看不到绿树，你吹牛也不怕闪断了舌根。”

老兵不屑一顾地瞅了我一眼，说道：“你个新兵，还嫩吧？我如果说这儿是兔子不拉屎的地方，她还不把我看得没一点儿出息？”

“她几次说要来看你，一来不就露馅了？”

“她只是说说，哪有时间来。”

老兵的对象叫赵娜，在饭店当会计，饭店是赵娜的舅开的，据赵娜给老兵的信中介绍，说生意很火爆。老兵以为赵娜有意向他吹嘘她舅的能力，有一次他给赵娜写信，就说自己复员后也开饭店，一定也会挣大钱，没想到却被她来信批评了一通，说他没有大志，然后鼓励他好好当兵，当出点名堂来。老兵捧着赵娜的信，心想在这山窝里能干出个啥名堂？如果当三年兵复了员，她还会不会和自己谈朋友？想到这些，老兵就烦躁，但是兵还要在野风谷当，日子还要这么过，时间久了，老兵就想："去它的，管它怎么样，先谈着再说，能多谈一天算一天。"

6

别的兵的家信来的多，赶车送水的兵见惯了，并不当回事儿。点长一年没有几封信的，突然有一封，赶车的兵也看着金贵，总是亲自交给点长。这天下午四点多，我站在哨上报告送水车来了的时候，点长正揉馒头准备做晚饭，手上粘着面。点长在厨房听到了我的喊叫却没出来，依旧吭吭哧哧地揉面。老兵照例跑下山去迎接，并且又接到了娜娜的来信，但是他这次没有慌着拆开，而是盯着赶车兵手中的另一封信。老兵说，你给我看看，真是点长的家信？赶车的兵不给，说我骗你干啥，不是你的你看什么。老兵焦急地跟在赶车兵身后走，远远地就喊："点长——你的信！"

点长愣了愣，并没有立即走出来，因为他对老兵的话并不是完全相信，当赶车的兵走到厨房门口，扬了扬手里的信，点长才慌忙搓了搓手上的面疙瘩，接过信。点长飞快地瞟了眼寄信人的地址，就把信塞到兜里，然后向赶车的兵道谢。老兵一直在一边观察点长的动作和表情，见点长并没有立即看信，就问："谁来的？"

"家里，没什么事。"点长平平淡淡地说。

点长感觉到兜里的信沉甸甸，他知道母亲没有重要事情是不会来信的。他草草了事地把馒头蒸上，本来想回了宿舍看信，但是老兵总是在一边斜视着他的裤兜，像个伺机而动的扒手。点长就开始炒菜，显得慢条斯里的。

我下哨后，老兵就把点长来信的消息告诉我，并偷偷指了指点长的裤兜。“点长还没看？”我问。老兵摇摇头，脸上显出过分的惊奇。点长很有耐性地把一封家信揣两个多小时不看，真让我吃惊，同时也给这封信涂抹了一层神秘色彩。晚上，我们三个人坐下吃晚饭的时候，我暗暗地瞟了点长几眼，发现点长的神态并没有什么特别。但是，老兵吃了两口菜就叫起来，用力咂咂嘴，说：“哎，这菜……你放了什么里面？”

老兵又夹一筷子菜放嘴里，“吧唧、吧唧”地咂摸。点长也急忙认真品尝，然后忽然开朗地说：“呀，放盐放错了，放了白糖。”

点长急忙去挖了一勺子盐，放进菜里搅拌，不好意思地笑，说你看你看，我这老同志也犯低级错误了。按说这样的低级错误是可以开心地一笑，不需内疚和不安，但是，我却忽然间从点长挤出的笑里，发现了异样的表情，那是一种深埋着的烦躁和无奈！

之后点长没有说一句话，吃饭的速度很快，吃完后就起身回了宿舍。老兵对我使个眼色，我们就尾随其后。点长坐在桌子前展开信，匆忙地看，老兵蹑手蹑脚地走到他身后，抓住信的一角大喊：“谁来的信，还躲着我们看呢。”

点长反应迅猛，这是我没有料到的，我还是第一次看到他这么冲动。他站起来，抓住老兵的手腕去夺信，并愤怒地说：“你干什么你！”

老兵已经显得很尴尬，但是又不能立即松手，那样就更没有趣了，所以老兵勉强地抵抗着，还发出“咯咯”的笑。点长的动作很粗硬，一下子把老兵摁倒在铺上，去扳老兵的手指。老兵“哎哟”叫一声，松了信，疼痛地甩手腕，愤愤地说：“操，不就一封信吗，有什么了不起的？你看别人的行，别人看你的你就急，以后谁也别跟谁掺和！”

老兵一甩手出了屋，门“咣”地带上。点长把信抢回去后，似乎感觉到了自己的过分冲动，一下子愣在那里。我不知道该说点儿什么，尴尬地站了几分钟，然后讪讪地退出去。我看到老兵坐在屋前的山坡上生闷气，就走了过去。我说老同志你的手腕没事吧？老兵头也没抬。我又说老同志你下棋吗？咱俩到厨房下棋吧。很明显，我想安慰老兵，但是老兵却突然把憋着的气撒给了我，说："你滚远一点儿好不好？我说过了，以后谁也别跟谁掺和！"我愣了片刻，心里骂了句"狗咬吕洞宾"，转身回屋。点长已经收起了信，呆坐在桌子前。他见我进屋，看了看我，似乎等待我说点儿什么，而我却啥话不想说，一头倒在铺上。点长在屋子里一定听到了老兵对我说的话，也一定看到了我泪汪汪的眼睛，但是点长没说一句话。

过了很久，老兵才回屋闷闷地脱衣睡觉。点长走到他铺前，内疚地说："弄疼了你的手腕了吧？对不起了。"

老兵不理睬点长，放下蚊帐。点长就又坐回了桌子前。屋子里的气氛很沉闷，任何的一点儿响动都对感觉带来强烈的刺激。我实在受不住这种氛围的压迫，也三下五除二地剥了衣服钻进蚊帐。

点长静坐了一会儿，就展开了信纸，但是却久久没有落笔，此时他的心情有谁能够理解呢？后来，当我和老兵知道了一切的时候，已经无法弥补我们的遗憾了。

在这里，我有必要把点长母亲来信的内容简介一下。本来点长的父亲在点长入伍后的第二年就把点长推给了他母亲，母亲觉得点长人在部队，并不需要她抚养，所以也就默认了。但是，最近她听说点长年底可能复员回乡，她就觉得是个问题了，于是写信给点长，说她将来没有能力为点长盖房子娶媳妇等等。父母离婚的时候，点长还不满18岁，按照法律程序，已是成人的点长现在还有权利重新选择一次随父或随母的权利。母亲在信中说："这是关系到你以后生活的大事，一定要考虑周到。"

点长没有选择父亲也没有选择母亲，他在回信中说自己复员后，单独落户。点长什么时候写完信什么时候睡觉的，我和老兵都不知道，我们早已睡熟了，而且那天晚上我还做了一个梦，不是梦见了父母就是梦见了女朋友。点长在我们睡熟的时候做出了自己的选择后，他一定很孤独地又静坐了很久，或许还给我们掖了掖蚊帐，然后羡慕地打量了我们幸福的睡态。我在点长复员时知道了他家庭的情况后，就反复地回想这个晚上，试图凭借自己的想象力进入点长当时的那种处境。

7

老兵似乎是下了决心不搭理点长，对我也是横眉竖眼的，偶尔跟我说句话，就像冒了个水泡，咕噜一声就完了，让我没有一点儿思想准备，我只能问一句：“什么？老同志？”

老兵瞥我一眼，却不肯再重复他的话，让我没完没了的尴尬。

本来哨所就我们三个小卒，而且最初相互见面没有几天，趁着一股新鲜劲，把彼此要说的话很快说完了，之后除了每天彼此必需要说的话外，比如说开饭了、上下哨的交接语等，其他话都很节省。点长和老兵在这儿待久了，已经习惯了这种平静和沉闷，而我却没有磨炼出这种耐性，已经越来越感到了寂寞和无聊。现在，点长和老兵处于“冷战”状态，连一些必说的话也精减了，我就更觉得日子疲沓而漫长了。

点长毕竟是我们哨所的最高领导，政治觉悟高，意识到由于自己的行为，破坏了哨所祥和的气氛，于是就主动向老兵靠拢，希望取得老兵的谅解。但是老兵总是躲着点长，不给他表达的机会。到了星期天，正赶上老兵上午站岗，点长就在山坡上散漫地走，最后转悠到了哨楼旁。

老兵的手腕已经贴了膏药，由于穿着短袖上衣，白色的膏药片子就很醒目。点长的目光在膏药上逗留了一下，然后才问：“手腕肿了吧？真对不起，我不是故意的。”

老兵不说话，把脸扭向一边。点长很无奈，就在老兵的旁边坐下，捡起泥块朝山坡下掷去，一块又一块，很有节奏。

我不愿看点长和老兵在山坡与太阳之间所构成的画面，这种画面所表达出的意境僵硬而沉闷，时间仿佛被他们固定在那里。我瞅了瞅对面的山峰，有一朵白云正悠闲地在上面浮动。“把它扯下来！”我突然发狠地自语。其实在野风谷里，我始终像一只蝴蝶或者是一只蚂蚱，总不能闲静下来。我发疯似的朝山上跑，在地上卧着的黄狗发现了，立即昂起头警觉地观察，然后也弹跳起来，跟在我身后跑，于是我放开喉咙喊：“冲呀——”

山谷回响着我的呐喊，山谷在我的呐喊中旋转起来。

黄狗似乎在向我展示它的体力，它快速跑到我前面，然后蹲下，远远地看着我呼哧呼哧爬，在我快要接近它的时候，它便突然跃起，一个急冲锋，又在我前方蹲下来，摇着尾巴欣赏我狼狈的样子。

我一步三磕头地爬上了山顶，身子一仰就躺在地上。清凉的风拂过面颊，爽快惬意，天空上白云悠悠，辽远而宁静。在天空之下，我努力放平了身子，大口喘气，似乎在山谷里憋了很久了，终于畅快地呼吸一次。直到喘气均匀了，我才慢慢仰起身子抬头朝远处看去——我的呼吸立即屏息了，眼前的景象是如此的壮观，令人惊心动魄。层层叠叠的山峰烟雾缭绕，虚无缥缈，由近而远瞭望，“横看成岭侧成峰，远近高低各不同”，那神韵，排山倒海，气势磅礴。

等到我拖着疲惫不堪的身子，兴奋地下山后，点长已经做好了午饭在等我。点长问我干什么去了，我说爬山，“点长，以后我们就不要训练齐步正步，干脆爬山好了。”我本来想把爬山的好处给点长罗列一下，但是发现他的脸色阴暗着，就忙低头吃饭了。我估计点长要说点什么，就等待着，而他却半天不吭气，斜着眼看我，看得我嘴里含着一口饭都不敢咽了，直挺挺地等待他说话，不知道自己犯了什么错误。

后来，他突然用筷子敲了敲碗边，敲得我心惊肉跳，才说：“你想到安全了吗？”

我睁大眼看点长，一副茫然的样子。

“这儿的山又滑又陡，摔坏了胳膊腿的，谁负责？你就不能老老实实待一会儿？”

我仍含住一口饭，不吐也不咽，更不说话。点长就停止了批评，说你还不快吃饭？吃完了去换老同志的哨。

大约在下午三点多钟，点长去接了我的哨。我回宿舍，看到老兵又趴在桌子上写信，就悄悄退出来，却找不到事情做，于是在屋子前坐下，在地上画了一个五子棋盘，独自走五子棋，打发了下午剩余的时光。

晚饭轮到我值班，我正在厨房忙活的时候，老兵提着暖瓶去厨房的火炉上取水，看到黄狗在厨房里转悠，就愤怒地踢了它一脚，说："你滚出去，找你的爹去！"

黄狗哼唧一声跑了。这就是老兵不对了，你对点长有气，有本事去踢点长一脚，对着黄狗耍啥威风？黄狗懂什么，踢它一百脚有什么用？再说了，黄狗虽然是点长从路边捡回来的，可也不是他一个人的，是我们整个哨所的呀，它给哨所带来了多少欢乐？它已经算是哨所的"人丁"了。那是去年春上，点长下山去中队部办事，返回时在路边发现了一条小狗，当时正害着眼病，可能是被主人扔出家门的，已经奄奄一息，点长就把它抱回来。哨所的三个兵精心照料，竟把这个小东西救活了，老兵去年还是新兵，对小狗的关照最多，怎么现在却把它算作点长的了？

我在案板上切着土豆，心里正生着老兵的气，一只老鼠从我的脚边大摇大摆跑过去。过去这些老鼠不只一次在我眼前炫耀它们身子的肥硕，我根本不理睬它们。但是今天不行，今天我正生着老兵的气呢。于是，我上前一脚，想踩死它，可是连根老鼠毛也没踩着，老鼠一窜就没有影了。我继续切土豆继续生气，除去生老兵的气，还生老鼠的气了。然而，只放了个屁的工夫，老鼠又不知从什么地方走出来，牛呼呼的样子，我随手抄起个大土豆，狠劲砸去，老鼠极快地躲进墙角的洞子里，我只好把弄脏了的土豆捡回来重洗。

"好呀，跟我作对是吧？"我觉得不能咽下这口气，换了谁也不会就这么蔫不唧的算了。我弄了半块馒头，抹上了用来灭蚊虫的"敌敌畏"药，放在洞口处，笑道："来吧，米西米西，小东西！"

折腾了半天，耽误了做饭，我瞅一眼外面的太阳，知道点长快下哨了，于是慌忙拎着水桶去水窖提水。那天下午，黄狗可能是饿了，它瞅见我和老兵都不在厨房，快速跑进去，四处嗅着，终于发现了老鼠洞口的馒头，叼起来溜走。本来黄狗没有这个毛病，但是那几天因为我们三个人之间的紧张关系，似乎都心不在焉，忘了认真地喂它。

我刚做好饭，老兵进了厨房，自己从蒸锅里抓了个馒头，坐下就吃。按惯例，晚饭是我们的团圆饭，三个人要一起吃。我不敢直接提醒老兵，就站在门口瞅了瞅渐黑的天色，说："点长还有几分钟该下哨了吧？"

老兵斜了我一眼，弄得我挺紧张，急忙说："你吃老同志，你先吃。"

我看到点长已经从哨楼朝山坡下走，就开始往桌子上端饭。点长还没有走到狗窝，就听到黄狗呜咽的叫声，他便紧张地跑过去，说："阿黄，你怎么了？阿黄——"

我在厨房听到点长的叫喊，也朝狗窝跑去，老兵捏着半个馒头，站在厨房门口张望。

"蔡强，别靠近！"点长大声说。

我们远远地看着黄狗在地上滚动。片刻，黄狗尖叫着跳起来，朝山上狂奔，我们3个人跟在后面跑，看着黄狗一头栽倒了，然后浑身抽搐，然后一动不动。这个过程中，我们都张大嘴，一句话没有说出来。

最先憋不住喊叫的是我："点长，阿黄死了？"

点长没说话。我问的也是多余，黄狗已经不动了，不是死了是睡着了？

老兵捏着半块馒头，吃惊地说："哎，说死就死了？"

"它得的是急症，好像吃了什么东西？"点长小心地蹲下察看。

我听了点长的话，"哎哟"一声就朝厨房跑，我想起了"米西"给老鼠的药馒头。

我在老鼠洞前傻站着，头懵懵的，心"怦怦"跳，那种感觉是用语言无法表达的。

当然，点长知道了事实真相后并没有责备我，他责备的是他自己。我们把黄狗抬回来，搁在一块木板上，点长的眼窝蓄满泪水，说："都怪我，这几天心情不好，没有喂它。"

我哭着说："都怪我，我该死……"

点长继续说："阿黄跟我快两年了，我原准备复员的时候把它带回家，没想到……"

我跺着脚原地转圈，"啊呀呀"地甩手大哭。老兵一声不吭，眼圈里含着泪水，蹲在黄狗身边，用手指轻轻梳理它的皮毛。老兵从黄狗进哨所开始喂养它，比我对它的感情还深。后来，我们3个人都蹲在它的身边，抚摸它柔滑的毛发，渐渐地，三双手摸到一起、握住、摇晃，不约而同地抬头相互看着，都一脸愧色。

点长站起来，狠着心说："走，趁晚上有时间，把它埋了。"

老兵看了点长一眼，说："就埋到山顶吧。"

点长和老兵抬着黄狗爬山，这是他们两人多日来的第一次真诚合作。我跟在他们后面，拎着铁锹，扛着一根木棍，木棍上缠着白布，白布在风中招展。

山顶上的夜风吹乱了我们的头发，夜风里我们奋力挖掘好坑穴，然后把黄狗埋进去。点长特意把四个馒头摆在黄狗嘴边，馒头是我晚上蒸的新馒头，白皙而柔软。

我们把缠着白布条的木棍埋在坟头，坟头渐渐隆起，同时在我们的心里也纠起了一个永远也化不开的情结。我们站在坟头前，夜色把3个人影镶嵌在天边上。

山下的平房，亮着灯光，从山上看去，纽扣一样大，像山谷的眼睛。

8

黄狗从山谷消失后，山谷似乎更加寂静了。那天，我和老兵在院子里训练，经常有意或无意地朝山顶眺望一眼，遥望山顶竖立的木棍。白赤赤的阳光下，老兵的口令尽管嘹亮厚重，却失去了穿透力，总是在我们的头顶上回荡不去。

老兵抹了一把额上的细汗，命令休息一刻钟。我和老兵都回宿舍喝水，老兵把点长的杯子递给我，说："去，给点长送去。"

我端着杯子走到哨楼，说点长，老同志让我送的。点长笑了笑，说老同志让你送你才送？我知道点长在逗我，就很认真地点点头，说老同志不让我送我敢送？点长喝完水，把杯子递给我，问道："蔡强，你来执勤点半年了，是不是已经感到这儿单调无聊了？心里有什么想法？"

我极快地观察了点长的脸色，说："啥想法也没有，革命战士是块砖，哪里需要哪里搬。"

"你说实话，别太空洞。"

"点长，你不是正式跟我谈话吧？"

点长剜了我一眼，说："我只是随便聊聊。"

我立即咧嘴笑了，笑着说，那我也是随便说了，我觉得在这儿当兵，比在我们村里还没劲，我当兵原是想出来闯荡闯荡，没想到闯进了野风谷，连个说话的人都没有，整天听风鬼哭狼嚎的。点长虽然说是随便聊，但他仍拉出点长的架子教育我，说野风谷地方是小，可能够锻炼人的耐性，耐性对一个人事业的成功很关键。

我突然问："点长，你有女朋友吗？"

点长愣了愣，摇摇头。你为什么不谈一个呢？我说，我觉得你应该谈了，闲着没事儿，可以给女朋友写写信，再说了，谈恋爱可以调节人的情绪，使人始终保持昂扬的精神状态……在我说话的时候，点长侧着脸很认真地看我，弄得我挺不好意思的，急忙打住话头不说了。

"你像是恋爱专家了，"点长笑着说，"你女朋友来信又说什么了？让你精神状态这么好？"

我羞涩地低下头。点长说："今晚我们的业务研究，改成读你女朋友的来信。"

我原以为点长是说着玩的，没想到晚上业务研究的时候，他却来真的了。他坐在我和老兵的前面，一本正经地说："咱们今晚的业务研究，改成读情书，蔡强先读，普顺林做准备。"

读就读，我说。点长和老兵坐得很正规，像听首长做报告一样。但是，我刚读了一半，他们就笑翻了身子，老兵还在铺上打了几个滚。点长虽然没有在铺上打滚，但是他捂住肚子浑身抖动。自黄狗死了后，点长还是第一次这样开心。我很想让他们继续开心，就故意憋住笑，严肃地读信，把女朋友写的那些软绵绵的话读得有声有色，很像读一篇散文。后来点长笑得肚子疼，就说蔡强我求求你别读了，你想害死我们呀。老兵也笑着骂，说这个新兵蛋子，脸皮比鞋底还厚。

第二天早晨，轮到我上第一班哨，起床后我忙着擦步枪，老兵就拿着扫帚扫院子。老兵扫到狗窝前，看到空空的洞子里被风吹进了些杂物，便随手伸进扫帚扫了几下。突然，一只鸟从洞里飞出来，翅膀扑棱棱地划着老兵的脸而去，老兵禁不住惊叫一声。我拎着武装带跑过去，问："咋啦老同志？一惊一乍的？"

老兵指了指洞口，"一只鸟从里面飞出来，吓了我一跳。"老兵长出了口气。我站在洞口竟有点儿紧张，说狗窝变成鸟窝了？不会吧？老兵猫腰小心地走进狗窝，我提着心跟在他身后。老兵在狗窝内四下察看，终于发现墙壁的凹处有一个鸟窝，探头瞅瞅，"咦"地叫一声："有鸟蛋了——"

我挤上前看，兴奋地说："什么时候筑巢的？怪了！"

我伸手要数一数有几个鸟蛋，被老兵拦住。老兵说："别动，一、二三……嘿，有5个呀。"

老兵又说："别动，留着孵小鸟，你动了，大鸟能看出来，懂吗？"

"懂，大鸟聪明着哩，对吧老同志？"

我由于太激动，似乎担心老同志发现的鸟蛋不允许我看，所以有点儿拍他的马屁了。我又急忙跑出洞口，对着厨房喊："点长，鸟蛋，5个鸟蛋！"

点长从厨房跑过来，我跟在点长身后又进了洞子，慌忙指给点长看，说在这儿在这儿，是带花纹的鸟蛋。我的样子很像是我发现了的鸟蛋，老兵有些不满，说蔡强你咋呼啥？还不快去上哨。

“你们都别动，孵出小鸟来我们养着玩。”我不放心地回头说。

老兵又劝点长也出去，说大鸟该回来了，别让它发现我们。点长和老兵出去后，就藏在洞口一边观察，等待大鸟回来。老兵说，是只红尾巴鸟，漂亮着呢。点长朝山坡上张望，说你别说话。老兵说，它很快就回来了，你看是不是红尾巴，漂亮不漂亮。点长说，你别说话。

大约过了十几分钟，一只红尾巴鸟从山坡低旋着飞到洞口边，极快地滑入洞内，如果不注意观察，很难看到它美丽的翅膀在空中滑过后留下的痕迹。点长和老兵激动地张大嘴，却不敢发出欢呼声，两个人的目光在洞口盘缠了一阵子，才相互对视，然后很幸福地一笑。

我站在哨上，不停地观察狗窝的方向，担心老兵和点长动了鸟蛋。好不容易等到点长来换哨，就问点长：“老同志没动鸟蛋吧？”

点长坚定地说：“没有，只是去看了两次，真的没动。”

我下哨后直奔狗窝，看到5个鸟蛋静静地睡着，于是很甜蜜地一笑。其实他们最不放心的是我，老兵总是在我背后窥视，我去解手他都跟着。点长也不例外，老兵去换岗的时候，点长反复问老兵：“蔡强没去动吧？你真的看紧了？”

点长下岗后，又要进洞子看看，我坚决拦住他，说大鸟在里面呢，点长你进去干什么？点长笑了笑，说：“老同志没动吧？你要看紧他。”

那天晚上，我们躺在铺上很久睡不着，昏暗里反复讨论鸟蛋的问题。老兵肯定地说鸟蛋要等到秋天才能孵化出来，点长坚决反对，说那时候天气凉了，还不把小鸟冻坏了？我立即赞成点长的观点，因为我记得没当兵的时候，夏天经常在山里捡到小鸟。当然，我担心的是小鸟孵化出来后，会不会飞走，我说如果小鸟永远留在洞里多好呀！老兵似乎很生气地说：“你懂什么？没听说小鸟总要远走高飞吗？就像你长大了当兵一样，总有一天小鸟要出去闯荡的。”

窗外，流泻着满地的月光，真是一个难得的风平月洁的夜晚。

、

9

日子由于一窝鸟蛋，突然过得有滋有味了。但是，好景不长，老兵就陷入苦恼之中，自己苦苦挣扎了一个星期，没有得到解脱。那天晚上，老兵坐在铺上发呆，点长走到他眼前，直截了当地问："遇到什么难题了？是不是那个娜娜要凉你的菜？"

老兵叹息一声，说还不到凉菜的地步，不过很危险了，她一定要来。我立即意识到问题的严重性，说道："你不是说她根本没时间来吗？"

老兵哭丧着脸，无奈地说："她是没时间，可是她说时间就像海面里的水，只要肯挤，还是有的。"

我说："你就劝她别挤了。"

"我劝不住，她要来陪我过'八一'建军节。"

"来就来吧，你紧张什么？"点长说。

"不是紧张，她来我们这地方，就……"

"你别说了，"点长打住老兵的话，说："我明白你顾虑啥，你放心，是你的跑不掉，不是你的留不住，咱们把仓库收拾出来，欢迎她来，蔡强，别总显示你自己，到时候给老同志捧捧场。"

于是，我们连夜制订了迎接方案，第二天就积极行动起来，把仓库收拾的像洞房。我讨好地对老兵说，老同志，我弄得不错吧。老兵说有点儿意思，我就又说："老同志，你的娜娜来的时候，我帮你接站去吧？"

点长在一边接了话，说："什么事情你都想掺和！"

那天老兵就一个人去接赵娜了。老兵在站台上等待了很久，偏远的小火车站没有几个接站的人，风从站台上掠过，卷起杂草杂物，漫天地飞舞。

火车误了一个多小时才开过来，老兵急忙迎上前，从一节车厢跑到另一节车厢，慌张地寻找。车上没有下来几个旅客，但是老兵却没有看到赵娜，急得喊

起来："娜娜——"

赵娜就在他的眼前，她走过去捅了老兵一把，老兵才惊喜地说："嘿嘿，一路辛苦。"

赵娜没看老兵几眼，目光就转向四周，打量连绵起伏的群山。老兵心里凉凉的，又说："一路辛苦。"

"这儿……离部队远吗？"赵娜问。

"远，也不远。"

"车呢？"

老兵的脸就红了，指了指站台唯一的几间平房。这时候，赶毛驴车的兵用树条狠抽了毛驴，毛驴车就欢快地从房子后面跑出来。

老兵说："我们中队就这么一架……车。"

毛驴车走近站台，毛驴用力打了个喷嚏，惊天动地，把赵娜吓了一跳。赶车的兵很热情地上前接过赵娜的提包，说："嫂子上车上车，一路辛苦，哎呀，我和普顺林在这儿等了两个多小时。"

女孩子只要和部队的干部战士搞对象，不管你结婚或没结婚，都统统被叫作嫂子，既顺口又亲热。赶车的兵把一块崭新的白毛巾铺在车帮上，然后对着赵娜傻笑着。赵娜犹豫了一下，上了车，老兵暗暗松了一口气，小心地坐在赵娜的对面。赶车的兵站在车下，用树条抽了毛驴的屁股，说："走嘞——"

毛驴车"嘚嘚"走，赶车的兵跟在后面跑，尽管跑得呼呼喘，嘴里仍不闲着，说："按说过些日子才给你们送水，正好嫂子来了，我顺便拉了一桶，嫂子你尽管用，洗脸洗脚洗衣服，尽管用，你说是不是普顺林？"

后面没人答话，赶车的兵回了回头，看到普顺林和赵娜沉闷着，表情冷漠，他就急忙闭嘴。毛驴车开始进山，毛驴吃力地奔着，车速缓慢。赶车的兵两手推住车架，和毛驴一齐用力。后来老兵也跳下车，默默地推着车后帮。赵娜独自坐在上面，感到很不自在，看了看毛驴，也要下车，老兵急忙拦住她，说："你别动！"

赵娜执意要下，老兵急得不知如何表达自己的心情，几乎带着哭腔说：“你真的别下，你——”

赶车的兵转过身子，一喘一喘地说：“嫂子，山路，不好走，你坐着，这驴，有劲。”

赶车的兵说话的时候，老兵死死摁住赵娜的胳膊，弄得赵娜不知所措，就又坐了。老兵松开手，满脸羞红。赵娜就在这个时候认真地看了看老兵，很深情的样子。老兵知道她在看他，老兵埋着头推车，浑身的力气。山路凹凸不平，赵娜的身子随着驴车的颠簸一起一伏，极有韵律。

当然，我们也不比老兵推驴车轻松。老兵走后，我站在哨上，一直盯住通往山外的小路，等待毛驴车的影子出现，眼睛都累酸了。点长忙着准备午饭，把该准备的都准备好了，就站在屋子前朝山下张望，竟站了一个多小时。我想我站在高处，一定能比点长先发现驴车。但是，没想到我眨眼的工夫，毛驴车一下子从远处小路的地平线跳跃出来，速度极快。

点长说：“你看蔡强，那是不是……”

毛驴车由我们视线里的一个点，渐渐长大，终于在我们院子停止了。赵娜从驴车上跳下来，打量着四周的群山，目光就盯住山顶上的木棍，惊奇地审视飘扬的白布。她说那是什么？老兵和点长没有吱声，她就又说：“山顶上飘了些什么白条条？”

老兵和我有个共同的规矩，就是不准提及黄狗的事情，免得点长伤心。赵娜刚到哨所，就捅了点长的疼处，当时的场面显得有些尴尬，弄得老兵左右为难。老兵忙扯了她的胳膊一下，并且丢了个眼色给她。

大概老兵和赵娜进了家属房，老兵就把黄狗的故事讲给赵娜听了，因此等到点长进家属房叫他们吃午饭的时候，发现赵娜的眼圈红红的。点长以为两个人刚见面就闹了别扭，立即把老兵拉到一边批评，老兵对点长摇头，说没想到她这么感动呢。实际上，赵娜发现了那根竖在黄狗坟前的木棍是件好事，她能够一下子切入到哨所兵们的内心世界，从而了解兵们真挚的情感和寂寞的心境。这的确

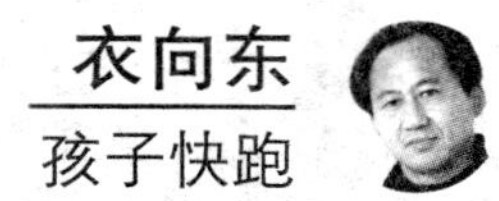

是老兵没有想到的。

下午，赵娜便不顾一路风尘，开始帮助我们洗衣服，弄得点长很不好意思，抱住自己的衣服躲来躲去，赵娜在后面追住他不放，终于把脏衣服夺了去。也就是在那天下午，我们哨所屋子前的晒衣绳上，飘起了一条红裙子，还有一些我们叫不上名字的妇女用品。

野风谷的风，在那个下午突然停止了疯狂的嚎叫，悠悠地吹。

10

在部队，兵们的亲属来队，没有特殊情况，一般都要给来亲属的兵3天假，让他们陪亲属到部队驻地的风景区转一转。我和点长也商量好了，老兵的女朋友来哨所后，3天不让老兵上哨、做饭。虽然野风谷没有什么景点值得游览的，不过可以让老兵陪女朋友聊聊天，加深加深感情。

但是老兵第二天就要求上哨。点长准备去接我的岗时，老兵也扎着武装带走出家属房，两个人争来争去都不相让，而且声音越来越高，火气越来越大，像山东人刚吃完了大葱就吵架，十足的冲劲。赵娜就从家属房走出来，站在他们俩面前一句话不说，像看热闹一样，两个人立即停止了争论。赵娜才问点长：“我来不会影响普顺林的工作吧？”

点长把头摇的像货郎鼓，说不会不会谁说影响了？我们早就盼你来现在可是把你盼来了。点长的口气很容易让人想起“盼星星，盼月亮，盼来了救星共产党”的台词，于是赵娜扑哧一声笑了，说那好，该是普顺林的岗就让他站，这样才是不影响他的工作。点长的嘴张了张，却没有说出话来，心里暗暗赞叹赵娜既明事理又干练聪颖，如果她有一天能和普顺林一个锅里摸勺子，普顺林真他妈福气死了。点长想到这里，就觉得有一种责任落在肩上，自己作为点长，怎么也要想办法让赵娜了解哨所、了解普顺林，点长就觉得今年的“八一”建军节不平常，要过出一种氛围，过出一些特点。

老兵朝点长挤挤眼，说我去了点长，你和赵娜做中午饭吧，不要让蔡强表现了，他的技术不到火候。点长笑了，点点头。

其实我在哨上就想着做饭的事情，琢磨老兵的女朋友喜欢吃什么菜。下哨后，我看到点长正在收拾厨房，赵娜择着青菜。我说，你歇着嫂子，我来干。我又说，点长你也歇着。点长却说："你提水去，中午饭我做。"

"哎，今中午轮我做呀？"

点长直截了当地说："你别显摆了，你做的饭谁吃？"

点长这话说得很没有水平，这不是成心给我难看吗？平时总表扬我做饭的技术像小猴子爬杆，嗖嗖地向上蹿，现在却突然不说实话了。我就有些不高兴，急巴巴地说："嫂子，你等着看，看我炒菜……"

赵娜笑着安慰我，说："你肯定会做饭，咱们一起做，我跟你学行吗？"

她这么一说，我倒有些不好意思了，忙去提水。走到狗窝前的时候，突然想起了鸟蛋，就对着厨房喊："嫂子，你快来——"

赵娜不知道发生了啥事，紧张地跑出来。我招呼她，说你来你来，看看我们的小鸟。她莫名其妙地问什么鸟，小心地跟在我身后进了狗窝。站在哨上的老兵发现了我们的举动，远远地喊："别动呀，只看别动，你这个新兵！"

赵娜看到鸟窝里的鸟蛋，她像孩子一样露出了惊喜，说："哇——"

赵娜情不自禁地伸手去摸鸟蛋，我急忙拦住她的手，说别动别动，大鸟发现有人动过，就把这些蛋丢了。她缩回手，说是吗？我不敢肯定，只说大家都这个说法，咱们还是不动吧。这时候点长在身后说话了，我就知道他沉不住气要跟过来，还是个点长呢，说我什么事情都想掺和，他不掺和别跟过来呀。他说："鸟有时比人还聪明。"

我没搭理点长。我跟赵娜说话，他插一嘴干什么？我继续跟赵娜说话，说等到小鸟孵化出来后，我们养着训练它们，让它们向东飞，它们就向东飞，吹声口哨，它们就飞回来了，你信不信嫂子？赵娜说："信、信。"

走出洞口后，我让点长去做饭，赵娜还没看见大鸟是什么样子，我们在洞口等它回来。点长有点儿不情愿地走开了，他不是会做饭吗？做去吧。我和赵娜躲在洞口一边，终于等到大鸟飞回来。“呀——它的尾巴真好看！”赵娜喊。我就知道她会这么说，于是故意很沉着的样子，说你等看孵化出来的小鸟吧，那才叫好看哩。

点长时不时从厨房探出头，瞅我们一眼，有时还听我们的聊天，跟着傻笑两声，一看就知道他不安心本职工作，正跑偏走神呢。

11

点长在“八一”的前一天晚上就开了个点务会，布置了我们各自的工作，讲了落实好工作的重要性，其实归纳起来就一句话，把建军节的气氛搞热烈。麻雀虽小五脏俱全，我们3个人的哨所和300人的兵营一样，工作程序一点儿不少。

按照分工，我负责写标语搞卫生，点长负责做饭，老兵负责布置晚会现场。可是我第二天翻箱倒柜，只找到一小条红纸。我拿着去哨上请示点长，说就这么一绺绺纸，能写啥？点长说有这么个意思就行，写“庆祝八一”四个字。我说没有毛笔和墨汁呀？点长说你猪脑子，不能想办法？

我拎着红纸进了厨房，在火炉下掏了些黑炭盛到盘子里磨碎，加了水，然后把一块布条缠在一根筷子上，制成了毛笔。我刚要泼墨书写，忽然想起了家属房的老兵，怎么也得让老兵在女朋友面前露一次脸呀。我就端着这些物品去了家属房，很谦虚地说：“老同志，点长让写标语，我的字很臭，请你写。”

赵娜去看老兵，一脸吃惊的样子。本来这时候老兵应该主动表现一下，但是他却谦虚起来，说我的字不行，不写不写。后来他经不住我的热情劝说，就装模作样地写了四个字。

“哎呀妈呀，这字，绝了！像……伟大领袖毛主席的狂草。”我一惊一乍地说。

赵娜捂住嘴笑。我还想继续吹捧老兵，但是老兵已经受用不住了，挥手示意我快出去贴标语。

我们的活动主要安排在晚上，因为我们晚上能够团圆。点长从半下午就和赵娜操勺子弄盆的，折腾着做饭，到晚饭时，桌子上摆了六菜一汤，是我到哨所后看到的最丰盛的晚餐了。赵娜坐在厨房等我们，而我们却在宿舍里化妆，我用黑炭在唇边画了胡子，装扮成父亲，老兵把赵娜的花手帕扎在头上，穿着赵娜的一件上衣，装扮成母亲，点长脖子上系了红领巾，还把他的军用挎包斜背在身上。我们三个人还没有走出宿舍，就已经笑弯了腰。点长为了控制住局面，对我说："蔡强，从现在开始，今晚我们都听你指挥了，直起腰来别笑了。"

我就指挥大家出场。我在前，老兵居中，点长走后，都憋住笑，一本正经地进了厨房。赵娜被我们这个阵势弄懵了，愣了半天才发出笑声，说你们没吃饭就要演戏呀。我们并不理睬她，仿佛没有她这么个人存在，仍旧按照已经商定好的程序进行。首先由我讲话，但是我从来连个点务会都没有主持召开过，平时自己还牛呼呼的，现在面对着三个人讲话心里还发慌，嘴里像含了个驴屎球，语句都咕噜不清楚。我说："今天是建军节，让我们热烈欢迎到我们家庭做客的赵娜嫂子，不，点长，应该叫同志吧？"

点长小声提醒我不要叫他点长，说着就和老兵鼓掌。于是我正了正身子，指挥点长给赵娜倒酒，说："你、点长，给客人敬酒。"

点长忍不住批评我了，说："怎么又叫点长，叫儿子呀！连个父亲都不会当。"

起初赵娜直喊"笑破了肚子"，后来弄明白怎么回事后，忽然叹了一口气，说："你们真的像一个家庭。"

之后她的情绪就不太好，弄得我们的晚会都很沉闷，匆匆结束了。然后我们就在家属房看电视，老兵要爬上房顶扶住电视天线，我拽住他，说你去陪嫂子，我上去。但是点长却抢在前面爬上房顶，笑着说："我这个当儿子的应该表现一下了。"

我们就在屋子里看电视，风很大，电视屏幕上模糊着，我不停地喊"向左向右再向左”。但是赵娜却是一副心不在焉的样子，经常朝门外瞅。后来她像征求我们的意见似的，说：“看不清，不看了吧？让点长快下来。”

其实我们早就不想看了，都是在陪她，希望她看高兴。她这么一问，老兵忙站起来说：“不看了，累眼。”

赵娜迫不及待地走出去，对房顶喊：“点长——下来吧，风太大，别受了凉，我们不看了。”

点长却来了积极性，怎么叫都不下来，说：“你们继续看，我没事，上面——凉快。”

赵娜连着叫了几声，声音就变了，带了些哭腔，我仔细去打量，发现她的眼睛湿润了。我就急了，冲着房顶吼道：“儿子哎——你给我滚下来！”

点长在上面愣了愣，慌忙说：“哎——我这就下去。”

“八一”后，赵娜对我们的哨所就有了感情，说我不来你们这儿，还真不知道部队有这么苦的哨所。其实比我们部队艰苦的地方多着哩，在大西北粗野的风里，还有清静的地方？我没事的时候，就把从点长那里听来的故事，讲给赵娜听，并且根据自己的想象力，又添油加醋发挥一下，经常把她感动得眼窝潮湿。

后来，我们在院子训练的时候，赵娜总是站在一边看，弄得我们挺紧张。当然，我们的训练更认真更卖力。有时我站岗的时候，她也站到哨楼旁，问我是否寂寞，我很平淡地说习惯了，还说寂寞了好，可以磨炼人的耐性，你看哪一个成就事业的人没有经过一番寂寞？赵娜连连点头，说对对，宝剑锋从磨炼出。

一天，我在哨上站岗，赵娜正在院子里看点长和老兵训练，忽然间，她看到大鸟从狗窝里飞出，就想起去看看鸟蛋了。她走进洞子，站在鸟窝前专注地看了很久，竟产生了摸一摸鸟蛋的欲望，于是就小心地捡起两个鸟蛋放在手心里，很得意地笑了。这时候，大鸟飞进洞子，她担心被大鸟发现，慌忙把鸟蛋放回鸟窝。然而，仓促中，一枚鸟蛋滑落到鸟窝外面摔碎了，在她的惊叫声中，大鸟扑棱棱飞出洞口。

赵娜知道自己闯祸了，愣愣地看着地上摔碎的鸟蛋不知所措。老兵和点长听到叫声冲进洞内时，她仍旧傻乎乎站着。老兵一看眼前的景象就明白了，气愤地说："你，谁让你动的？出去！"

赵娜羞愧地跑出去。点长很快镇定下来，捅了老兵一拳，说你嚷什么嚷？不就一个鸟蛋嘛，碎了就碎了。老兵收拾了碎鸟蛋，说大鸟还会回来？点长也不敢肯定，两个人就在洞口外观察，看到大鸟飞了进去，又很快飞出来。老兵就说："你看你看，它走了吧？"

点长虽然也有些疑惑，但是仍然批评老兵，说现在说不准呢，晚上才能知道它走没走，你咋呼啥？点长批评着老兵，他的心里也是直敲小鼓，担心大鸟真的不回来了，更担心由此给赵娜带来的自责。

天刚黑下来，我们3个兵和赵娜打着手电筒，蹑手蹑脚地走进洞子，每个人心里都满怀了希望又忐忑不安。光线照到鸟窝里，不见大鸟的影子，只有四个鸟蛋静静地卧着。老兵狠狠地叹息一声。

回到家属房，赵娜就抽泣起来。我生气地骂大鸟，说嫂子，没事，它不回来算了，我们把鸟蛋放在被窝里也能孵化出来，你信不信？点长也安慰她，说鸟蛋就放鸟窝里，还会有别的鸟来安家。

老兵始终低头不语，像欠了别人二百吊钱似的，哭丧着脸。我还要劝嫂子，点长暗地里踢我一脚，示意我退出家属房。点长的脚没轻没重的，把我的脚脖子踢了块青紫。

我退出家属房并没有走开，趴在门外朝里瞅，估计老兵要批评女朋友。但是，老兵一直不抬头，赵娜先说话了："过两天，送水的车该来了，我想跟着车走。"

老兵像被灼伤了似的突然站起来，看了赵娜半天，似乎在观察她的表情，然后才说："我这个人的脾气不好，可你不能在这个节骨眼上走。"

赵娜不说话，老兵又说："我们以后就是分手，你也再住几天，你现在走，他俩心里都不踏实，委屈你几天，在这儿装装样子。"

赵娜走到老兵身边，看着老兵的脸说："我现在最好是离开这儿，你不要胡思乱想，我回去等你，一直等下去。"

老兵一下子就哭了，抓过赵娜的手。我急忙走开了，因为我发现自己也哭了。回到宿舍，我立即告诉了点长，希望点长明天去劝劝赵娜。他却摇头，说怕是留不住她了。

赵娜真的走了。在她和老兵坐上驴车的时候，点长从狗窝里跑出来，把鸟窝双手递给赵娜。阳光下，四个鸟蛋光滑闪亮。点长说："喜欢，带上留作纪念，别忘了我们哨所，常来信。"

泪水在赵娜的脸上流着，老兵沉默地看了她一眼，急忙把头转到一边，凝望前面的群山。驴车开始朝山下移动，我站在哨上举手敬礼，并大声喊道："嫂子——多保重！"

赵娜把鸟窝举起来，对着我晃了晃，她已经哽咽的说不出话。然而，她举起的鸟窝就是一种语言！

12

赵娜走后，我们哨所那间当作家属房的仓库一直空着，奇怪的是，我们谁也不说是否应该把仓库恢复到原来的样子，于是它就保留着赵娜来住时的原貌，连她使用过的镜子还摆放在桌子上。我从窗前走过，偶尔还伸着脖子探一眼，自己也弄不明白要看什么。但是那个狗窝却被我们封堵死，我们不谈论黄狗也不谈论鸟蛋也不谈论爱情了。

后来我就学会了看山，像点长那样一看就是一个上午。原来看山是很有意思的，每天的山都在变化，它的颜色随着天气、阳光、季节和你的心情，或浓或淡，或青或紫。我能从山的身上读出浓得化不开的乡情，也能够读出几分忧伤几分迷蒙。当然，我还可以让目光栖息在山坡上什么都不读，任凭思绪天马行空，而山只是目光的载体。

山色在我们目光的审读中，一日日变黄，然后是灰白。风越来越冷，而山上的稀疏的杂草也越来越枯硬，甚至能在冷风的撩拨下吹奏出一种凄凉而委婉的曲子。阳光一天比一天缺少温度，野风谷四周山体的阴影部分就显得浓厚而冷漠。如果是星期天，又遇上一个难得的好天气，我通常是和老兵下棋，就坐在哨楼旁边，坐在站哨的点长的脚下。点长常常瞅棋盘几眼，虽然他并没有看出什么玄机，却仍旧弄出一副大吃一惊的神色。我不会再计较一盘棋的输赢了，我只是陪着老兵倒腾棋盘上的那些棋子，有时还能错把老兵的棋子当成自己的使用了，并把自己手下的将士斩首。老兵总是心疼他的每个棋子，个个都是他的心头肉似的，吃他一个很不容易，经常是被我吃了吐、吐了吃，一盘棋能走到日落西山。

我已经忘却寂寞了，日子过得从容不迫，并且有滋有味。点长甚至在点务会上还表扬了我，说我能够端正思想，沉得住气，扎得住根，安心艰苦哨所，无私奉献青春之类的。

一天夜里，我起床解手，披了衣服拉开门，迷迷糊糊地打了个冷战，就愣住了，怎么门外白得耀眼？我走出去用脚踩了踩，不是月光是“咯吱”响的雪。返回屋子后，我就捅了捅老兵，说：“哎，外面下雪了。”

老兵翻个身子，含糊不清地说：“别闹，别别……睡觉呢。”

“真的，骗你不是人。”

旁边的点长睁开眼睛，愣了片刻，起身掀开窗帘，惊奇地说：“咦，这么早呀？比去年提前了快一个月。”

点长走到屋子当中的火炉旁，打开炉盖看一眼，添加了煤块，钻进被窝，正要拉灭灯的时候，一只老鼠从门缝挤进屋子，蹲到火炉旁。我刚要喊叫，被点长制止了，于是就继续看下去。这时候老兵也已经醒了，我们都趴着身子，静静地看老鼠烤火。这个小东西竟将两只前爪抱于胸前，身子坐立起来，真是人模狗样的，还挺可爱。

窗外，风呼叫着吹过，掠起阵阵碎雪。

落雪后的那个星期天的上午，驴车送水来了，赶车的兵对点长说：“点长，指导员让你下山去中队部一趟，跟着车走。”

点长愣了愣，嘴上自语“啥事儿这么急呀”，然后就上了驴车。

晚饭的时候，点长走了一个多小时的路赶回来。他对我和老兵说自己已经吃过饭了，我就和老兵吃饭，说指导员还真够意思，请点长吃了两顿饭呀，其实也应该，我们点长一年才去中队部两三次。但是，老兵只吃了几口饭就搁下了，坐在那里琢磨着。老兵就是老兵，不像新兵一样头脑简单，肠子直通通的不拐弯。他琢磨了一会儿，突然说："点长不像吃了宴席那样开心呀？"

老兵就站起来朝宿舍走，我也跟在他后面去了。我们看到点长仰面躺在铺上，这是过去没有过的动作，他从来不在整好的铺上随便坐卧。老兵上前摸了摸点长的额头，点长看了老兵一眼，并没有说话，让老兵仔细地摸了。老兵问："哪里不舒服，感冒了？"

点长摇摇头。老兵坐下了，挨着点长的身子很近，就像我每次病了后，点长坐在我身边一样那么亲近。"出了什么事情了？"老兵问。

点长没有说话，老兵对我挥挥手，说蔡强同志你吃饭去吧。我明白他是让我先出去一下，而且他使用了"同志"这个称呼。我刚到哨所的时候，他曾这样称呼过我几天，后来就直呼名字了。我立即严肃和庄重起来，说道："是！"

当天晚上，点长坐在桌子前整理抽屉，一直忙到半夜。我纳闷了一个晚上，直到第二天上午点长去站哨的时候，我才有机会凑在老兵身边探听情况。我听了老兵的话，当即跳了起来，说："点长真的要走？"

老兵点头，说没有几天了，真快，一晃就一年，我好像觉得昨天刚把老点长送走。

我和老兵半天找不到话说了，从窗口打量着站在哨位上的点长。当我的目光从点长身上收回来时，突然发现点长抽屉上的锁开着。

"点长的抽屉……"我说。

老兵的目光也落在抽屉上了，后来我们的目光对视一下，立即心照不宣地走过去，我们要看看点长的抽屉究竟锁了些什么宝贝。我从一个小塑料袋里发现了点长的家信，就摊在桌子上和老兵一起看。刚看完一封，我就吃惊地对老兵说："你快看看这封！"

老兵也抖动着他手拿的信，说："你看看这封！"

我们交换着看完。我说怪不得点长不愿让我们看他的家信呀，点长他………老兵呆呆地坐着不说话，我又说，老同志你说点长复员后到哪里？老兵还是不吭气，就像被人兜头砸了一闷罐子，闷头闷脑的了。

没过了几天，点长便开始收拾自己的东西了，把该移交给老兵的交给老兵，把一个日记本送给我，把一双磨破了的黄胶鞋看了一眼又一眼，然后用力抛向山谷。点长很慢地整理物品，有的东西能打量半天才作出处理。我们知道他在梳理当兵三年来的记忆，在把那些难忘的时光整齐地扎结起来，以便带回家乡，供他在以后漫长岁月中回嚼。

我和老兵在一边看，但是我终于憋不住心里的那些翻来滚去的话，就叫一声点长，说："对不起点长，那天你的抽屉没锁，我们偷看了你的家信……"

点长怔了一会儿，才平静地说："是我对不起你们，一直没说实话。"

接下来，点长就把他的家庭情况详细地告诉了我们。当我们了解了一切的时候，我们悔恨过去没有能给点长一些温暖，我立即说："点长，你复员后去我家吧。"

老兵瞪我一眼，说道："去你家？你是回民，点长到你们家能吃、吃那个吗？"

老兵又对点长说："到我家吧，我家在镇上，有房子，我今晚就给赵娜写信，让她去车站接你，她几次来信都问你好，如果知道你去，一定高兴呀！"

我有些焦急，反驳道："一国可以两制，一个家庭也可以呀。"

"谢谢你们，"点长叹息一声，说道："我还要回老家照顾母亲。"

"她都不愿要你，还管她……"我说。

"我母亲很可怜，她是没有办法。"

我的眼睛有些潮湿了，说点长你能不能不复员？再留一年吧。点长微笑着说："实行新的兵役法后，今年三年的兵必须要走，我也想留一年，继续给你们当儿子……"

我的眼泪就流出来。点长说你看你看，哭什么？还当父亲哩。点长说着，抱住我的肩拍了拍，松开，紧接着又抱住，这一抱似乎永远不想松开，手指紧紧地抠住我的肩头。

老兵哭了。

点长也哭了。

……

13

点长走的那天，他爬上了山顶，在黄狗坟前站了很久，山顶上粗硬的风很快把他的脸吹成了紫红色。

“阿黄，我回家了，阿黄……”他说。

毛驴车载着点长下山了。在阔的天、高的山、深的谷之下，矮小的点长的影子渐去渐远，终于变成一个点，永远停留在我的视线那端。

本文荣获第二届鲁迅文学奖全国优秀中篇小说奖（1997—2000）